香河纪事

刘仁前　著

作家出版社
全国百佳出版社

绘者：张建设

刘仁前，笔名瓜棚主人，一级作家，中国作家协会会员、江苏省作家协会理事、泰州市文艺界联合会主席。1961年11月出生。1985年开始文学创作，曾获《中国青年》全国小说处女作征文奖、汪曾祺文学奖、中国当代小说奖、中国散文年度奖、江苏省紫金山文学奖、江苏省“五个一工程”奖、施耐庵文学奖特别奖、《安徽文学》奖等。

著有长篇小说《香河三部曲》(《香河》《浮城》《残月》)，中短篇小说集《谎媒》，散文集《瓜棚漫笔》《楚水风物》《那时，月夜如昼》《爱上远方》等多部，主编《里下河文学流派作家丛书》多卷，著有长篇纪实文学《“民抗”司令——任天石烈士传》《丹心如虹——谭寿林烈士传》。作品收入《中国新文学大系》《中国小说家代表作集》《中华文学选刊》等多种选本。长篇小说《香河》，被誉为“里下河风情的全息图”“里下河版的《边城》”，2017年6月被改编成同名电影搬上荧幕。

向生我养我的故乡奉上痛彻心扉的爱。

——题记

目 contents 录

目

录 *contents*

喊 工

天刚麻花亮，阿根伙的叫喊声，便在龙巷上空响起：

各家各户起床啰——起床烧早饭噢——

所谓“未见其人，先闻其声”，用在阿根伙身上则是“未见其人，先闻其喊”。细个子的阿根伙，嗓音甚是洪亮，极易让人想起夏日枝头的鸣蝉。说来奇怪，蝉儿那短小的身体，发出的声音真是响亮。眼下，刚开春，离听蝉鸣尚早。

香河，地处里下河苏北平原，四季分明，每个季节都有每个季节的不一样。这早春时节，柳吐嫩绿，桃发新蕊，香河水流泛亮，村舍裹在薄纱般的春色里，淡成一幅江南水墨。此时，行走在苏北平原上，可谓一麦碧千里。放眼望去，到处都是碧绿的麦田，在春风里高低起伏着，碧波荡漾着，让人有如置身于浪涛翻滚的大海。

香河一带，则稍有不同。此时的田野上，除了大片的绿，还有大片的黄。大片的绿，是碧绿的麦田；大片的黄，则是黄灿灿的油菜花，摇曳在春风里，甚是妖娆。不是说，这是一个万物复苏的季节么？复苏的岂止是“物”，还有“人”。被春色包裹着的香河的男男女女，亦随着春天的脚步，从隆冬里苏醒过来。

各家各户起床啰——起床烧早饭噢——

随着阿根伙的叫喊，男人们这才窸窸窣窣地离开自己婆娘的热被头。

这一夜中，搂在怀里的，果真都是自己的婆娘么？未必。

香河的一天，从喊工开始。

各家各户起床啰——起床烧早饭噢——

不用怀疑自己的耳朵，更不用对喊人起床、喊人起床烧早饭这样的事情，感到奇怪。的确是有人在喊村民们起床，的确是有人在喊村民们起床烧早饭。这，应属“大集体”年代之独创。

过不了多会子，各家各户的门，鸣着鸟语，吱吱呀呀地打开。阿根伙便忙着与“烂熟藕”一般熟识的村民们点头，打招呼，派工。他这时段的工作不再是“喊”，区别不同情形，有的需“登堂入室”，跟一家之主交代几句。也有的“登堂入室”之后，没了下文。

此时的巷子上，便有虚掩着怀，蓬松着发髻，挟着淘米箩，捏着牙刷、毛巾的大姑娘、小媳妇，三三两两往水桩码头去。

阿根伙见着，眼馋，手痒。眼馋，便肆无忌惮往女人脖颈子里钻。手痒，便以迅雷不及掩耳之势，在这个胸脯上抓一把，在那个脸蛋上捏一下。被追打，被唾骂，是他极乐意得到的回报。

垂柳掩映着的水桩码头上，那些女人，淘了米，漱了嘴，洗了脸，说了一会子家长里短的闲话，之后鸟雀一般叽叽喳喳地散开。

很快，各家各户的烟囱里，炊烟袅袅；家前屋后，鸡鸣犬吠。沉寂了一夜的村庄，愈发热闹起来。

叫人家起床，叫人家起床烧早饭，有个正正规规的名称：喊工。

喊工，颇辛苦，得早起。一年四季，春秋天，气候宜人，早起就早起，尚不费难。寒冬腊月，炎炎夏日，气候不如春秋季温驯，鹅毛大雪说来就来，刮风下雨，亦无定时。在这样恶劣的天气下喊工，显然是要吃点辛苦的。

间或，也会有费口舌的事情发生。一般寻常人家，起床，烧早饭，吃早饭，按时上工，没问题。家中若有没断奶的婴儿，喂奶，则是年轻母亲上工前必须做的，自然会耽搁工夫。家中有新人的，那新婚的小两口，正是恋床的阶段，不被催得“屎急扒塘”，舍不得起床。想要小两口按时出门，难。

喊人起床，喊人起床烧早饭，只是喊工之前奏。隔不了多会子，阿根伙的喊叫声便会再次在村头巷口响起来，只是喊的内容变了。听——

上工啰——各家各户快上工啰——

从喊人起床到催人上工，中间隔多长时间？一顿早饭的工夫。

喊村民们“上工”，才是喊工目的之所在。这样的工作，是有专人负责的，不是哪个想喊就能喊的。喊工，是村级权力运行体系中的重要一环，是乡村基层权力运行的一种象征。与派工、计工，共同构成一个完备的整体。

生产队长便是这一权力运行链条中的执行官。称生产队长为“执行官”，似有“五八”语风。照中国吏制，“七品”才有“芝麻官”之称谓。这农村大队中的生产队长，似只能称“芝麻粉”。然，县官不如现管。“芝麻粉”阿根伙们，还真是一朝权在手，便把令来行。在这看似辛苦的喊工上，慢慢生出些甜头来，甚至是意想不到的甜头。

细个子阿根伙，脚头快，在村里是出了名的。

他的管辖区为龙巷东头的一队，即第一生产队。香河大队，共七个生产队，自然有七个生产队长。每个生产队长，只管自己生产队的几十户百十口子人。

阿根伙获得“芝麻粉”称谓时间不长，之前一队被称之为“芝麻粉”的，叫祥大少。那时的阿根伙，只是个“助喊”。真正行使“喊工”责权的，是一队之长祥大少。

祥大少喊工的做派，与阿根伙完全两样。身高马大的祥大少，有一副大脚板，早更头走在空荡荡的龙巷上，啪哒啪哒，空声响，不知情的，还以为村子里进了怪兽，有点儿吓人。好在，紧跟着啪哒啪哒的脚步声，祥大少的喊声便响起来了——

各家各户起床啰——起床烧早饭噢——

虽然，祥大少喊的，与阿根伙喊的，字面上并无差异。但，听起来相差就大了。前面介绍了，阿根伙的嗓子洪亮，准确点儿讲，“洪亮”一词用在阿根伙身上，不是并联，是偏正，主要是“亮”。这跟他能唱一口好听的小淮调，不无关系。

不止于此，他能在那帮女人面前肆无忌惮地“眼馋”“手痒”，跟他能唱一口好听的小淮调，亦不无关系。阿根伙的小淮调从哪儿学会的？没人去细究过。好在阿根伙不拿大，对妇女们可谓是有求必应。每回，他几乎都是从具有红色基因的“贫农、下中农”开唱，引出“带彩”的小僧尼之后，让自己的小淮调达到高潮。

与阿根伙的“亮”嗓不同，祥大少的嗓子，用得上一个词：粗犷。如若要细细追究的话，祥大少的嗓音特点重在“粗”字上。不止于此，听惯了祥大少喊工的，还能听出他与阿根伙语句间隙的差别。与阿根伙亮嗓一句完整地喊出口不同，祥大少在“各家各户”与“起床啰——”之间，似有停顿，而第二句“起床烧早饭噢——”则紧跟着，听上去命令的意味要浓些，强势、霸气。阿根伙，有时会学前任的喊法，终究是画虎不成反类犬，因此喊声“霸气”的时候，少。

全村人都知道，“芝麻粉”祥大少有“三好”：玩牌、听戏、打老婆。

祥大少的老婆，在整个香河的婆娘当中，都够得上一个词：标致。白果子脸上一双大大的眼睛，忽闪忽闪的，会说话，撩人。匀称的身子，前挺后翘，让村上男人见了眼痒、手痒、心痒。尤其像蔡和尚、瘌扣伙这些光棍汉，当然也包括阿根伙，三十出头了，依然是光棍一条。他们这些男人，在如此标致的女人面前，口水早就不知淌出多少个三尺长了。只是吃惧祥大少，身高马大的，又是一队之长，惹不起。果真不识相，只能是找死。

于是乎，这帮光棍堂儿单身汉，手痒？自己往墙角上掼。心痒？只能夜里钻进被窝自残。唯一能做的，也只有解解眼馋。这些男人，见着祥大少家哑巴婆娘，一个个毫不掩饰地，把自己变成了带彩的狼，两只眼放着绿光，真恨不能眼光里长出手来。

就是这样一个令多少男人垂涎的婆娘，祥大少对她通常的礼遇却是一个字：打。

与村上其他男人打女人不同，祥大少很少将自己老婆关在家里打。祥大少打老婆颇具形式感，拽着他老婆长长的黑发，在龙巷上拖，一拖几个来回。只听到那婆娘哇哇哇叫，听不见回嘴。

如此标致的女人，是个哑巴，且不能生孩子，怪可惜的。这也让祥大少打老婆，变得十分理直气壮。

祥大少打老婆打累了，严谨说来，应该是拖累了，便会从怀里掏出那台随身带着的半旧不新的半导体，听戏。

祥大少所谓“听戏”，便是听革命现代京剧选段。什么《要学那泰山顶上一青松》，什么《提篮小卖》之类。想听别的，门儿都没有。

有时候也听《浑身是胆雄赳赳》。过分了不是，一个如此标致的哑巴女人，被你个大男人折腾来折腾去，最后只能眼泪汪汪地回家，给你做饭。你还《浑身是胆雄赳赳》了？背地里，也有看不过去的，指着祥大少脊梁骨叽咕几句。

这样的叽咕，有如春天田野上的微风，给祥大少挠痒痒呢，没任何杀伤力，祥大少根本不会理睬。那几年，他正“红”在势头上，哪个也不敢公开站出来，替哑巴女人鸣不平。尽管大伙儿都知道，这标致的哑巴，怪可怜的。

其实，后来祥大少常年听的，多为淮戏。香河一带，原本就有听淮戏的传统，只不过中间有几年大搞“破四旧”，阵势搞得蛮大的，老淮戏都给破掉了。上了年岁的，只能在自家灶台后面哼哼，不足为外人道也。要不然，像阿根伙，哪能唱得一口小淮调？

等到祥大少的半导体里有了什么《打金枝》，什么《牙痕记》，什么《铡美案》之类，已经是以后的事情。祥大少的运势反而差了。

听革命现代京剧的那会子，祥大少“芝麻粉”当得正带劲。在大队部开会时，面对香元支书，自己表态发言也好，接受香元指派的任务也罢，高门粗嗓，劲爆得很，从不拖泥带水，从不口出软语。

同样劲爆的，还有他裤裆里的小老二，雄赳赳气昂昂的，俨然一介武士。每天夜里，在哑巴婆娘身上，折腾来，折腾去，不到精疲力竭，不来个一泻千里，断不收兵。白天嘴上再劲爆，夜里躺在床上，总会想着自家的香火，如若在自己手上断了，自己绝了后不谈，还要落顶“大不孝”的帽子，那不是要挨全村人耻笑？更对不起自家的列祖列宗！不孝有三，无后为大。这旧礼，老辈人传下来的，祥大少懂。

细皮嫩肉的哑巴婆娘，身上那地方，恨不能掐得出水来，可就是不争气，让祥大少的好雨总是落在荒田里。祥大少再不死心，也没办法。心里头郁闷。

祥大少的郁闷，被阿根伙看在眼里，便撮哄他到谭驼子家玩牌。其时，在村民眼里，阿根伙就是祥大少的跟屁虫，最主要的工作便是“助喊”：

各家各户起床啰——起床烧早饭噢——

阿根伙跟在祥大少后头，偶或也能过过“芝麻粉”的瘾，那感觉，蛮不错的。阿根伙打定主意跟定祥大少，自然想着法子讨好祥大少。

在谭驼子家玩牌的，原本是瘌扣伙、蔡和尚几个单身汉，私下悄悄玩的，属“小来来”的那种。虽说有点儿小赌资，但说不上赌。隔一阵子，几个男人嘴里淡出鸟来，想喝酒了，便约好到谭驼子家玩一下，弄瓶大麦烧，煮碗细鱼儿，便热嘈起来。有时也会到柳安然老先生家的豆腐坊拾几方豆腐，让香玉做个汪豆腐，抑或麻辣豆腐之类。这几个男人，实际就是借玩牌，吃个“碰头”。当然，也有赌运气的意思，毕竟是输牌的掏腰包。比起各人直接掏份子，有副牌在手上玩起来，还是多了些乐趣。

开春不比四夏大忙，农活不重，主要是田间管理。男人们也就是到田里，做些清沟理墒之类的农活，身子闲着呢。不是说闲则生非么？非分之想倒不是没有，有的想得到，有的想也白想。譬如祥大少家哑巴婆娘，祥大少不当回事，要是摆在瘌扣伙他们几个屋里，哪个不把哑巴婆娘当菩萨一样供着！

既然想也是白想，那就甭做癞蛤蟆吃天鹅肉的美梦。几个光棍汉，从男人们惯常放在心头盘算的几个字中，挑了一个跟“赌”相近的，玩牌。“小来来”，之后吃“碰头”，喝点儿小酒。这就让原本清汤寡水的日子，生出些滋味来。

玩牌地点放在谭驼子家，主要是便利。谭驼子是个远近有名的“摸鱼鬼子”，家里几乎不脱鱼。当然，这鱼得花钱。钱，出在牌桌上。更为便利的，谭驼子家婆娘香玉，做得一手好菜。只要香玉往锅灶前一站，总能给你烧出几样菜来，蛮吊人胃口的。

其实，吊人胃口的，不只是香玉烧菜的厨艺。这几个男人，哪个不是吃腥的猫？吃惧祥大少，再标致的哑巴婆娘也不敢碰。在贪小的谭驼子那里却找到了缝隙。

在日常之中，他们几个，多多少少都从香玉身上得到过甜头：嘴头上快活快活，说些色彩偏黄的话；手上这块抓一把，那块捏一把，不在少数。

香玉有个好处，一般婆娘比不了。香玉开得起玩笑，不怕你揩油。阿根伙就摸过香玉的奶子，香玉不仅没生气，还友情提醒，别让她家谭驼子知道。虽说隔着夹布褂子，但阿根伙摸上去，香玉的大奶子，肉乎乎，软绵绵，还是蛮有感觉的。

祥大少到谭驼子家玩牌，只玩“寸符儿”。一玩，就上了瘾。

这可是个崇尚“革命”的年月，每个人头脑里都有根弦，紧绷着。

然，香河大队山高皇帝远，从香河进乌巾荡到公社所在地，要走一天的水路，公社干部都难得来，遑论县上来人矣。还有一句话怎么说的？“山中无老虎，猴子称大王。”这巴掌大的香河，大队支书香元无疑是最高首长，他的话在香河就是“最高指示”。祥大少们这些个“芝麻粉”，自然也就权倾一队之域，“我的地盘我做主”。有“芝麻粉”祥大少参与进来，原本几个光棍党男人的“小来来”，多了一道保险。

这日子，总是如平静的香河水，不急不慢地淌，乏味了不是？不指望它大河奔涌，偶尔翻出朵浪花来，也能给这刻板的日子增添些许情趣。玩这种“小来来”的牌，游戏一般，便是几个男人自己翻出的浪花。

祥大少自然不知“何以解忧，唯有杜康”，但与香玉几杯大麦烧下肚之后，舒坦多了。一来二去，忙前忙后的香玉，留在祥大少眼睛里的，不只是眉眼，还有颤动不已的乳房。于是乎，祥大少的浪花不止于“寸符儿”与大麦烧了。

细心的村民发现，祥大少喜欢逗弄村子里上学下学的小孩子了，尤其是剃着小平顶的小男孩。在龙巷上被祥大少碰上了，祥大少便会笑呵呵地用自己宽厚的手掌，轻轻地，轻轻地，抚摸小男孩的平顶头。小男孩的短发，刷得祥大少手心蛮舒坦。这时，他会从口袋里掏出一两块硬糖果来，剥一块送到小男孩嘴里，问一句，甜不甜？小男孩有糖果吃，自然开心，会乖巧地应一句：甜！之后，一蹦一跳地离祥大少而去。望着蹦蹦跳跳离开的小男孩，祥大少口里总会自言自语，快了，快了，马上轮到我了。

这一段，祥大少可谓是浪花里频频飞出欢乐的歌。他心里头炖了盆猪油，美滋滋的。自认为“无后”之帽这下肯定能摘除，当然也就能给列祖列宗交上一份满意的答卷。

然，他的摘帽方案在施行过程中，碰到了拦路虎。承载他下一代梦想的小船，遇到了惊涛骇浪。祥大少的浪花，被另一朵巨浪裹挟了，激荡了。香河，顿时风大浪高，巨浪滚滚。祥大少的梦想小舟，险象环生矣。

要知道，在风平浪静的水里，随你怎么戏水，危险都不大。碰上风大浪高，那就不好玩了，弄不好要出人命的。常言说，淹死的都是会水的。

果不其然，某夜，祥大少家“走水”了。

被人发现时，早已火光冲天。满村找不到祥大少，可奇的是，从南边锅灶间里，发现了一只空酒瓶和他命根子似的半导体。半导体开着，是秦香莲的声音——

把你比作父，不认二娇生。

把你比作子，不孝二双亲。

把你比作禽，无翅又无翎。

祥大少家“走水”后，村上也有些传言。

说，祥大少平日里打老婆不可怕，可怕的是那一次，祥大少少有地将哑巴婆娘关起门来，打。邻居听见哑巴女人杀猪似的号叫，怎么敲门，祥大少也不开。直到有上了年岁的，告诫祥大少：再打，会出人命的！祥大少才停下手里的杀猪棒，屋内的号叫，渐渐变成了哭泣。门，始终不见开。几天之后，祥大少家哑巴婆娘，一根绳子将自己悬在了自家的屋梁上。

又说，祥大少将哑巴婆娘往死里打，就是想好了，自己也不过了。他遇到了解不开的“死结”。

说实在的，祥大少与谭驼子家婆娘香玉有一腿，在香河几乎是公开的秘密。有的说，就连谭驼子也心知肚明，养着他们两条活鱼，好处自不用说。哪天谭驼子不高兴了，随时收网，定能有个好价钱。

那天，一如往常，天刚放亮时分，祥大少的喊声便在龙巷上响起——

各家各户起床啰——起床烧早饭噢——

祥大少边喊边走，喊到谭驼子家门口时，在大门上重重地拍了三下，特地关照：今儿坐船上垛田做活计，不许拖拖拉拉的，农船不等人。祥大少并不等屋内有人回应，就转到下家去了。

祥大少喊工的对象几十户人家呢，他必须一户不空。若是社员出工不齐，势必影响整个生产队农活进度。而对于相同的工作，香元支书是会一个生产队一个生产队检查的。七个生产队中哪个进度快，哪个拖后腿，香元给的脸色是不一样的。脸色，到年终就会替换为奖励。在这一点上，祥大少们是不敢马虎的。

那天，祥大少有些个马虎了。他的马虎，不是马虎在喊工上。

等到上工的农船撑出水桩码头，祥大少一早上的工作也就暂告一段落，通常是回家去喝几碗疙瘩粥，复个早觉。那天，祥大少没有像通常那样回家去喝疙瘩粥，更谈不上复早觉了。瞄着农船一离开，便急吼吼地跨进了香玉家大门。

不料想，在他之前，早有人登堂入室，房间内正热火朝天，高潮迭起。

祥大少原以为，跟香玉好上之后，自己的好雨不再落在荒田里，再也不用背负“不孝有三，无后为大”的沉重包袱。他心里盘算着，等到在香玉这块肥田上有所收获之后，再跟谭驼子摊牌。在乡里，“借腹子”不是从他祥大少起，亦不会到他祥大少止。他已经做好了谭驼子狮子大开口的准备。

现在，祥大少梦想的一切，被香玉房内此起彼伏的呻吟击碎，化为泡影。

曾几何时，祥大少认定自己一定会美梦成真的。在心底，他不止一次地想象过那一天到来的幸福场景：让孩子跟香玉结为干亲，补偿肯定能堵住谭驼子的嘴。从今往后，戒掉打老婆的毛病，一家三口好好过日子。

然，香玉房内此起彼伏的呻吟，明白无误地告诉祥大少，他原先设想的一切，只能是白日梦，破碎是唯一的答案。他似乎被香玉这个骚婆娘给耍了。压根儿，这或许就是他自己一个人的天方夜谭。

一直在香河如鱼得水的祥大少，从没感觉到像眼下这样窝囊，而又愤懑。

他真的就退出门来，把自己变成个缩头乌龟？想想也不能如此便宜香玉这个骚货！对，冲进去，把香玉这个骚货拉下马来，给两个裸身男女心口上插一刀。祥大少闭着眼，都知道香玉苟且时的情形。一丝不挂，对他来说，再熟悉不过。

祥大少铆足了劲，准备撞门而入，打算把自己变成“碎玉”。“咳，咳——”房内传来那男人带着喘息的两声咳嗽，魔咒一般，捆住了他的双脚，令他动弹不得。

祥大少在那个男人面前，犹如悟空之于如来。任他如何能一个筋斗翻十万八千里，如来也能从手指根部嗅到孙猴子的那一股尿骚味，还折腾个什么劲？

祥大少嘴唇咬出血来。之后，悄无声息地退出门来，把自己变成了标标准准的缩头乌龟。

一口恶气，最终出在了自己哑巴婆娘身上。

再怎么不把哑巴婆娘当回事，祥大少撞见自己老婆悬在屋梁上的刹那，还是一股青烟从头顶冒出，魂魄出窍，空成躯壳。

就在一村人都以为，祥大少葬身于自家那一场大火之后，没几天，祥大少用一根麻绳，将自己悬在了香河大队部的屋梁上。据解绳抬尸的村民讲，那根麻绳结实得很。

这祥大少和他的哑巴老婆，没隔多长时间，先后用一根绳子结束了自己的性命，在香河亦属奇矣。

阿根伙的喊声，正式在香河龙巷上响起来：

各家各户起床啰——起床烧早饭噢——

不仅如此，劳作的田间，时常也能听到阿根伙的小淮调了。听——

贫农（嗡）下中农，
一条（啊）心（啦），
天南海北（哎）一家人……

小淮调来了，心野的婆娘吼嚷起来，来个“荤”点儿的！来个“荤”点儿的！这些个丫头、婆娘也不是什么省油的灯，心野起来，不比荤话连天的男人好到哪儿去，侉得很。

女人们的嬉闹，为阿根伙大开了方便之门。此时的阿根伙，泛着绿光的眼睛里，射出的是密集的锥子雨，刺得女人们那些特定部位似痒似疼，越发不安分，体内的“蠢蠢”活跃起来，想动矣。

阿根伙自然是应了女人们的要求再来一段：

一更（喃）里来，小尼姑守禅房，
手抱着木鱼儿，两眼泪汪汪。
……

三更（喃）里来，小尼姑睡蒙眬，

见一个，少年郎走进庵中，

二人（喃）挽手阳台上，

颠莺倒凤，鱼水交融。

唱着唱着，动起手来的事情也不是没发生过。

那天在油菜地里清墒，阿根伙唱得来情绪了，没控制住，擦枪走火了。撞到阿根伙枪口上的，不是别人，正是阿根伙垂涎日久的香玉。

顺便说一句，祥大少家“走水”之后，一村人都晓得，香玉是个裤带松的女人，上过她床的，不算少。可，让阿根伙恼火的是，这么个被不少男人骑过的主儿，现在倒像是在替哪个守着那片肥水田，就是不让他近身，眼睛里根本没他这个一队之长！气人不？！

阿根伙眼瞅着，蹲身墒沟里的香玉，撅在外面的那一大块炫目的白，眼光扎进那炫白之中，再也拔不出来了。

就在阿根伙不能自拔的当口，香玉的身下不合时宜地出现了一条溪流，伴随着那诱人的咻咻咻的声响，流向一点就燃的阿根伙。这不是要人命么？

这刻儿，阿根伙别无选择，只能选择不要命。于是，阿根伙不要命地从香玉的身后扑将上去。

过了一刻儿，得偿所愿的阿根伙丢下一句：歇着吧，今天多给你记三分工。之后，便喘着粗气，离开那段被油菜花遮掩着的墒沟。

阿根伙的身后，一地金黄。油菜花，在春风里，花枝乱颤，风情万种。

拔菜籽

夏风，风风火火，吹在麦田里，吹在油菜地里。麦子们，菜籽们，便一天一个模样，一天一个颜色。麦田里，处于灌浆期的麦子们，麦穗儿日渐饱满，由青转黄，有如发育成熟的村姑，丰姿绰约，摇曳生情了。菜籽地里，原本黄灿灿的油菜花，已花落籽现。油菜籽则如开怀的少妇，颗粒饱胀，由淡黄而至深黄。有的经不住夏风的热抚，炸开了。

姑娘家的肚子被搞大，自家媳妇被别个男人睡了，这样的事情，一如夏日的麦田、菜籽地，不断发生着，上演着。有人说，香河这一带有点儿乱。香河的村民们不觉得。乱？有不乱的地方么？

这刻儿，回乡知青柳春雨，和一帮男人、女人站在油菜地里，一起拔菜籽。哧——哧——哧——随着双手的挥动，柳春雨身后，应声倒下一把把菜籽秸秆，连着根。知农情的都清楚，这油菜籽长成熟后，土壤松软了许多，拔起来并不太费力。现时，不再是拔菜籽，改用刀割，恐怕跟“懒种田”流行之后，土地板结不无关系。

眼见着柳春雨身后，拔下来的菜籽秸秆，由一把一把，聚拢为一堆一堆，看上去，堆放尚属齐整。这，并非柳春雨之功。跟在他身后堆放菜籽秸秆的，另有其人。

今天，是柳春雨初中毕业后，第一次干拔菜籽的农活。大姑娘坐花轿，头一回。为这头一回，妹妹翠云，在家里也反反复复讲解过拔菜籽的动作要点：手握菜籽秸秆要松紧适宜。过松，用不上劲儿；过紧，用的则是死力气，手掌容易起泡。用力起拔时，身体弯曲的弧度，与菜籽秸秆间的距离，必须处理好。否则，起拔动作不连贯，打了结似的，别扭得很，影响劳作效率。

与处于灌浆期的麦子不同，已颗粒饱胀的菜籽，万不能在火太阳底下拔。须趁早，赶在出太阳前起拔。要不然，火太阳一烤，起拔时，回应你的便是沙沙沙的响声，眼看着菜籽颗粒撒着欢儿，蹦蹦跳跳地出了荚子，钻到泥地里去，只能望而兴叹。

拔菜籽要趁早。这点儿经验，柳春雨还是有的。

拔菜籽，是个一条龙的活计。仅一个人拔，尚难以完成此项劳作。

拔下来的菜籽秸秆，捆把后或径直挑走，抑或挑上农船再运至土场之上，自然需要另外的劳力。如让一人完成这一连串的活计，效率就低了。哪个也不是三头六臂，拔，堆，捆，挑，运，确难独自应付。

于是，有经验的生产队长，派工时，几个人拔，几个人运，均事先盘算好，交代清楚。通常而言，两个人拔，一个人运。也有三四个人拔，一个人运的。这要看拿叉子运菜籽的，是半劳力，还是整劳力。整劳力，也就是像三狗子这样的，腰粗膀圆，浑身劲鼓鼓的，沉甸甸的稻把、麦把，一叉四个，提上肩不打晃，跨步就走，稳当得很。运送菜籽，比起稻把、麦把，要轻巧得多。三四个人拔，一个人运完全没问题。

这种农活作业小组，不论怎么组合，前提是不能影响农活进度。一旦影响农活进度，自然会有人来查点，追究。

说来也怪，每个生产队的劳作现场，并不能常见到香元支书身披蓝卡其布中山装的身影。然，只要哪个生产队劳作现场出了什么不正常的状况，他总能在第一时间知晓。“芝麻粉”阿根伙，就曾认真地排查过香元支书在一队的“线人”，无果而终。说来好笑，他当初跟定祥大少时，外人都认为他阿根伙是祥大少的跟屁虫。他自己心里清楚得很，那时香元在一队的“线人”就是他阿根伙。他真成了祥大少的跟屁虫，倒是后来的事情。

不再啰嗦这些个陈芝麻烂谷子。对于影响农活进度的事，香元支书从不打马虎眼儿，定然会追究责任。

村民们知道，香元支书追究起来，脸色很难看。通常为铁青色，沉重得很。现在是香元支书脸色难看，到了年终分红时，就会有生产队长脸色难看。香元支书的追究，通常到年终分红时才真正兑现。能不能得到表彰，抑或是表扬，全在香元支书的肚子里。用村民们的话来说，他一肚子的数。真的如咬籽时节的鲫鱼一般。哪一阶段，哪项农活，哪些生产队完成得好，香元支书心中自有一本账。

年终，能在大队召开的社员大会上，从香元支书手上接到表彰奖状，那可是祥大少、阿根伙这些“芝麻粉”脸上颇有光彩的事情。在一村人面前，光彩照人矣。即便没拿到奖状，大会上得到香元支书的口头表扬也行啊！不是说么，家中稻谷堆到屋梁，不抵大会上支书表扬。香河大队共七个生产队，能拿到大红烫金奖状的也就一两个，不容易。能够被支书表扬，也是一种荣光噢。虽然比拿奖状差一节，但总比什么都没有强。既拿不到奖状，又得不到表扬，村民们会讥笑自己的生产队长是个“驼子”，两头不着实。下年当中，喊工、派工，都没有其他生产队长威信高。更何况那年头，崇尚的是“政治”。政治荣誉比命都金贵。难怪香元支书训斥起自己管属的“芝麻粉”来，总会问：你的“政治生命”还要不要了？通常得到的回答是，要！要！“芝麻粉”们，瞬间将自己变成磕头小昆虫，只有不住气点头的份儿。宁肯性命不要，“政治生命”不能丢。说白了，这“政治生命”不是别的，乃乌纱帽是也。

既然拔菜籽的身后都配有捆菜籽、挑菜籽的，来看看柳春雨身后跟的是谁？

这回跟柳春雨组合的，不是旁人，正是三奶奶家琴丫头。琴丫头一把叉子只跟柳春雨一个人配合，在整个拔菜籽的大趟之中，有些个显眼。也有个别丫头、婆娘心里不平，悄声叽咕。话不说到跟前，屁不放到脸上，叽咕就叽咕呗，本姑娘就想跟春雨哥配合，搬砖头砸天去。琴丫头在心里自己对自己说。

说起来，琴丫头和翠云是村子上人所共知的好姐妹。在大队文娱宣传队上，都是骨干分子。当然，柳春雨回村后，不仅成了文娱宣传队骨干分子，还被委以重任，当上了文娱宣传队队长。

柳春雨和琴丫头、翠云在村小读书时，同班不同级，他们仨同在“二四复式班”。柳春雨读四年级，琴丫头和翠云读二年级。后来，柳春雨到严吴中学读初中时，琴丫头和翠云只在严吴小学读完五年级，就回乡务农了。

他们仨在一起读书的时光，柳春雨是她们俩的学长。琴丫头总是跟着翠云一起，“春雨哥”“春雨哥”地喊个不停。不知情的，还真以为柳春雨是琴丫头的哥哥呢。碰到学校里哪个“小杆子”男生欺负琴丫头，柳春雨也会挺身而出，俨然大哥哥的架势。身高一米八零的柳春雨，在严吴这样的农村中学，鹤立鸡群矣。这更让琴丫头对柳春雨多了一份依恋。

琴丫头和翠云回乡务农比柳春雨早几年，因此，大多数农活都比柳春雨懂行。

听说，这拔菜籽跟柳春雨组合在一块儿，是琴丫头主动向队长阿根伙要求的。一个姑娘家，主动跟一个小伙子组合，其心事，不言自明。当然，为自家妹妹徇这么点儿私情，在阿根伙看来，也算不得什么。

柳春雨当上回乡知青后，仍然保留着在校时“鹤”的身份。要知道，柳春雨在村上仅有的几个初中毕业生当中，那可是要面子有面子（长相好），要里子有里子（肚子里墨水多）。在村民们眼里，柳家出这么个文化人，不奇怪。柳春雨的父亲柳安然，早年间教过私塾，就是个之乎者也的角色。

跟其他捆把、挑把的不同，琴丫头跟在柳春雨身后不仅捆、挑，且察看他起拔时是否得法，身体姿态是否正确，实时指点一二，免得事倍功半，免得在一帮男人中间掉了队。这个琴丫头，跟柳春雨之间的一朵花刚吐蕊，就这么尽心尽意，痴情得很。

柳春雨和琴丫头情愫暗生，源起于油菜花初放之时的那片菜花地。

那时，油菜已起身抽薹。抽薹早的，亦有零星黄花开出，星星点点，尚未成气候。柳春雨，原本和其他男人一起，在麦地里给麦田清墒理沟。耳边忽然听到琴丫头在叫，声音细细的，软软的，抹了蜜一般，有股甜味。春雨哥，歇会儿。

柳春雨抬眼望见不远处，琴丫头笑眯眯地朝他招手呢，一边招手，一边指指手中花头巾裹着的什么，想来是可食之物。

琴丫头避开其他男人的视线，将柳春雨引进了与麦田相隔不远的菜花地。择了一处土干的墒沟，落座。

你刚回来，但凡农活得悠着点儿，不能做伤了。琴丫头一副过来人的样子，老练地提醒着她的“春雨哥”。此时，烤山芋的香味，从花头巾里飘散出来，香甜诱人。同样诱人的，还有琴丫头脸上搽的雪花膏的香。柳春雨头一回跟琴丫头坐得如此近，闻得很是真切。

带烤山芋了？柳春雨问。嗯。琴丫头一脸笑，轻应一声。花头巾被打开了，确是几只烤山芋。春雨哥，你吃一个。好，吃一个。

一般说来，村民家中煮山芋者众。眼下这时节，早晨的一餐，多半稀饭加山芋。单稀饭不熬饥，咬上几个煮山芋，粉粉的，实实的，不至几泡尿就瘪了肚皮。然，烤山芋者少。多半家有馋嘴小孩子，大人才会费事在灶膛里烤上几个山芋。比锅煮的，多出几分干香，亦更甜。

看起来，这花头巾里的烤山芋，是琴丫头专门为她的“春雨哥”烤的。

你怎么不吃？早晨起来替老父亲磨了一批豆浆，上工时有点儿匆忙，柳春雨早饭吃得不怎儿逸当。这刻儿，琴丫头的烤山芋，成了柳春雨胃中之贵宾，受到了热烈欢迎，一时忘记了身边的琴丫头一直没动口。柳春雨很为自己的胃口大开有点儿不好意思。

你吃，人家看你吃。琴丫头的嘴角似乎淌得出蜜来。

小琴，你脸上的香味真好闻。柳春雨脱口，叫了琴丫头一声“小琴”。

琴丫头的心房，被一声“小琴”，电击开了。在香河，她一直被村民们“琴丫头”“琴丫头”地叫着，多少年了。今天头一回，有人叫得不一样了。“小琴”二字，从“春雨哥”嘴里喊出，竟然如此悦耳。琴丫头喜出望外，心里头美滋滋的。

春雨哥，我也有好听的名字了。你再叫一声，好不好！琴丫头这刻儿，似乎才意识到这是自己心底的一份期待，一个小小的梦想。

小琴！

再叫一声。琴丫头两只大眼睛，忽闪忽闪的。心口上的小鹿，“扑腾”得厉害起来。

小琴！

柳春雨一双有力的大手，将小琴搂到自己胸前。两个青春的身体被彼此点燃了。柳春雨火火的唇，贴着心爱姑娘的香腮，蜿蜒前行，最终滑入孜孜以求的所在。两个期盼已久的软体，终于等来了第一次相遇，亲密在了一起。他俩上演了一出口腔里的芭蕾。时而追逐，时而翻转，忘记了这是在劳作的田间。

两个人在油菜薹掩护下，消失了。

拔下的菜籽，在土场上晒几个时辰的大太阳之后，便可进行下一道工序：盘菜籽。这盘菜籽，多半靠人工。

盘，这里是指用脚踩，踩菜籽之秸秆。盘，在村民们口中用途较为宽泛。农活当中，比如盘田；家庭之中，比如盘咸菜；再细至女红，有盘鞋口、盘衣领……不能一一列举。

话说这盘菜籽，须注意脚上的鞋，不能是硬底，以软底布鞋为佳。硬底，容易踩碎菜籽，跟后面说到的石磙子碾压弊端相仿佛。其时，村民们脚上多为布鞋。有硬底鞋的，极少。硬底鞋，多为大头皮鞋。在村民眼里，那可是稀罕物。公社王副主任到香河检查农业生产时，就脚蹬一双大头皮鞋，看得出是部队上的，军用产品。王副主任穿着军用大头皮鞋，走在龙巷之上，咔嗒咔嗒作响，神气，有派。

不过，在香河也不是一双大头皮鞋都没有。二侉子就有一双大头皮鞋。二侉子早年在东北当兵，那东北的冬天零下二三十度，属小意思。要御寒，部队上就发毛窝子，发大头皮鞋。二侉子从东北回来好多年了，也没见他穿过几回大头皮鞋。据说，当年二侉子在东北和当地一个姑娘好上了，不想回老家的。可在老家，他早已跟李鸭子定过亲。要悔亲，三奶奶的脸皮往哪里搁？是三奶奶到部队上，硬把二侉子拽回老家的。

顺便交代一句，这二侉子不是旁人，乃三奶奶家二儿子是也。三奶奶共生有三男一女：大儿子英年早逝，二儿子便是二侉子，三儿子在《香河纪事》开篇就出现过，阿根伙。还有一女，想必细心的读者朋友已经知晓，琴丫头。

话题扯得有点儿远，请读者诸君原谅。闲言少叙，言归正传。盘过的菜籽，便有紫红色的菜籽粒儿脱荚而出，铺满场头一角，任由火太阳晒。如若想偷懒，用石磙子碾压，效率是高了，效果未必好。何也？菜籽金贵得很，石磙子碾压时，极易将颗粒压碎。压碎的菜籽，出油率低，出售价也要打折扣。显然，得不偿失。

这盘菜籽，多为穿软底鞋“盘”。也有连软底鞋都不穿，光脚板上场的。祥大少在世时就常这么干。蔡和尚、瘌扣伙他们，脚板底老皮厚厚一层，光脚板上场，也不算什么难事。这事，放在柳春雨、陆根水这喝过几天墨水之流的身上，就不那么容易了。当然，让阿根伙光脚板盘菜籽，也蛮费难的。阿根伙没当上“芝麻粉”之前，正正规规下地干活的时候少，七儿八碰的，算不上正规劳力。在村民们眼里，他就是个跟在祥大少后面吃“浮食”的。脚板上的功夫，跟三狗子、蔡和尚他们比起来，差远了。

那天，一帮男人、女人在土场上盘菜籽。柳春雨和琴丫头紧挨着，边“盘”，边清理空了壳的菜籽秸秆，边说笑着，俨然一对小鸳鸯，谁也不肯离谁远出半步。

陆根水料定琴丫头会到土场上盘菜籽，特地主动向“芝麻粉”阿根伙请缨，要加入盘菜籽的行列。农技员主动要求干农活，阿根伙当然欢迎。他才不管陆根水动机何在，多个劳力多份功效，这才是阿根伙看重的。

陆根水来土场上，活计还没有干多少，最后还滋生出事情来，这让“芝麻粉”阿根伙，心里头颇为不爽。

见不得柳春雨和琴丫头在众人面前秀恩爱，陆根水想出出柳春雨的洋相。你俩毕竟一没定亲，二没有完婚，如此不避嫌，秀恩爱秀得尺码也太大了吧？即便是人家小两口，秀恩爱也是在家里。大庭广众之下，众目睽睽，总该顾忌一些。再说，你琴丫头不是不知道，我陆根水一直在追着呢，并没有罢手。就一点儿不顾及我的感受？可别把我逼急了。逼急了，没路走时，我可是什么事情都干得出来的。你无情，就别怪我无义。天底下的理，一样的。

这陆根水没有真正品尝过爱情的滋味，不懂得恋爱中男女的心理也属正常。如果放在一般人，对柳春雨和琴丫头这一对，也只是羡慕、赞许。但，陆根水哪里是一般人？琴丫头，早就是他瞄准的一只猎物矣。他给自己下了死命令：不捕获此猎物，绝不罢手。

面对柳春雨、琴丫头的恩爱秀，陆根水妒火中烧，不能自已。

陆根水从蔡和尚、瘌扣伙光脚板盘菜籽上，获得灵感。向柳春雨发出挑战：两个人脱了布鞋盘菜籽，谁坚持时间久谁赢，谁先退出比赛谁输。输者，出二斤肉，两瓶“大麦烧”，约在场的几个男人吃碰头。如若菜籽“盘”结束时，尚未分出胜负，则陆根水认输，自愿买酒、打肉，请大伙儿撮一顿。

在阿根伙看来，陆根水脑子肯定是进了那个啥。要不然，怎么会出这样坑自己的馊主意？明眼人都清楚，前提条件对柳春雨十分有利。除非柳春雨主动退出，陆根水方能胜出。其他所有情形，胜出之天平都是倾向柳春雨的。留给陆根水的只一个字：输。就陆根水自身条件而言，他在村上劳作，并没有像真正男劳力那样顶场。干农活，象征性的时候居多。这也就是说，他的脚板子，也不一定就比柳春雨的硬。

有二斤肉、两瓶“大麦烧”呢，可不能让它们从嘴边上滑掉。春雨伙，赌噢！蔡和尚、瘌扣伙几个经常在一起吃碰头的男人，率先撮哄柳春雨。赌噢！阿根伙不愿意自己未来的妹夫在众人面前当缩头乌龟，也跟着摇起芭蕉扇子，干起了煽风点火的勾当。

有好戏看，这帮丫头婆娘自然开心。起哄，则是她们最擅长的。碰到像香玉这样吃得开的婆娘，到时候还能跟几个男人混到一块儿，扳上几盅“大麦烧”。何乐不为？

柳春雨——陆根水——脱掉鞋子，赌！

柳春雨——陆根水——脱掉鞋子，赌！

土场上，吼浪起来。

其实，陆根水抛出这样的赌题，注定要输的。这菜籽的秸秆，原本就没有太厉害的刺。要说扎人，最多也就是菜籽荚子的尖子，如若朝上的话，有些个扎脚板。别的，实在没什么难得住人的。况且，晒过几个时辰的大太阳之后，菜籽的秸秆脆了许多，踩起来更为容易。

人人有面，树树有皮。赌就赌！难不成我柳春雨还惧怕你陆根水？柳春雨在众人的哄叫声中，爽快地脱下布鞋，递给身旁的琴丫头。柳春雨递鞋时，给了琴丫头一个眼神，意思很明了：放心！

毕竟柳春雨从来没有这样做过。就连拔菜籽，今天也是第一次。尽管没多大的危险，琴丫头心里还是有些不踏实。

琴丫头心里的不踏实，柳春雨未必能完全领会。琴丫头自己知道，她的不踏实，来自陆根水的用意。陆根水这坑题，出得有些蹊跷。常听说，坑爹，坑娘，坑集体，哪有自己坑自己的？这场赌，陆根水输的概率，远远高于柳春雨，但他仍然刻意为之，显然是想看柳春雨的笑话。只是这“笑”从何来，琴丫头百思不得其解。

琴丫头知道，陆根水在意的，不是那二斤肉、两瓶“大麦烧”。这样一想，陆根水的不怀好意，是肯定的。但，这不能放到桌面上来说。要扯这样的话题，就必然扯到陆根水对自己的情感问题。可任她琴丫头态度多明朗，陆根水这头犟驴，仍然是一副撞到南山也不回头的架势。这也让琴丫头一个姑娘家怪为难的。她实在想不出什么办法来，让陆根水死心。

当然，她内心深处，也不愿意柳春雨参与进来，不愿意柳春雨跟陆根水发生什么不愉快，毕竟一村子住着。早不见，晚上见。低头不见，抬头见。受了伤，不是什么好事情。

琴丫头还在头脑里前思后想呢，两个年轻人均脱了鞋，踩上菜籽秸秆，加入光脚盘菜籽的行列之中。

咔嚓咔嚓，咔嚓咔嚓，陆根水和柳春雨，两个人都憋着一股劲儿，用脚均颇为有力，频率并不低于蔡和尚、瘌扣伙他们这些老手。此处，可能称“老脚”更为贴切。

柳春雨输给了陆根水！

这场光脚盘菜籽比赛，在几乎所有人都认为柳春雨赢定了的情况下，柳春雨却输了。

说起来，整个比赛乏善可陈。如若两个年轻人就这么一脚一脚踩下去，陆根水铁定会输掉比赛。这没有丝毫悬念。

咔嚓，咔嚓，咔嚓，咔嚓，就在这枯燥乏味的踩踏声中，突然，柳春雨一声尖叫，啊——

只见他两手捧着左脚，一蹦一跳地退出场地，坐倒在土场边上。

琴丫头、阿根伙连忙赶到柳春雨身旁，只见一根扁扁的巴锔钉，两个钉尖深深地扎进了柳春雨的左脚板。鲜血，顿时从脚板底钉眼处渗出来。

春雨伙怎么啦？出什么事啦？蔡和尚、瘌扣伙他们停下了劳作，围拢上来关切地问。说实话，刚开始，毕竟他们撮哄着，想白吃顿大肉饭的。这刻儿，见柳春雨意外受伤，且伤得不轻，心里头有些过意不去。

这哪个王八蛋干的，还不站出来？阿根伙厉声喝道。以“芝麻粉”阿根伙的判断，这巴锔钉是有人故意设的局。要不然，这平整清扫过的土场上，怎么会冒出个巴锔钉来呢？而且，不是什么其他洋钉，偏偏是扁扁的巴锔钉，如若两端的钉尖朝上，一般情况下都能稳稳地立着，不易翻倒。这还不是有人蓄意所为？

阿根伙的这一声厉喝，让在场的男女都吃了一惊：怎么？有人故意使坏？人群中有了窃窃私语。有人不自觉地将眼光转到了陆根水身上。陆根水臭声臭气地呵斥道：看什么看？不认识老子啦？

陆根水阴沉着脸，退出盘菜籽的场地，掸掸自己的光脚板，穿上之前扔在土场角落里的布鞋，径直走到受伤的柳春雨跟前，冷冷地丢下句：你输了！之后，独自离开了土场。

知人知面不知心，想不到陆根水是这么一个阴险的人。土场上，有人嘀咕道。

没证据的事，你们千万不能妄下结论。这对陆根水不公平。柳春雨呻吟着，阻止道。

这还要什么证据？秃子头上的虱子——明摆着。要不然，他怎么想得起来，跟你打这样一个必输无疑的赌？有人继续为柳春雨鸣不平。

好了，在没有查出使坏之人前，大家伙儿还是听春雨伙的，不要乱指责陆根水。本队长决不会让这样的坏蛋逍遥，一定要让他知道本队长的厉害。阿根伙严厉地说道。

哥，你就别在这儿义愤填膺了，赶紧背春雨到水妹的卫生室救治。这巴锔钉还钉在春雨脚板上呢！琴丫头眼中泛着泪花，声音拖着哭腔。细心的人发现，她对柳春雨的称呼，又变了。直接叫了“春雨”。

该死，该死，把我们重伤号给耽搁了。蔡和尚，快，背着春雨伙直接上大瓦屋，找王先生。这钉子，得认真对待。春雨伙受点儿疼痛事小，治疗不当，万一得了破伤风，那可不得了。水妹那儿就别去了，她只能看个伤风、咳嗽之类的小毛病。阿根伙一边指派蔡和尚背柳春雨去大瓦屋，一边指挥土场上的村民们继续劳作，把剩下的菜籽盘结束。

琴丫头对三哥的安排蛮感激的。心想，到底是当了队长，想事情竟比她要周全、妥帖。于是，提着春雨的一双布鞋，跟在蔡和尚后头，赶往大瓦屋。

阿根伙所言“大瓦屋”，便是公社设在香河的医疗点。有三五名医务人员。其负责人姓王，村民们都叫他王先生，不叫王医生，也不叫王医师。不知何故。

三奶奶平日里，倒是在这大瓦屋，给王先生他们做饭。在村民们眼里，王先生儒雅得很，虽已年过半百，但不显老。富富态态的脸上，架着一副半框金丝镜。一看就是个墨水喝得多的人。

王先生有学问，医疗水平高，这是村民们亲身体验过、领略过的。谁吃了五谷不生灾？有了毛病不要紧，关键要能有医生给予精确诊断，对症下药。如此，方能药到病除，解除病人痛苦。更有甚者，挽救病人生命。在香河村民眼里，王先生就是这样的医生。

与人打交道，王先生极平易。三奶奶给王先生他们做饭，王先生客气得很，没有嫂子不开口。有什么事情要交代三奶奶去办，多半是买菜，王先生会说，嫂子，今天到柳老先生豆腐坊上拾几方豆腐，再到王老五肉案子上打斤把肉，馋你做的汪豆腐呢。要不就是，嫂子，你到谭驼子家拎两条鲫鱼回来，烧个鲫鱼汤吧。关照谭驼子放心，鱼钱过两天给他送上门。

三奶奶自然一一照办。三奶奶给王先生他们做饭，为主的也就做中午一餐。早餐，比较好解决，王先生他们就自己解决。晚餐，则是三奶奶中午一餐之延伸。通常是三奶奶做中午饭时，有意多做一些，留给王先生他们晚上热一热，抑或稍作加工，一顿晚餐便有了。好在王先生他们在吃上，并不十分讲究，应付过去就行。

听村上老辈人讲，三奶奶有着非凡的过去。她男人是一名响当当的军官，在打老蒋的一次战役中光荣了。她家因此落得个烈属称号。据说，二侉子能到部队上，跟这烈属称号有关。说来巧得很，三奶奶家男人，跟王先生同宗，也姓王。这样一来，王先生叫三奶奶一声“嫂子”，似无不妥。

尽管拖了一些时日，柳春雨还是兑现了与陆根水打的赌。

柳春雨没等左脚好利索，就张罗着安排这次意义特别的聚餐。据说，酒钱、肉钱，都是柳安然主动拿给柳春雨的。他跟陆根水打赌出事后，老父亲当即赶到大瓦屋，也没过多责备他，只是关切地向王先生询问，有无大碍？回家之后，叮嘱柳春雨的就一条：人不可言而无信。

跟陆根水之间兑现承诺的聚餐，安排在了谭驼子家。盘菜籽时在场的蔡和尚、瘌扣伙当然到了场。这地点放在谭驼子家，还是蔡和尚提议的，说是图谭驼子婆娘香玉有一手好厨艺。其实也不尽然。

祥大少在时，谭驼子家就是祥大少、蔡和尚、瘌扣伙几个男人吃碰头的据点。当然少不了阿根伙。蔡和尚他们几个光棍汉，或多或少都尝到过香玉的甜头。只不过，祥大少来了个后来者居上，直接骑到香玉身子上去了。这让几个光棍汉颇为愤愤然。愤愤然，就愤愤然，在祥大少面前屁不敢放半声。现在，接替祥大少的阿根伙，也火烧火燎的，盯着香玉的胸脯淌口水呢。

他们这些个男人的把戏，入不了柳春雨、陆根水的法眼。他们两个来谭驼子家，纯粹是履行承诺。严格说来，一方履行，一方接受，为的是言而有信。或许有人会质疑，陆根水还有脸面来展示胜利者的姿态？

顺便说一句，尽管在柳春雨被扎伤的现场，阿根伙信誓旦旦，决意要查出元凶。然，个把月过去，也不见有下文。弄得自己的亲妹妹，这一阵子都不拿正眼瞧他，也不跟他说话。阿根伙也是哑巴吃黄连。就凭一根巴锔钉，哪那么容易就能找出元凶？再说，又不是什么人命案，好报案让公社派公安干警介入。柳春雨也就受了一段时间皮肉疼，并没有得破伤风之类，不曾有性命之虞，这也让阿根伙对追查元凶，动力骤减。

既然没有证据，证明菜籽秸秆丛中的那根巴锔钉是我陆根水放的，那么，作为打赌的胜出方，我前来参加柳春雨履行承诺的这次聚会，不仅理所应当，而且天经地义。说到底，是给柳春雨面子。

柳春雨虽然不主张旁人在没有证据的情况下，公然指责陆根水，但，这并不等于，他在心里，不把账记在陆根水身上。因此，对于陆根水的到场，他的态度只是默认，别无其他。要想他摆出多热情的架势，显然是妄想。

因为有蔡和尚、瘌扣伙，以及谭驼子、香玉两口子在场，再加之阿根伙从中调停，这兑现承诺之聚餐，总算顺顺当当吃到最后、喝到最后，没有再横生枝节。

对柳春雨一瘸一拐的左腿，陆根水没有半句言语，也没有半点儿喜形于色，当然也就不会幸灾乐祸。这倒让原本看似指向单一的案情，变得扑朔迷离。连柳春雨自己也不敢肯定，那根巴锔钉就是陆根水所为。

关于盘菜籽时土场上的那根巴锔钉，谜底揭开时，早过了菜籽场，也过了麦收，过了插秧场。且在柳春雨、琴丫头和陆根水三人之间，发生了一件惊天动地的、不可逆转的大事情之后。这件事情的发生，直接导致了柳春雨和琴丫头情侣关系的终结。出人意料地，让陆根水最终抱得美人归。

在陆根水与琴丫头成亲的当晚，陆根水把自己灌得烂醉如泥。带着十二分的醉意，陆根水十二分自得地告诉琴丫头，扎在她情哥哥左脚上的巴锔钉，就是他陆根水事先安放好了的。

陆根水，你这个卑鄙无耻的小人！

新娘子琴丫头，举起一把锐利的剪刀，刺向醉鬼新郎官陆根水。其实，这把一直藏于己身的剪刀，原本是琴丫头为自己准备的。

结果，用在了陆根水身上。这是连琴丫头自己都没有想到的。

开秧门

一片片（来哎）水田白茫茫，
（哎）大嫂子哎小妹子栽秧忙。

啊里隔上栽，啊里隔上栽，
栽（呀么栽）得好，
栽（呀么栽）得快，
呀得儿喂，嗯哟喂，
一心为（呀为）的（那个）多打粮。

既柔且亮的插秧号子，在插秧田里响起，告诉农人们时令的转换，各家各户忙的重点跟前一段不一样了。不得不佩服这些劳作的人，像插秧这种原本辛苦而机械的劳作，若是在默无声息中进行，那将是何等枯燥、乏味？不止于此，身体的疲劳亦随着这枯燥、乏味，而加剧、加重。有了插秧号子，一切都大不同矣。

在插秧田里劳作的人们，无论是插秧的妇女，还是挑秧、打秧的男人，抑或是堤岸水车上车水的，随着插秧号子的节奏，一人领，众人和，各自的工作在欢悦中进行，劳作协调，情绪欢快，身体放松，其乐融融。不少青年男女的情感故事，就在这其乐融融中上演。

逢满插秧，大事无妨。香河村民，世世代代以种田为业，自然不肯错过节气。虽然说，耽误庄稼只一季，耽误人是一生。

收割了菜籽的油菜地，便需先犁，上水，再耙，这叫盘田。这当中，犁和耙，都是用牛师傅瘌扣伙他们的活计。油菜地未上水前，瘌扣伙们给牛架上“格头”，连上犁之后，牵进地里来，犁地。犁，在牛的牵引下，插入泥土翻耕，原本板扎平实的油菜地，掀起一垄一垄的泥浪，瓦灰云一般，有看头了。

晒过几个太阳之后，给翻耕过的油菜地上水，之后再由牛师傅瘌扣伙们施行另一道工序，耙地。耙地时，瘌扣伙们同样会给牛架上“格头”，只是牛的身后拖挂的农具不再是犁，而是耙。犁，靠犁铧翻耕。耙，则用耙齿破垡。耙地时，因为地里有水，牛劳作起来，较犁地要轻松。这从用牛师傅瘌扣伙们口中的牛号子，也听得出。

噢嗬噢嗬——噢嗬嗬——有音无字，甚是悠扬。

盘熟之后的油菜地，留待插秧之用。虽说，大面积插秧，是在麦子收割之后，然，在盘熟后的油菜田插秧，却显得不同凡响。

每年这样的时候，在香河都要有一个郑重的仪式：开秧门。

今年开秧门，一如往年。

开秧门的秧田，由香元支书亲定。今年，选定在一队。开秧门，不比寻常之农活，须更早起床。这天，天色尚暗，“芝麻粉”阿根伙的叫喊声便急吼吼地在龙巷上响起，犹如人们记忆中的周扒皮“半夜鸡叫”：

各家各户起床啰——起床烧早饭噢——

与往常喊工不同的是，阿根伙的喊声里，陡增几分霸气。不止于此，今天喊工，阿根伙还有了特别交代：今天开秧门，香元支书要到场！各家各户拔秧、插秧的，挑秧、打秧的，上水车车水的，哪一个都不得拖拉，不得迟到！谁让我在香元支书面前抬不起头来，别怪我不客气！让他头沁到裤裆里，见不得人！

阿根伙少有地这样强势、霸气。当然，阿根伙的强势、霸气，是在龙巷上，并不针对具体人。这不，当他来到龙头柳安然老先生府上时，便收住了音量，声调平和地给两位长者作一番交代，作一番拜托，样子谦恭得很。何故？开秧门，关键之人有三，香元支书是其一，另外二人便是柳老先生和三奶奶。

开秧门现场，自有一份严肃，甚至近乎神圣。开秧门，显然有一套规矩。但见，准备开秧门的秧田边，早备好了香案。香案上备有："三呈"、酒和香炉之类。

"三呈"通常由鱼、肉和豆腐三样食品构成。这里讲究的是，鱼，多为一条鲫鱼，须活的；肉，为一块特定部位之猪肉，须有"冒头"；豆腐，须一方整的，不能散。此外，酒，虽是村民们常见的"大麦烧"，但必须是新开的，得满瓶。已经开了瓶的酒，再敬神，不恭。一瓶酒，配小盅三盏。还有就是黄元和香。这里的"黄元"，乃敬神专用之物，纸质，绘有神灵图案，因其色黄而得名。

这样封建色彩浓郁的仪式，得以在香河保留下来，可谓奇迹。民以食为天，乃千古不变之理。再怎么"轰轰烈烈"，饭总要吃。祈求粮食丰收，那不是天经地义之事么？

此时，村上辈分最高者柳安然，一身中式素衣，神情肃穆地走出人群，从香案上拿起折叠好的黄元，高高地举过头顶，向东西南北四个方向鞠躬行礼，之后点燃。再从香案上取三炷香，同样高高举过头顶，依次向东西南北四个方向鞠躬行礼，之后点燃，插入香炉。再打开酒瓶，往香案上"三呈"前的三盏中倒酒。这里也有讲究，倒酒不能一次倒满，须一倒二增，三次方使盏中至满。

只听得大队支书香元一声高喊：开秧门——

细心者便会发现，香元支书少有地，没有将他那件标志性的中山装披在肩上，而是正正规规穿了起来。不仅如此，中山装的风纪扣都扣上了。不用说，本来就沉脸时居多，此时的香元，脸沉得更深。

阿根伙们随着香元支书的一声高喊，迅即点燃鞭炮。噼噼啪啪的小鞭，与砰——啪——砰——啪——的炮仗声，顿时在秧田上空交织着响起，煞是热闹。

就在这热闹的鞭炮声中，村上女性中辈分最高者三奶奶，亦着一身中式素衣，神情庄重地卷起裤腿，从田埂上下得秧田，从水中抓起一把水淋淋的秧棵，拆分着，插下整个水汪汪的大田里第一株秧苗。原本白茫茫的水田里，有了一点绿，一点生命之绿。

望着这一切，站在田埂上人群里面的柳春雨，有些感慨。这不只是一株秧苗，更是生命的延续，是希望之所在。

早等得手痒的插秧女，自然不会在意柳春雨的感慨。哗——如潮水般拥进秧田，在三奶奶身边一字儿排开，挥动手臂，开始插秧。这一群大姑娘、小媳妇拥进秧田，秧田里的色彩霎时丰富起来，红，粉红，大红；绿，草绿，深绿；黄，鹅黄，老黄；紫，紫红，酱紫……所有这些颜色皆出自插秧女子们的头巾。不用说，这是刻意的，更是虔诚的。开秧门，毕竟是村民们一年劳作之中的一件大事情，马虎不得。这些大姑娘、小媳妇，谁不想把自己打扮得花枝招展呢？

柳春雨一眼望见了插秧雁阵中的琴丫头。琴丫头头上鹅黄色的头巾太鲜嫩，在众女子的五彩缤纷里，跳色，耀眼。

遗憾的是，柳春雨并没能被安排跟在插秧的琴丫头后面“撒趟子”。他被安排和农技员陆根水一起，在秧田岸埂的水车上，踏水车，给秧田补水。

由油菜地变为秧田，最本质的变化是旱地变水田。虽说割去菜籽后，也盘了田，但田的保水性能尚未达到最佳。有的，甚至还是漏田，得不断补水。因此，给刚下插的秧田补水，是一项必需的工作。

说起这补水，有人工的，有机器的。人工的，就是柳春雨、陆根水他们正在操作的，脚踏水车。机器的，便是抽水机船。顾名思义，抽水机安装在农船上，哪块田需要补水，抽水机船开过去，抽水筒子架到田埂上，发动机器，机泵开始工作，河水便哗哗流进田去。

抽水机船，在香河尚属金贵的大型农具，一个生产队还平均不到一条。农忙时节，只有靠香元支书亲自调节。这样一来，给农田补水，大多数是靠人工，靠脚踏水车。

这脚踏水车，在苏北农村极普遍。一般，一片大田就会有一部脚踏水车，固定在田埂靠河岸的所在。距离大田远的，则有灌溉渠，通往大田。

脚踏水车，其构成亦简。靠架子、转轴和翻水用的槽桶组合而成。架子多为两根竖杆、一根横杆，皆为乡村常见之杂树。架子上横杆的高度要适宜，以供踏水车的伏身之用。转轴，则安装在架子正下方，稍稍离地，能转动即可。转轴，多半粗且大。虽为木质，却不是寻常杂树所制。每制此轴，工匠均得精心选料，以便在转轴上开凿，安装钵轴。钵轴比常见的洗脸盆还要大，扁圆形，通常用陈年大树之根制成，整块的，挺沉。踏过脚踏水车的都知道，这钵轴，沉好，转起来有惯性。钵轴上安了一颗颗“齿”，短且粗，恰巧与槽桶里的链轴咬合，将动力传给槽桶里的水斗子。链轴上的板叶，躺在槽桶之中时，自然形成水斗状，可容水。

既是脚踏水车，这动力之源自然是人。如若转轴是光杆，人纵有万斤之力，亦难以让转轴转动。于是，这转轴上，中间装有钵轴，钵轴的两侧，均安有叫“拐”的玩意儿。“拐”，呈“丁”字形，酷似缩小版的“木榔头”。“拐”的安插，须对称、均匀。这样踏起水车来，才上圆、协调。因而，给转轴开凿洞口，安装“拐”，均须工匠事先盘算好。有了“拐”，踏水车的只要脚一踩到上面，转轴便转起来。伸进河里的槽桶，借着长长链轴上的板叶，便能将河水翻运上岸，流入农田。

踏这种水车，伏身横杆要轻，脚下踩“拐”要匀，身体重心要随腿部的抬起踏下而稍稍后移，与众人要默契配合，步调一致。唯如此，方能省力而灵巧地转动水车。否则，定会出洋相。

在开秧门这天，柳春雨这个回乡知青，在众乡亲面前，在他心爱的小琴姑娘面前，就出洋相了。

红（啊）衣（来哎）绿裤映水面，
（哎）好像（那个）莲花浮水上。

不知哪家媳妇嗓子里钻进毛毛虫，发痒了，亮开喉咙，唱起了插秧号子。照理说，插秧，唱插秧号子，鼻涕往嘴里流。有人开头领唱，没有不和的理。听——

啊里隔上栽，啊里隔上栽，
栽（呀么栽）得好，
栽（呀么栽）得快，
呀得儿喂，嗯哟喂，
一心为（呀为）的（那个）多打粮。

这一唱一和，让插秧的大姑娘、小媳妇来情绪了，一个人接着唱，一群人跟着和。插秧田里愈发欢腾。有领唱的妇女惹起那帮男人来了——

送（啊）秧（来哎）大哥快点儿走，
栽秧（那个）要趁好时光。

和声四起——

啊里隔上栽，啊里隔上栽，

栽（呀么栽）得好，

栽（呀么栽）得快，

呀得儿喂，嗯哟喂，

一心为（呀为）的（那个）多打粮。

手里插着，口里唱着，不经意间，太阳照耀下的秧田里，撒满了点点的绿，密密麻麻，紧紧匝匝。细观，横成排，竖成行，疏密有致。最是那一棵棵秧苗，活脱脱，一群鲜活的生命。望着这群鲜活的生命，望着制造鲜活生命的插秧女，挑秧、打秧的，水车上车水的，一个个男人，均蠢蠢起来。身为文娱宣传队队长的柳春雨，在心爱的姑娘面前，有了亮一嗓的欲望：

上风飘下一对鹅，

雄鹅河边叫妹妹。

蓝花白花玉兰花儿开呀，

嗯呀哦吱呻，呻呀，呻儿，多风流。

我的情妹妹，

嗯呀哟，呀得儿喂。

没等到琴丫头回应呢，一群大姑娘、小媳妇抢着跟柳春雨对唱起来——

田头哥哥秧担儿悠，
田中妹子把眼瞅。
蓝花白花玉兰花儿开呀，
嗯呀哦吱呻，呻呀，呻儿，多风流。
我的情哥哥，
嗯呀哟，呀得儿喂。

插秧号子唱得“撒趟子”的、车水的，一个个眼馋嘴馋，馋涎欲滴。秧田里，秧把子腾空而起。看似随意乱飞，实则有的放矢。“撒趟子”的男人，故意了，撒趟子撂在外，泥水溅到大姑娘、小媳妇们花花绿绿的衣服上、头巾上。

这帮女子也不好惹。看起来，一个个都绷着脸儿，生气。细看时，会发现不一样的。有的真生气，亦有的假生气。于是，身边的秧把子，瞬间变成了她们反击的武器，纷纷落至挑衅者身边。有的径直落到了个别男人身上，顿时弄了个大花脸，登台都不用化妆。

在这群插秧女当中，一眼望见琴丫头鹅黄头巾的，不止柳春雨一人。陆根水也是如此。“也是如此”四字表述似不够准确，陆根水可谓是一眼锁定了琴丫头。

农技员陆根水，在村子上也算是有头有面之人。和柳春雨一样，陆根水也是读过初中的，并且在公社农科站培训过。当上农技员之后，陆根水尝到了甜头，平时不用跟在一帮社员后面下地劳作了。虽然他有时背着喷雾器，在秧田里，在麦田里，抑或棉花田里，给秧们、麦们、棉花们，打农药，也是一种劳作。显然，这跟干一般的农活，不一样。陆根水的劳作里，有科技含量。值得人们高看一眼。更何况，陆农技员亲自背喷雾器的场合不多。背，也就是个示范，属田头指导。

陆根水跟他母亲来娣子一起生活，用村民们的话说，是个寡妇伢儿们。村上也有过耳传言，来娣子跟香元支书有一腿。否则，哪轮到陆根水当农技员？村上的初中毕业生，又不是他陆根水一个。

农技员陆根水，平日里，对母亲来娣子的口声不怎么好，冲的时候比较多。有时甚至当着旁人的面，让来娣子难堪。祥大少在世时，碰上了，定会不留情面地对陆根水吼过去：根水伙，翅膀硬了？怎么跟妈妈说话呢？昏了头了！情形严重的时候，还会补以一个耳掴子，不得了啦，摸摸头还在不在头上！

面对身高马大的祥大少，陆根水只好闷闷地吃他一个耳掴子。那可是蒲扇似的大巴掌噢，厚实，且布满老茧，掴下来轻不了。祥大少事后会对旁人说，不让陆根水长点记性，不行的。

陆根水心里也有话，说不出口。

他自认自己长相不差，距离“一表人才”也没有多远了。又是村上的农技员，在香河看上哪家姑娘，应该是哪家姑娘的福气。他理所当然，应该有足够大的选择权。

然，事实并非如此。他头一眼看中香元支书家千金水妹，本来都有些眉目了。但两个人耳朵里，几乎同时听到村民们过耳传言，说些双方家长不三不四的话，无法再交往矣。之后，又看中了柳春雨家妹妹翠云。陆根水被翠云身后那两条长长的辫子迷住了。他甫一开口，便遭婉拒。理由是，已经有当兵的登门说媒。事后，陆根水了解到，那个当兵的确有其人，但，是几个月之后才出现的。

现在，陆根水不瞒不藏，公开追求三奶奶家的琴丫头。具有戏剧性的是，他和柳春雨从期望中的“郎舅关系”，转变为现实中的“情敌关系”。

开秧门到现在，陆根水的眼睛一刻都没有离开过琴丫头。他对琴丫头的一切，都上心得很。琴丫头那雪白带粉的脸颊，琴丫头那双会说话的大眼睛，琴丫头那波浪起伏的身体，所有这些，无不令他着迷。

伏在水车横档上的陆根水，望得眼中喷得出火来。心中愈加火烧火燎，再也不想掩饰自己心底的欲望，他猛然高喊一声——

琴丫头——唱一个！

陆根水这一声高喊，犹如一只冲天炮仗，炸在原本嘻嘻哈哈的秧田上空。瞬间愣神过后，想看好戏的那帮男女，一起哄闹起来：琴丫头——唱一个！琴丫头——唱一个！

在村民们眼里，琴丫头跟柳春雨似乎是天生的一对。他俩好上了，一村人都知道。而陆根水，一直苦苦追求着琴丫头，在村民们中间，也不是什么秘密，知道的不算少数。偏偏当事人之一的柳春雨，好像蒙在鼓里。

这刻儿，整个秧田里，"琴丫头——唱一个"的呼喊声，此起彼伏，成了浪。正值青春年华的女子，在新插的秧苗映衬下，娇羞欲滴，欲言又止。身旁的女人们撮哄着，琴丫头唱一个，唱一个！

身为文娱宣传队上的骨干分子，唱首插秧号子，自然难不倒琴丫头。琴丫头心里其实有些懊恼，刚才春雨哥唱时，她是想好了跟上去，跟春雨哥来个对唱的。可身旁的这帮丫头、婆娘，一点儿没得眼头见识，人巴人巴的，争着抢着在春雨哥面前表现。也不爬到戥盘上称称，自己几斤几两，跟我争？做梦！

这刻儿，一群人起哄，让她唱，她要好好想想，为心爱的春雨哥唱个什么。虽然，这是陆根水带头起的哄，管他呢。

于是，琴丫头抿抿嘴角，轻声自语道：唱就唱。

一根么丝线，
牵是么牵过河了，哥哥。
郎儿买个梳子，
姐呀，姐呀梳了头了，
哟咿哟呵呵。

撒趟子撂在外，
一见么脸儿红了，哥哥。
明呀明个白白，
就把相呀思来害了，
哟咿哟呵呵。

琴丫头的歌唱，并没有得到心爱的春雨哥回应。

琴丫头唱着唱着，把柳春雨带进了先前尚未到盛花期的油菜地。那一片含苞欲放的菜花地，让柳春雨生平第一次跟一个年轻的女子“零距离”了。不对，是“负距离”。他俩完全融入了彼此，美妙，陶醉。柳春雨提取二十多年所有的生命记忆，也找不到一种记忆有如此之美妙。柳春雨清楚地知道，在自己有限的人生阅历中，从未领略过像琴丫头这般，为自己所呈现出的美好。琴丫头的含苞待放，其“待”，原来是属于自己的。琴丫头的娇羞欲滴，其“滴”，原来也是属于自己的。琴丫头花蕊般徐徐打开的姿态，琴丫头滴入柳春雨体内的青春汁液，无不让他迷恋，陶醉。柳春雨想着，想着，任由思绪变成一匹野马，自己徒留一筐无用的缰绳。跟上次忘记了是在劳作的田间一样，眼下，他又忘记了是在水车之上。

柳春雨吊田鸡了！

柳春雨身子死伏在横杆上，脚下根本就踩不匀，也跟不上“趟”，脚被“拐”打得生疼。他这才如梦初醒，万般无奈之下，口中大叫：停，停一下。

实在支持不住了，柳春雨双手紧握，身子一弓，两腿一缩，选择了把自己变成一只大田鸡。

柳春雨这只大田鸡，在水车上吊着，在开秧门的第一天，在众多男人女人面前，尤其是在自己心爱的小琴姑娘面前，实实在在地吊着……

噢——噢——柳春雨吊田鸡啰！开了秧门的秧田里，起哄达到新的高潮。

在一帮插秧妇女当中，唯有琴丫头，手持秧苗，面色绯红，看也没看柳春雨一眼，更别说起哄了。这一切，都被水车上的陆根水看在眼里。

一片哄笑声中，陆根水的脚下，蹬得更快了。

陆根水，你神经啊？还不停下来！柳春雨的洋相出大了，对陆根水指名道姓，口声不大好。

什么人，这点玩笑都开不起！陆根水恶声恶气地丢下一句，离开水车，径自到堤埂边的柳树下，捧出上工时带来的粥盆，呼呼地喝起子粥来。但见他喝几口子粥，嚼几根苋菜馉，极有滋味的样子，似乎皇帝老儿的御膳也不及。

标致的姑娘，谁不喜欢？！柳春雨不知道，陆根水追琴丫头，也已经不是一天。让陆根水不服的是，琴丫头眼里只有“春雨哥”，根本不把他这个农技员放在眼里。在陆根水面前，琴丫头就是一块铁板，甭说是插根针，就是钉子碰上去，也只有弯的份儿。

这陆根水，也是个不信邪的主儿。一条道走到黑，黑到伸手不见五指也不回头。他打定主意，在琴丫头这棵树上吊死。

为情魔所困的陆根水，最后还是做出了件遭全村人唾骂的事情，往柳春雨和琴丫头酿制的蜜汁中，扔进了黄连苦胆。这蜜汁，能不变味么？柳春雨和琴丫头的爱情，遇到了危机。

陆根水，把琴丫头给强奸了。

没窝的野鸭哟，顶水游哎，
岸上的哥哥哟，顶风走。
船上的妹子顶风唱啊，
泪珠儿打在竹篙头。

哥呀哥——莫问妹缘由，

哎哟哟，莫问妹缘由。

柳春雨听见了水面上琴丫头的歌声，她哪里是唱，分明是在哭吟。琴丫头，心里苦哇。听着，听着，柳春雨内心亦越发酸楚，泪水在眼眶里打转。

琴丫头托翠云带话给春雨哥，小琴不再是原来的小琴，不值得春雨哥再爱。出了那样的事，她和春雨哥断无在一起的可能。

香河一带，男男女女的事情，陆根水跟琴丫头不是头一桩，也绝不会是最后一桩。暗地里，你跟他好，她跟你好，随便到怎样的地步，外人不知平安无事。一旦闹得满村风语，瞒不起来，藏不起来，就有个规矩礼。哪家小伙把人家丫头肚子弄大的，对不起娶家去，男方家没得不肯一说。如若不肯，万一闹出人命来，事情就不好收场了。如此了结，要是男方家不满意，旁人就会说，哪个要你家小伙是个馋嘴猫的？对女方来说，丫头未婚先孕，不就此出嫁，日后一世的话把子，抬不起头来。现在，肉烂在自家锅里，旁人再无闲话。如若女方不愿就此了结，则另当别论。女方不愿就此了结的，少得很。人生在世，结婚生子，成家过日子，乃人生常态。

琴丫头，哪里能超出这“常态”之外？

决定和春雨分手，仍心存依恋。想在出嫁之前，再单独见上一面。这不，琴丫头约了柳春雨，各自划着小船，来到乌巾荡。

夏阳，炎炎地照在绿苇之上，闪闪烁烁。微风中，苇叶沙沙作响。几只飞鸟不知趣地，在柳春雨和琴丫头的头顶上空，叫得“叽叽喳喳”，热闹，欢快。

柳春雨和琴丫头进得荡子之后，不约而同，来到两人曾经的爱之所在。相隔月余，这绿苇丛中，似乎还残留着彼此的气息。荡里水草，似乎愈益轻曼、娇娆。这一切，都在调动着柳春雨，唤醒着柳春雨。

别，别过来。另一条小舟上，传来琴丫头的声音，陌生，迷茫。

春雨哥，我就想再好好看看你。春雨哥，虽说你我只走过短短的一截。有这短短的一截，也够我活一辈子，回味一辈子。琴丫头边泣，边诉，早成了个泪人。临了，扑通一声，重重地跪在了船头上，额头磕在船板上。鲜红的血，滴落下来，滴在船板上，滴在荡子里。

柳春雨，在琴丫头的哭诉中似乎灵魂出了窍，木掉了，僵掉了。这刻儿，琴丫头的血，方让他如梦初醒。他一个箭步跨到琴丫头船头上，一把搂着心爱的姑娘，小琴，小琴……

两颗年轻的心，在痛苦中燃烧着，熔化着。

柳春雨和琴丫头心里头均清楚，过了今儿就再也不可能在一起了。两个人均格外动情，身体的每个部位都来了情绪。他俩把自己变成了两条咬籽的鱼，一会儿他上她下，一会儿她上他下。

小小的船舱里，似从荡子里跃入了两条大鱼，离了水之后，翻腾不息，扑通作响。

苇丛间，隐约之中，似可见那只小船，在乌巾荡上，时而剧烈地抖动，时而舒缓地荡漾。

时不时有几只飞鸟，叽叽喳喳地叫着，从小船上空飞过，叫声依旧悦耳，动听。

栽棉花

给矮冬瓜介绍啦?

嗯啦!

说的哪家姑娘?

也给我们家黑菜瓜说说!

割去了麦子的麦田里，依然一片金黄。黄灿灿，耀眼，闪亮。香河村一群男女劳力，正在这麦田里栽棉花苗，移营养钵。

来娣子手握制钵器，边给李鸭子打塘子，边跟她闲话。李鸭子蹲在来娣子跟前，边从担筐中取营养钵往塘里栽，边回应来娣子问话，头也不抬。她们清楚得很，干农活，闲话归闲话，只要不影响进度，“芝麻粉”阿根伙不会太计较。这倒不是因为李鸭子是阿根伙的二嫂子。

来娣子跟李鸭子正闲话呢，挑营养钵的香玉正巧赶上，抢嘴快，没等李鸭子回话，就岔出自家儿子亲事的话题。想让李鸭子也帮着牵牵线，搭搭桥。

“矮冬瓜”“黑菜瓜”，显然为人之绰号。“黑菜瓜”，乃香玉之子。一个母亲张口叫自己儿子绰号，感觉有点儿怪。然，这是一般人的想法。在香河，叫绰号极平常。做父母的，开口喊自己孩子绰号，诸如“黑菜瓜”之类的，远不止香玉一个。乡野村民，缺文少字，没喝过几天墨水，有正正规规名字的，少。

与“黑菜瓜”不一样，这“矮冬瓜”，倒是有正正规规的名字，叫柳春耕，乃柳安然老先生大儿子是也。因其五短身材，有人背地里送了他一个“矮冬瓜”之别称。说起来，整个香河，也就柳安然一家，大大小小都有正经八百的名字，其他找不出第二家。

人之名，符号而已。叫啥，日子都一样过。

移营养钵，多半在麦收之后。

香河一带，稻麦两熟，为农作物播种之常态。一年当中，稻子种一熟，麦子种一熟。也有稻子种两熟的，叫双季稻。早稻收割之后，再种一熟晚稻。可见那时粮食之金贵。

比粮食更金贵的，当属经济作物。在香河一带，通常为油菜和棉花。冬季播种时，大面积播种的是麦子，这“纲”，不能变。对于粮食种植面积，县上、公社都是有硬指标的，每年都有考核。粮食种植面积不达标，那是要受处分的。情形严重的，会被撤职查办，乌纱帽自然就保不住。这也就是香元支书常挂在嘴边的，“政治生命”都不要了。

不过，各级干部只要将“纲”抓紧之后，还是会在“目”上做点儿文章。常言说，文章人人会做，各有巧妙不同。世间事物，真正铁板一块的，不多。

粮食作物是“纲”，经济作物自然是“目”。尤其到了大队这个层面，多种经济作物，其经济实力就不一样，香元们办起事来就爽手。否则，手中无米，唤鸡不灵。

在香河，与种麦一并进行的，便是长油菜。眼下，大面积麦收之后，当然是插秧，长稻子。也有一小部分麦田，被安排移营养钵，栽棉花。

栽棉花，与插秧，完全不是一回事。在大田里栽棉花，不是单纯栽棉花苗，而是移营养钵。棉花育苗，是在营养钵里完成的。营养钵，小圆柱体的外形，半尺不到的高度，中间有小凹膛，供落种之用。其“营养”二字，源于钵体主要原料：草木灰。

这里，制钵是道技术活。其技术性，主要来自制钵工具：制钵器。

制钵器，为铸铁器械，主要由小圆柱铁桶和两根半人高的铁杆构成。铁桶下端打磨出“口”来，便于踩制钵体。两根铁杆上端，焊有小横杆，呈“Π”形，便于提携。铁桶内，装有环形推进装置。当使用者将桶口往下踩入泥土制钵时，此装置趁空而上。制钵完成后，使用者只需踩压此装置，平稳下推，钵体便可吐出。制钵工序便告完成。

棉花苗在营养钵中生长到期，便移至大田栽种，即村民们口中所言，移营养钵。干这样的农活，讲究打塘与栽种相互配合。眼下，来娣子手中的制钵器，并不发挥制钵作用，与用铁锹挖塘同效。然，李鸭子移栽的棉花苗连着营养钵，因此，用制钵器打塘，更有利于棉苗的移栽。来娣子手中的制钵器踩下去，提上来之后，麦田里自然留下与营养钵一般大小的圆柱体洞穴，恰好可将营养钵移栽入内。此后，李鸭子只需给棉苗稍稍壅些土，移栽便告完成。用营养钵移栽，棉苗成活率高。

栽棉花，这看似简单的农活，劳作中也还存在风险。这是不干这种农活者，想不到的。兴许有人要问，这风险来自何处？答曰：麦田里的秸秆。

麦子未割时，秸秆并不坚硬，毫无杀伤力。一旦收割，只留下小半截，直挺挺地立着，秸秆硬度瞬间提升。且农人用刀时，多为斜割，为秸秆留下斜斜的尖口，竹扦阵一般，密且锋利。稍不留神，便会戳伤脚板。那时节，农人脚上难有周正的鞋子，被戳，极易。

这不，谭驼子家婆娘香玉，听来娣子跟李鸭子闲话，听到李鸭子给柳春耕做媒的事，来了兴趣，只顾抢嘴快，急吼吼地想让李鸭子也替自己儿子说门亲事。脚下没踩稳，脚板子一歪，戳着了。

啊呀妈哎，还出血了。李鸭子有些过意不去。她知道，是她和来娣子的话题，让香玉分了神。

没事，没事。摁一会儿就好了。香玉并不慌张，索性坐下，手往被戳处摁，嘴上问话未停：给矮冬瓜说的哪家姑娘？帮我家黑菜瓜也掌掌眼噢！

是不是你家谭驼子想当爬灰公公啦？给儿子说亲这么上心！你快摁住伤口，再说话。来娣子一边打趣香玉，一边对李鸭子道：别卖关子，说的是哪家姑娘？

邻村杨家庄的杨雪花！

柳家堂屋内，李鸭子正在向柳老先生介绍杨雪花的情况。

只见李鸭子坐在柳家堂屋大桌边，边喝着红糖果子茶，边把杨雪花的个人情况介绍给柳老先生。这个李鸭子，嫁到香河也有几年了，自己还不曾开怀，倒蛮喜欢给人家说媒的。正是人们常说的，百人百性子，百人百喜好。

柳老先生，我说的这个丫头，大名杨雪花，今年二十三，高高挑挑的个头，瓜子脸长长的，眼睛大大的，一张嘴乖巧得很，能说会道。一条乌黑的长辫子，跟翠云姑娘的差不多长，蛮讨人喜欢的。

二十三，好像岁数不小了嘛，是实足，还是虚岁？柳安然不曾过多听李鸭子说姑娘的长相。他心里有把尺，漂亮不能当饭吃。更何况他家老大长得就平常，将来娶个标致婆娘，未必压得住。若是压不住，则未必是好事。

虚岁，是虚岁。二十三，正巧与春耕配。你没听人家说么，男大三金山靠银山。李鸭子的口词颇具媒婆风范，身子朝桌对面的一家之主抬了抬，连忙道。

嘴会说不会说倒在其次，不知农活可拿得出手？柳安然边问话，边从桌上提起铁壳子热水瓶，要给李鸭子斟茶。李鸭子赶紧接过热水瓶，不客气，不客气，自己来。

给自己茶缸里斟过茶之后，李鸭子喝了一口，才接过老先生的话题。

这个丫头，农活没得话说，栽秧、薅草，收稻、割麦、拔菜籽，挖墒、挑河、上大型，样样活计精得很，在杨家庄的姑娘里头是数一数二的好手！

柳安然和李鸭子正说着，老大柳春耕背着打农药的喷雾器，老二柳春雨夹着几册课本，一起跨进院门，兄弟俩回来了。

在香河一带，像柳春耕这样，二十五六岁还不曾成家的，少。他自己也懊恼，老父亲个子蛮高的，一介书生，年轻时肯定帅得没话说。母亲去世时他还小，不记事。母亲是高是矮，根本没有印象。怕老父亲伤心，也从没问过。即便母亲个子不高，也没太大关系吧？看看老二，个子也不矮，就连翠云丫头也高高挑挑的。怎么唯独自己成了个“武大郎”？！

话又说回来，他柳春耕，除了身材矮一点，其他并不差似旁人。看长相，完全够得上“浓眉大眼”“虎背熊腰”这八个字。浑身的疙瘩肉，劲鼓鼓的，没有一样农活拿不起来的。可就没姑娘看得中，弄得他老父亲心事重重的，好像真的要打光棍了似的。

柳春耕心里急成了热锅上的蚂蚁，说不出嘴。劳作了一天，到家之后也不多话。吃了晚饭闷吱声儿上床，也不高兴和老二春雨闲话。总之，有那团蚂蚁在心里，干啥都提不起兴致。

现在好了，有人给柳春耕说媒了。

柳春耕的亲事，移营养钵时，李鸭子就在柳老先生跟前透过口风，之后一直没个下文。直到棉田里，棉苗已经起身，秆高叶阔，需治棉蚜虫了，李鸭子这才给柳家一个“望人”的回话。杨家提出来，要“望”一下柳春耕本人。

李鸭子主动跑到柳家门上，原本是要给柳家老二柳春雨说媒。柳春雨长得一表人才，还担任着村小代课教师，不再是个“泥腿子”，让李鸭子主动开口说媒有了把握。哪晓得，柳老先生一听，把头摇成了拨浪鼓，给李鸭子搬出了一套“长幼有序”之理论。李鸭子只得硬着头皮，给柳春耕说媒。与给柳春雨说媒相比，李鸭子内心的主动性，一下子差了许多。

柳家等这个“望人”，等得着急。春耕三天两头让妹妹翠云追问李鸭子，杨家是个什么态度，有没有个明确的回话。亲事成与不成，有个回复也好叫柳春耕要么放心，要么死心。心悬着，总归不是个事情。

柳春耕心里五点六点的，不逸当，做什么都打不起精神。每夜睡不踏实，早跟头起来到后面作坊间磨豆浆，被父亲碰上过几回：怎么，心里等得着急了？

这个李鸭子，怕也是好吃做媒的主，不请她下子，怕难有个准信儿呢。柳春耕没接父亲的问话，直接说出了自己的想法。手里推磨并没有停。

少安毋躁。现在李鸭子只是给了个口信，八字尚未有一撇，你着急于事无补。听为父之言，少安毋躁！柳安然一小把一小把，将浸泡好的黄豆往磨盘孔内喂。父子俩配合下，乳白的生豆浆淌入磨盘下的缸内。

柳安然话虽如此言说，内心亦是着急。毕竟儿子岁数不小矣。然，他急，只能在心里。否则，一家之主成何体统？再说，皇帝不急太监急，没用。

现在，柳家等来等去，等来了“望人”的回话，总算没有吃闭口羹。“望人”虽不是“望亲”，但这也是两家缔结姻缘之序曲。这被“望”，将柳春耕变成了心里装有十五只吊桶的猫，既猫爪挠心般期待，又七个吊桶上八个吊桶下，不踏实。

这天，兄弟俩在棉田打药，治蚜虫。柳春耕主动跑到老二跟前，问，要换水么？讨好了不是？柳春雨白了老大一眼。前几天，你心里不痛快，还借给我换水出气，让我在旁人面前出洋相。今儿主动替我换水，不是明摆着有事求我？！

其实，柳春雨干农活的时候不多。他在村小做代课教师，除非农忙村小放假，香元支书会要求他回生产队劳动几天，平时村小不上课时，他下地多为替工。目的只有一个，为家里多挣点工分。家里开着豆腐坊，老父亲几乎脱不开身，何谈下地？逢上特定节气，村民们豆腐、百页需求多，这时就要划着小船到外村去卖。他和琴丫头好的时候，多半他俩一起划船去。现在，多半是翠云独自去。顺便说一句，香元支书让他做村小代课教师，是在他和琴丫头分手之后。这天，柳春雨出现在老大身边，便是翠云之替身。

给棉花治蚜虫，须用一种叫乐果的农药，剧毒。在喷雾器内配制时，需注意药与水之配比，同时也要小心药水溅伤皮肤。尤其换水时，满喷雾器分量不轻，有人帮忙扶上肩，会更安全。柳春耕看到老二新配了满满的药水，这才主动开口。

杨家要望人，兄弟我能帮什么忙，老大你直说。柳春雨想拒绝老大的好意，还是没拒绝。他知道，“望人”，对老大很重要。

好兄弟，你陪哥哥一起去下子，就当作到杨家庄看场电影。柳春耕帮老二将满满一喷雾器药水扶上肩膀，开口道。

电影是《敌后武工队》，看不看无所谓。陪你去就是了！柳春雨回答得爽气。

谁也没想到，柳春雨的陪“望”，结果竟是给柳春耕帮了倒忙，这是柳春雨自己始料不及的。

杨雪花“望”人，挑在杨家庄放电影的当口。

露天电影，片子是《敌后武工队》，放映照例在杨家庄小学操场上进行。按照先前约好的，柳春耕站在靠放影机的桌旁，好让杨雪花一眼就能“望”到。

其时，乡村文化生活贫瘠，露天电影算得上是较为重要的文化生活。香河一带，整个公社就一个电影放映队，个把月才能来村上一回。因而，庄上放电影时，不仅本村的老老小小，会早早地扛着板凳，搬出桌子，在放映场上排位置，邻村的大人小孩，也会纷纷赶来。为看一场露天电影，跑三五里乡路的有，甚至将衣服脱了举在手里，踩水游几条河，也是常事，并不稀奇。

这会儿，杨家庄小学的操场上，摆满了长长短短的板凳，高高低低的桌子、椅子，一个挨一个，挤挤的，簇簇的。因为电影机还不曾转起来，人们多数站着，仰着脖子，有望大白幕布的，有四下里找人的，有与邻村熟人打招呼的。

噢——噢——操场上的人吼浪起来。在人们急切的等待之中，放映员王贵宝浑身散发着酒气，在村干部的陪同下，来到了放映机旁。

尽管喝了半斤“大麦烧”，王贵宝的动作还是蛮麻利的。他从大桌子下面的大木箱子里拿出一盘电影胶片，在放映机的架子上装好，右手带着盘边一转，拽出长长的胶片，之后，将胶片头子插到放映机另一个叉头的空盘子上。

一切准备妥当，王贵宝对着放映机旁的麦克风，清了清嗓子：嗯咳，嗯咳，村民们注意了，电影马上就要开始了。

不要再啰嗦了，快放噢。放映员王贵宝的开场白，看来村民们并不喜欢。没等他说完，就有起哄的了。王贵宝不管这些。他干这一行好几年了，是个老资格，什么样的场面没见过？！你急猴子似的，有什么用？老子不开机，你看个屁。

不要吵。村民们注意了，电影马上就要开始了。放映员王贵宝不紧不慢，把刚才被打断了的话重复了一遍，接着说：今晚放映的电影片子很好望，是《敌后武工队》。

噢——嘘——噢——操场上一片嘈杂。

柳春耕站在放映机旁边，望得清楚。嘴里“噢”个不停的，多数是本村的，样子蛮兴奋，看来《敌后武工队》第一次来杨家庄。嘴里“嘘”声不断的，均是外村人，跑几里路，不曾望到新片子，心中不惬意。

《敌后武工队》在香河放过了，柳春耕望不望无所谓，他是送得来让人家“望”的。柳春雨和哥哥站在一块儿，仄头斜脑地朝王贵宝的电影机望，这东西，神了。薄薄的胶片子，在上面一转，就能把人影子射到银幕上，活灵活现，跟真的没两样。

对放映员王贵宝，柳春耕蛮羡慕的。算起来，他俩岁数差不多，但差别可大了。柳春耕是个泥脚子，死种田。王贵宝是公社电影放映员，吃公家饭的，到哪块不是前呼后拥，让人高看一眼。因为有这份美差，还娶了公社卫生院的护士做老婆，生了个儿子。王贵宝当爸爸都两三年了。

贵宝好福气哟。柳春耕这么一想，猛地想起，自己来杨家庄是“望人”的。望望看，哪个是杨雪花，柳春耕在老二耳根子上叽咕道。到处是人，黑洞洞的，望不清爽。柳春雨话音里透着无奈。

关键是认不得她。柳春雨近乎自语。这刻儿，他也四下里张望着，想从众多姑娘当中，找出杨雪花。

在柳家兄弟众里寻杨之际，杨雪花这边也在找“柳郎”。李鸭子让杨雪花朝电影放映机那边望，喏，就在放映机桌旁站着呢。边说边用手指过去。正巧，换片子了。放映机旁的电灯亮了起来。杨雪花循着李鸭子手指的方向望去，只见那小伙个子蛮高的，生得眉清目秀，蛮精神的。

怎么样？李鸭子问。到底是姑娘家，杨雪花有些不好意思开口。中意不？李鸭子直捣其墙，问杨雪花。

在李鸭子一再追问下，杨雪花微红着脸颊，无声地点点头。李鸭子心中想，罢了妈妈，总算好交差了。

李鸭子这个“乌龙”摆得有点大。

“望人”没几天，李鸭子便跷着二郎腿，在柳家堂屋大桌子旁吃起蛋茶来了。鸭子嫂子，你将就些个，我打蛋茶手艺一般。翠云站在一旁，给李鸭子赔着小心。

李鸭子正向柳安然摆功呢，不瞒你老先生说，我是脚板子跑酸了，嘴巴说干了。还好，杨家答应正式望亲了！你家老大的亲事，总算有眉目了。

柳安然当然清楚，杨家既已望过人，再提出望亲，说明有缔结姻缘之意，否则不会有“望亲”之举。李鸭子，顿时成了柳家的大功臣，吃碗蛋茶自然不足以表达柳老先生的感激之情，对她跷着的二郎腿，也就视而不见，不去计较矣。

“望亲”按照双方商定的日子，如期进行。柳家欢天喜地，就差张灯结彩了。置办丰盛菜肴自不必说，还请了村上厨艺高手香玉前来掌勺，款待杨家庄“望亲”贵客。杨家三姨娘六舅母，浩浩荡荡，一队望亲人马，到柳家门上好吃好喝了一天，甚是满意。这从“望亲”一干人等开怀畅饮，相谈甚欢之情形便可知也。

就在柳家以为一块石头终于落地了，春雨、翠云纷纷给老父亲和老大道喜时，杨家给出的回话却是：杨雪花看中了柳家老二柳春雨。

这，这成何体统！成何体统？！柳安然此时无法隐忍自己的情绪，急得在堂屋转圈圈。

面对柳老先生的质问，李鸭子满脸羞愧，二郎腿自然没法再跷。

鸭子二嫂子，你倒是说清楚了，这究竟是怎么回事？翠云知道父亲在气头上，不能硬劝。老大、老二成了两个“丈二和尚”，弄不清个究竟。

唉！人家杨雪花说了，望人时，就是望中的你们家老二，认人，不认名。望亲时，与老二近距离接触之后，就更中意了。看来，望人时，你们兄弟俩一起出现，让人家杨雪花误会了。李鸭子吞吞吐吐，把“责任”这只小皮球，轻轻地踢给了还摸不着头脑的两个“丈二”。

这不成了天大的笑话哉？柳安然脸色铁青。

杨雪花，名如其人。雪白脸庞上的一双凤眼，潭水一般清澈、幽静。望亲时，柳春雨总能感觉杨雪花目光的存在。两人心里头的某些细微之物，似乎是不由自主地被触碰，被牵引。但一想到杨雪花是为老大而来，柳春雨只能避闪，退让，强制自己不去承接那炽热的目光。现在想来，望亲时，杨雪花如此表现，实乃有意而为。

只是柳春雨，那时还蒙在鼓里。

李鸭子所摆“乌龙”对柳春耕打击有多大，已无从知晓。

这种事情，只有当事人感受切身。柳春耕没有留下片言只语，消失了。香河，再也没有了他的身影。

村上风言风语，说什么的都有。柳安然，可是个讲脸面的人。为老大的亲事，弄得如此不堪，浊气在胸，无人能排。这之前，老二和琴丫头的风波，也没让他这个做父亲的省心。这琴丫头，他再中意，最后还是没能成为自己的儿媳妇。现在，老大又来个瞬间蒸发，不知所终。真是要命。

柳春耕给老父亲肩头添加的这根稻草，也太沉了一些。老先生终于挺不住，病倒了。其实，真正压垮父亲的稻草，还不是柳春耕所添加。

李鸭子心里没底，求到谭驼子门上，又让阿根伙出面，找了三狗子、蔡和尚几个大劳力，一起在香河前后的河汊里，打捞了几趟。没半点儿收获，这才稍稍心安一些。

李鸭子带着一帮男人打捞时，柳老先生放出话来，别瞎折腾，他家老大死不了。即便死了，也跟李鸭子无关。对此，柳家再无半点怨言。

老人生病，原本平常。只是柳老先生病之诱因并非来自身体，香元支书给予了足够重视。特地关照自己丫头，到门上给老先生挂水——打吊针。这让焦虑之中的春雨和翠云，很是感动。

水妹接连往柳家门上跑了两三天之后，柳老先生开口了，请水妹姑娘转告香元支书，承蒙支书体恤，老朽病体已无大碍。无需水妹姑娘再登门治疗，村卫生室也离不开水妹姑娘。

劝走了水妹，柳老先生将一子一女叫到床前，我们家本来成分就高，你们受了为父的连累，够不上“根红”，但一定要“苗正”。现如今，你大哥这一走，也不知会生出怎样的事端。从今以后，你俩在村上要小心做事，小心做人。常言说，祸兮福之所倚，福兮祸之所伏。尤其是老二，不要以为做个代课教师就高到了哪里。今天你可以做，或许明天你就不可以做。香元支书如此体恤老父，意不在老父。

老父亲的话，春雨和翠云自然认真聆听。能否真正领会？不一定。有些话，做父亲的也只能说到这个份儿上。一切主动权，全在人家手里握着。人家没有“出言”，做父亲的哪里好擅自“吐语”呢？！

柳春雨毕竟还是年轻了一些，他的心思，被李鸭子一个口信拽走了。

杨雪花大胆地找到了柳春雨的门上。

这个“门”，不是柳家的家门，是柳春雨在村小给孩子们上课的教室门。

虽然知道杨雪花要登门，柳春雨还是没想好，该如何面对。毕竟是介绍给老大的对象，现在人家看上了自己，就来个顺水推舟？怎么跟离家出走的老大交代？就算翠云能接受，老父亲也不会同意。

经历了与琴丫头的情殇，内心深藏痛楚的柳春雨，其实是渴望有一份新的感情来抚慰自己的。而“白雪公主”般的杨雪花，甫一出现，即令他心扉欣然打开，她便飘然而入了。杨雪花自己都不知道，其实，她早在柳春雨的心头住下了。

内心情感的小苗，在现实中没有生长土壤的时候，柳春雨能够做的，只有控制其生长。说实在的，他舍不得加以扼杀。

望亲之后，杨家提出望中的是老二，而不是老大。整个柳家，特别是柳老先生，对此大为意外，不能接受。其实，这完全是出于柳家的自我设计，自我构想。就介绍对象而言，柳春耕与柳春雨让任何一个姑娘挑选，答案只有一个。把自己剔除在答案之外的，不是旁人，正是柳春耕自己。

客观而言，柳春耕相亲之“乌龙”，账记在李鸭子头上，多少有些冤枉。“望人”时，如果柳春雨不出现，大不了杨雪花看不中柳春耕，李鸭子说媒到此为止，再无下文可言。正因为柳春雨的出现，杨雪花一眼就中意，才有“望亲”之后续。

当然，李鸭子也不是无可指责。其贪功心理，使她没有在杨家与柳家之间做过细沟通，否则也不至于闹出此等笑话，结果导致柳春耕离家出走，这是李鸭子所不曾想到的。

不论柳家怎么在老大与老二身上纠缠，人家杨雪花一概不认。她从“望人”望中的就是柳春雨，“望亲”望中的更是柳春雨。柳春耕再怎么受打击，离家出走，跟她杨雪花半毛钱关系都没有。

现在，整个杨家庄都知道，她杨雪花一家三姨娘六舅母到香河柳家望过亲，选中柳春雨作新女婿。再怎么说，你们柳家也好，你柳春雨也罢，都要认这个账。

再说了，她杨雪花要长相有长相，要身材有身材，要针线有针线，要农活有农活，自认完全配得上柳春雨。

看来，杨雪花这次主动找上门来，早已前后左右想了个遍，是有备而来。柳家在香河好歹也是书香门第，柳老先生原本就是个读书之人，柳春雨也是个代课教师，总不能一点儿道理都不讲吧？

结果认输的是谁，不言而喻。

杨雪花为柳家所接纳，有人却不高兴了。

香河大队部屋顶茅蒿上绑着的大喇叭响了起来，是支书香元的声音——

全体社员同志们注意啦！全体社员同志们注意啦！现在宣布大队革委会重要决定，鉴于一队社员柳春耕擅自离开生产队，至今未归，现作为外流人员论处，停发其口粮，停发按劳所发一切物资。柳安然一户，作为外流户论处，生产队按户发放的一切物资，均减半。撤销柳春雨村小代课教师一职，令其从宣布之日起，返回生产队务农，不得有误。

对于香元支书的重要决定，柳安然没有半点惊讶，与听到杨家看中老二的消息相比，老先生淡定得有些反常。柳春雨捧着课本、笔记等零碎物件回到家时，老父亲正哧哧哧哧地为他磨镰刀。柳春雨立在父亲面前，气呼呼地嘀咕道：这也欺人太甚了！我就不信，他能一手遮天！

你想怎么样？搬砖头砸天？过不了几日，就收稻了，为父替你先把镰刀磨了。眼下，听从队长分派，让你做什么，就做什么。别再给我惹事。我们现在是“外流户”，以前为父让你们小心做事、小心做人，现在你要夹着尾巴做事，夹着尾巴做人。别怪为父话说得难听，难听也得听。柳安然用手指试试镰刀口，抬头看了老二一眼，继续哧哧哧哧磨镰刀。

柳春雨知道，老父亲一直对自己寄予厚望。在老父亲面前，自己一向较为温顺。老父亲的话，不论领会与否，他都先听着，事后自己再慢慢揣摩。现在，香元因老大离家出走，就将老大定为外流人员，已属勉强。由此给柳家一顶“外流户”的帽子，则是过分了。再撤销他柳春雨的代课教师，实足欺人太甚。

从村小回来时，柳春雨完全用得上课本上常见的一句话，“肺都气炸了”！然，老父亲刚才一番话，让他放弃了往公社、往县上写“人民来信”的想法。

就在他无精打采跨入堂屋时，老父亲又把他叫住：你刚毕业回村时，为父给你磨过割麦用的刀。现在又为你磨了收稻时用的刀。这以后，你自己得学着做这一切，就老老实实做个农民。这话，也带给杨雪花。她要是不同意，就趁早作罢，别指望进柳家的门。只是有一条，你任何时候书本不能丢。做农民，也要做一个有点儿知识的农民。

我记住了。

老父亲满脸上写着两个字：期待。这让柳春雨有些受不了，泪珠子几乎要转出眼眶。他没有随口回应“知道了”之类，而是郑重其事说出这句“我记住了”。

自然界的一切，并不会因为尘世间的纷纷扰扰而改变时序和节奏。

几场秋风吹过，棉花田已经完全是别一番景象：棉桃吐絮，洁白如雪。到棉花收获的季节了。其实，柳春雨从村小回生产队之后，一直听从父亲劝告，没有旷过一天工。在这之前，无论是给棉花打公枝、抹赘芽，还是治棉铃虫、施花铃肥，在棉田劳作的人群中，都能见到柳春雨的身影。

想着柳春雨毕竟跟自己妹妹那样要好过，最终没能成为夫妻，阿根伙心里一直挺可惜。他知道，柳春雨干农活还是个“生手”。诸如棉田里的轻巧活，也会有意多安排一些。

就譬如打药水，在棉田给棉花打药，和在稻田里给稻子打药，那差别就大了。在棉田里，行动起来，干净、爽手，便捷得很。在稻田里，赤脚下田自不必说。脚一踩，陷进烂泥里多深的，肩头还背着喷雾器呢，行走当然不便当。不仅如此，那稻叶儿“刺”得很，划得人腿上、臂膀上，一道痕连着一道痕。如若不小心，划痕沾上药水，那是会有危险的。即便没有危险，一块稻田的药水打下来，也称得上“伤痕累累”矣。

因此，有经验者会裹严实了自己的腿脚、手臂，之后再下稻田劳作。那就只能伤身上的衣裤，叫家里婆娘望见，又是另一番心疼。

对柳春雨的照顾，阿根伙自然有自己的考虑。不能总是干那些落井下石的事情。一个村子里住着，低头不见抬头见，谁家还不碰上个难时难事？平日里，三奶奶可没少拧阿根伙的耳根子。

眼下，一帮男女劳力在棉田里拾棉花。通常，村民们并不讲究遣词用字。偶或有一两处，讲究起来，还真叫人佩服。此处一个“拾”字，看似寻常，实则准确、生动。原本是从事一项劳作，用一个“拾”字，言说出其劳作程度之轻巧。观棉田实情，棉桃吐絮后桃体自然张开，棉絮松软垂出，劳作时只需手指轻轻一捏，棉絮便唾手可得。一个“拾”字，又再现了劳作之本质。

拾棉花的男女劳力，一如往昔地说笑嬉闹，只是没人在柳春雨、柳翠云面前再提及柳春耕。就连经常和柳春耕一块儿劳作的三狗子他们几个大劳力，也只字不提。似乎柳春耕就从来没有在香河存在过。如若有人提及，他们甚至都会疑惑：有这个人么？

当然，就更不会有人再谈及柳春耕的亲事。然而，村民们即便是脑洞大开，他们也想不到，老古板柳安然，竟然接受了杨家庄的杨雪花做自己的二儿媳妇。连他老人家，似乎也把自己的大儿子忘得一干二净。

柳春耕突然离开时，棉花田里的棉苗才刚起身。眼下，已是棉花收获的季节，仍然不见柳春耕回来。

他这一走，可谓是潇洒走一回。留给老父亲和弟妹的日子，则不那么好过。兴许有人会疑惑，走了他柳春耕，差别会有多大？不就少一个劳力么？

别忘了，香元支书可是在大队部大喇叭上郑重宣布过的，柳春耕，外流人员；柳家，外流户。换句话说，柳家在香河，从柳春耕出走之后便矮人一头、低人一等。工分标准不一样，物资分配也不一样。更为重要的是，在香元支书那里，无论你柳安然再怎么德高望重，你柳春雨再怎么一表人才，都已打入“另册”，被“另眼”相待。

香元支书“另眼”相待，最直接的结果便是，柳家年终分配时，成了第一生产队最大的“超支户”。

当时的农村生产队，每年年终都进行结算分红。一般而言，家中大劳力多，在生产队上劳作多，年终就能分到“红”，拿现钱。平时“芝麻粉”阿根伙们记的工分，此时会折算成人民币，加以兑现。如若家中大劳力少，生产队工分簿上记的工分就少，扣除生产队公摊部分，就可能“超支”。一旦“超支”，不仅从生产队分不到“红”，拿不到现钱，还要从家里拿出钱来，填补在生产队上的亏空。

柳安然家一下子变成了全队最大的“超支户”，其超支款，必须限期缴纳。香元支书对“芝麻粉”阿根伙特别交代，柳家的超支款如不按期缴纳，首先要对“外流户”户主柳安然加重处罚；然后还要追究“芝麻粉”阿根伙的直接领导责任。阿根伙的“政治生命”，香元支书一直紧紧地抓在手里呢。

超支款，数额不算小。否则，香元支书也不会让柳安然当第一生产队“超支户”中的“大哥大”。多少年了，一直被村民们高看一眼，柳安然哪里拉得下面皮，向村民们曰个“借”字呢？再说，村民们日子都过得紧巴巴的，还谈不上宽裕。往常，自己有个豆腐坊，手头活络一些，哪家有个急难之事，跑到他柳老先生门上，总归不会让来人失望。现在“难”字到了自己头上，还只有靠自己。

柳安然独自一人外出卖豆腐、百页了。

在春雨和翠云印象里，老父亲不外出卖豆腐、百页，已经有好多年矣。兄妹俩自然不情愿老父亲这么大年纪还要划着小船四处吆喝。辛苦倒在其次，老父亲一辈子将面皮看得比命还要重，不到万不得已，是不会独自外出的。

如今，兄妹俩可谓是无力回天。贴上“外流户”标签之后，一切都变了。他们兄妹在生产队劳动，不得无故旷工，如若外出必须履行报告手续。这样一来，他俩想接替老父亲外出，都无可能。

而老父亲能独自外出，还是“芝麻粉”阿根伙麻着胆子，跟香元支书请求的。否则，一家老小，全都得在规定范围内行动。翠云后来从阿根伙嘴里得知，是琴丫头开口求的二哥。这样一来，柳安然外出才没有被阻拦。

尽管天气日渐寒冷，香河上开始结冰碴儿了，柳安然老先生还是天刚麻花亮就划着小船，沿河吆喝起来——

拾豆腐，卖百页咯——拾豆腐，卖百页咯——

柳安然的叫卖声，苍老，凄凉。

香河的棉田，绿了白，白了绿，几番耕作，几番收获。平静的香河，载着如水的光阴，缓缓而逝。

忽然有一天，谜一样的柳春耕回来了。

柳春耕的归来，之前已经村部的大喇叭向全村宣布过。只不过，宣布者换成了谭支书。其时，香元不当支书也有几年矣。一直在大队担任会计之职的老谭，被乡政府王乡长看中，让其走上了村支书这一重要领导岗位。

其时，农村管理体制发生了重大变更，大队建制变成了村级建制，公社建制变成了乡级建制。村民们从“大集体”时代，一下子跨入了“联产承包责任制”的时代。世道，发生了翻天覆地的变化。

谭支书在大喇叭里还宣布了一则重磅消息：运输大户柳春耕，要为村里在香河上建一座水泥大桥！

跟着柳春耕一起回来的，还有谜一样的一家另外三口：妻子兰姑，女儿柳小凤，儿子柳小龙。柳春耕一回来，就领着妻儿沿着龙巷挨家挨户送茶礼，把整个龙巷都炸翻了天。这真不亚于一出传奇。事实亦如此，容在其他篇什中细述。

老大领着妻儿风光回村的这一幕，柳安然老先生再也看不到了。柳春耕离家没几年，老父亲便因病去世。

令老先生稍感慰藉的是，他去世的前一年喝到了新媳妇杨雪花给公公奉上的孝心茶。翠云也谈了个部队上的对象，穿四个兜的军装。小伙子一表人才，比帅气，比才气，都不在老二之下，老先生蛮满意的。老先生满意的不止新女婿一人，对于杨雪花愿意跟老二一起务农，也蛮满意的。对于老大，老先生临死都没提及半个字。春雨、翠云都晓得，父亲有话藏在心里。他怎么可能不念叨春耕哟，一晃好几年也没有一点儿音讯。

垛田公墓上，当柳春耕率一家人跪拜在老父亲坟茔前时，柳春雨狠狠地给了老大一拳，你死到哪儿去了，你让父亲想你想死了，你知不知道？！你知不知道？！

柳春耕并不领会老二的拳击，额头重重地磕在老父亲坟前的砖碑上，殷红的血流出来，洒在父亲的墓碑上。墓碑顿时呈现出暗红色，一如老父亲在泣血。

开夜工

香河各生产队的场头，繁忙的是夏秋两季。

白日里，从田里收割上场的麦把稻把，夏季主要是麦子，秋季主要是稻子，需要抢收抢脱，以达到早入库之目的。其时的收割，无机械可言，纯粹人力，靠的是社员们手上的一把镰刀。现时大面积收割时，用的是那种收脱一体化的大型机械。机器身后不停翻转的收割装置，将麦或稻，收割之后经传输带，送至脱粒装置，守候一旁的运输车，便可直接装运新脱出的麦子或稻子，神奇得很。这是当时的社员们想都不敢想的事。

收割，纯粹靠一把镰刀。如此一来，这两季的劳作强度，可想而知。不止于此，为了赶收割的进度，此时，各生产队普遍要做一件事：开夜工。

各家各户注意啦！今晚开夜工，每户不少于一个。劳力多的，不少于两个。时值秋收大忙，“芝麻粉”阿根伙的喊声，傍晚时分就在龙巷上响起。刚捧上晚饭碗的村民们，自然加快进度，三扒两咽，喝完几碗稀饭，一抹嘴，收拾好开夜工需要用的农具，多半是叉子之类。准备上场干活去。或许有人会问，开夜工，村民们怎么会如此积极？读者诸君有所不知，这开夜工，不仅记工分，且能吃一餐“夜顿子”，与现时城里人的“宵夜”相仿佛。何乐而不为呢？

开夜工所需的其他农具，诸如条竹（扫帚的一种，大，为竹制）、翻耙（木制农具，丁字形，一块狭长木板中央安有竹柄，木板加工出“口”来，供翻晒粮食之用）、板锹（纯木制农具，主体部分是一块长方形带弧度木板，带“口”，安有木柄，较翻耙柄稍短，供扬麦或扬稻时之用）之类，均由生产队制备。需要时，由农具保管员按劳发放，劳作结束后，回收入库。

这一阵，社员们辛苦，阿根伙们也比平常辛苦。清早要催工，晚上要开夜工。一天需两次喊工，还不辛苦？辛苦归辛苦，社员们满心喜悦，情绪高涨。眼看着自己面朝黑土背朝天的辛劳，结出了果实，丰收了！黄灿灿的稻穗，可喜得很。香河广大干部群众，一个个有了实实在在的获得感。但见，汽油灯高悬的土场上，人声鼎沸，一派繁忙。

一队和四队的场头邻近，中间隔几座仓库及牛舍，皆临河。河，便是香河。夏日里，这里是乡里孩子们天然的乐园。柳春雨、黑菜瓜、陆根水他们小时候，没有不在香河里嬉戏过的。游水，打水仗，摸河蚌，凡此等等，有趣得很。不止于此，几年之后，他们的下一代，那帮孩子，柳成荫、谭赛虎、陆小英，一如自己的父辈，亲近着香河这座童年的摇篮，一到夏日，便重复着父辈们的游戏。此为后话。

土场临河之便，显而易见。收割时，麦把稻把从地里经农船，可直接装运上场头。这中间，少一次挑运，省劳力，亦减少一次损耗。成熟的麦子或稻子，搬运过程中，或多或少都会有穗粒脱落。等到缴公粮时，这些粮食又可直接上船，省去一趟长途搬运，自然省事。

眼下开着夜工呢，临河倒为村民们嬉闹提供了便利。三狗子他们几个挑把的，突击将白天没来得及上岸的两船稻把挑上场，脚步子踩得跳板直晃悠，急了一些，浑身汗津津的，索性扑通——扑通——跳进香河清爽清爽。

鸭子，鸭子——几年下来，也不见你生个蛋，你究竟是母鸭，还是公鸭？祥大少的问话在李鸭子耳边响起。

腹部日渐隆起的李鸭子，和队里的几个社员一道起场呢。但见，她手中的叉子在不停抖动着，将打场过后的稻谷抖落下来，让稻谷和稻草分离。三狗子他们的扑通声，竟让李鸭子恍惚了。去年秋场上的一幕，在她眼前上演着。

祥大少只要不喊工、派工，不行使“芝麻粉”职权时，倒喜欢跟妇女们开玩笑的。这不，四队场头上，一干妇女当中，他正拿二侉子的老婆李鸭子开心呢。在祥大少眼里，这李鸭子望上去，倒还顺眼。几年下来一直没开怀，奇怪得很。

祥大少言语间，占了李鸭子的便宜。说是如若“侉二哥”那杆枪不行，他祥大少可以帮忙的。并且说，他祥大少荷枪实弹，子弹充足得很，正愁没处用呢。祥大少哪里知道，自己无意间戳到了二侉子和李鸭子两口子的疼处。

李鸭子毕竟沾点儿“好吃做媒”的习气，泼辣起来，不比其他妇女差。祥大少只顾着嘴上快活快活，哪晓得，从四队场头上冲出四五个妇女，径直奔到一队场头祥大少跟前。不由分说，手脚一齐架空，将祥大少悬了起来。

这个李鸭子，真够泼辣的，一屁股坐在祥大少身上，嘴里逗个不停，让大伙儿看看，你想怎么个帮忙法？

再怎么说，祥大少也是个大男人，哪经得住李鸭子这一招！不一会儿，裤裆里竖旗杆啦。望哦——大伙儿都来望哦，堂堂的一队之长，丢人现眼啰！

瘟鸭子，你不要撞到我手里，总有一天让你知道我的厉害！祥大少被妇女们四仰八叉抬着，再挣扎也是有劲使不上。

常言说，人无过头之力。祥大少力气再大，被悬空着，发不出。人们还说，好手敌不过双拳。更何况祥大少是被四五个妇女偷袭成功的，哪里还有什么反抗可言！祥大少一如陷入泥潭之猛虎，只落得任人宰割之境地。

一队场头上，几乎一半男女劳力，停下手中活计，看西洋景儿似的，看热闹呢。要知道，枯燥而繁重的劳作，如若没有这样的嬉闹发生，那真是无趣得很。因此，这样的嬉闹，在劳作的田间场头，时有发生。这回，被捉弄的是祥大少，下一回是谁，谁也说不准。因为，上演这样一段精彩花絮，纯属随性而为，根本没有脚本。

眼下，这四队的几个妇女也是越起哄，越来神。李鸭子见祥大少还嘴硬，不服软，索性一不做二不休，将他下半身剥了个精光。祥大少在众目睽睽之下，原形毕露矣。

虽说打谷场上的汽油灯，不及白昼光线好，但足够看清楚一切，特别是祥大少那雄赳赳、气昂昂，一时无用武之地的“小钢炮”。这一群看众当中，只有香玉，不经意间脸红了，那“小钢炮”，她可是再熟悉不过。有过多少次亲密接触？没刻意计算过。这刻儿，再有心想帮，她也出不了手。

在李鸭子的撮哄下，原本被几个妇女晃荡着的祥大少，被抬至河边之后，一松手，只听得扑通一声，被炮弹一般投进了香河。

祥大少此番，纯属被动投河。没隔多久，李鸭子竟不顾寒冬，自己主动投了一次香河。这是她自己当时跟祥大少嬉闹时，所没有想到的。

一队、四队的场头上，除了高杆上悬着汽油灯之外，还有各家各户自带的马灯，远远望见，萤火虫似的，闪闪烁烁，游动不已。

开夜工的社员们，正紧张而有序地忙碌着。挑把放把的，挑把放把；打场的，打场；掼把的，掼把。挑把放把好理解，无需赘述。

打场，为脱粒的一种方式。通常是用牛师傅催赶着架有“格头”的耕牛，耕牛的身后拖着石磙子，绕打谷场转着圈圈，碾压着铺展在场上的稻把。打场时，用牛师傅会喊“牛号子”：噢嗬，噢嗬，噢嗬嗬——

这“牛号子”在用牛师傅嘴里吼着。耕牛在打谷场上转过几圈之后，用牛师傅便亮开嗓子喊几声，有音无字，高亢，悠扬，但无深文大义。

待稻把碾熟到一定程度，用牛师傅便将耕牛牵离，喊一声，起场啦——一群手拿叉子的妇女，从分散的各处拥上场，活稻草，实施稻谷和稻草分离之工序。之后，条竹扫，翻耙推，将稻草和稻谷分别堆放。不一会儿，这头场便告完成。

挑把放把的，紧接着再挑把放把，为稍后打第二场，做准备。一个夜工下来，打个两三场，属正常。开大夜工，通宵打下来，那场次更多。只是用牛师傅，要比正常开夜工辛苦得多。

开大夜工，一场紧接着一场，用牛师傅就得跟在耕牛身后在场上转悠，一直转到天亮。此时，“牛号子”作用显现矣。深更半夜，喊一嗓子，解乏。起场的妇女则不需如此辛苦，在打场与起场间隙，可以倚到草垛旁眯上一会儿，养精蓄锐。

开夜工的场头上，除了挑把放把、打场起场的，还有三三两两的劳力，组合在一起，手握稻把，对着粗石磙子不停抽打，这便是掼把。掼把，也算是一种脱粒方式，只不过纯粹是靠人力。因此，干这种活计的，清一色的男劳力。不过话又说回来，再有力气的大劳力，总有力竭之时。因此，掼把，通常只能是打场脱粒之辅助。

这掼把，值得一说的，是掼下的稻草，齐整整的，可用之处多矣。农家护墙，似渔夫之蓑衣，不仅遮风挡雨，亦可成为一道风景；用于房顶，在乡间能工巧匠手中，也能给主人家一个层次分明、满顶金黄的屋顶。香河一带极常见。

现时，在四队开夜工的社员当中，怀有身孕的李鸭子，出众得很。队长照顾，只让她起场时，跟着活活稻草。四队队长不是自己的小叔子阿根伙，另有其人。阿根伙家在四队，自己在一队当队长，全香河仅此一例。

他是老队长祥大少生前培养的，香元支书默认了，没反对。也有人过耳传言，说是跟祥大少最后一根绳子将自己悬在大队部屋梁上有关。死无对证，谁知道呢！

倒是李鸭子，眼见着一帮熟悉的社员又一起开夜工，忽然想起去年秋收时，在场头上跟祥大少开的玩笑来。她再怎么从一帮熟人当中寻找，一队的场头上也没有祥大少的身影，更听不到他讨嫌的闲话了。

李鸭子的耳朵里，虽然不时传来一队场头上男男女女的嬉笑声，开心，快乐，亦带有些许戏谑，然，这一切已不属于祥大少，离李鸭子似乎也有了一段距离。

李鸭子自己也弄不清，是自己今年怀上了，想要告诉祥大少，我李鸭子是“母鸭”，不是“公鸭”，心底有一份做母亲的自豪，还是自己潜在着某种担心，害怕被祥大少嫌嘴揭穿？

其时，在她们几个年龄仿佛的女人中，已经做母亲的，水妹是头一个，且是单亲母亲。儿子张卫东，长得胖乎乎的，看不出像谁。小家伙已经咿咿呀呀，外出冒话，能叫妈妈矣。

当初，水妹坚持要把腹中的孩子生下来，让香元恨不得跟她断绝父女关系，直接将水妹赶出了家门。村民们每日里看到挺着大肚子的水妹，在卫生室里忙前忙后，给前来看病的人打针，拿药，抑或涂药，包扎，渐渐生出怜悯与同情。他们有话不敢跟香元说，便在香元的婆娘巧罐子跟前劝解，开导。事已至此，再怎么说，也不能连自己的女儿都不认，将来生个一男半女，还不是自己的后人？水妹有孕在身，一人单住不方便，万一有个情况没人照应，出了事后悔都来不及。

人心都是肉长的。村民们好言相劝，劝得巧罐子眼泪汩汩的。他们有所不知，做母亲的怎么舍得自己女儿怀有身孕吃这样的苦噢！背着丈夫，巧罐子送吃的，送用的，不曾断过。在香元跟前吵过，哭过，也闹过，想把水妹接回家。香元却死不松口。

直到水妹在大瓦屋生下了个大胖小子，香元这才松了口。那天，巧罐子拿着香元给的“五块钱”纸票子，比拿着块黄金都宝贝，乐得合不拢嘴，直往水妹那儿奔。到大瓦屋水妹产床前时，水妹正在给小家伙喂奶。乖乖，乖乖，别忙吃奶哟，看看，看看，这是什么？巧罐子也是高兴得过了头，让出生才几朝的婴儿看钞票呢。

妈，妈——才几天的宝宝，哪里能看这个！你这是怎么啦？水妹颇为疑惑。

这是你爸给细孙子的见面礼！巧罐子见小家伙面对五块钱巨款，无动于衷，只好将纸票子小心地塞进小家伙怀里，口里念叨着：涨涨财！涨涨财！

不要！水妹脸色骤变，伸手从小宝宝怀里掏钱。

水妹呀，水妹！你也是做妈妈的人啦，体谅体谅你娘老子的难处吧！你老子不仅送来见面礼，还给小家伙起好了名字，叫张卫东。你听清了，小家伙叫张卫东！巧罐子说着哭着，一把搂住自己的女儿，我们这就回家，一家团团圆圆的，再也不分开。

父亲终于认她这个女儿，终于同意她回家，水妹泪如雨下，满心的酸楚与委屈，憋在心里太久太久，无法宣泄，此刻奔涌而出。

开夜工的妇女当中，原本是见不到水妹的。回家之后，水妹轻松了许多。每日里，在大队卫生室照应着，按时按点回家给儿子喂奶，人也精神了许多。今晚，是她跟阿根伙明了话，跟着一帮妇女开夜工，也好混个“夜顿子”。

开夜工吃“夜顿子”，香河各队皆如此，由来已久。谈不上吃得有多好，但每人一大碗白米饭，就挺诱人的。通常还会到王老五肉案上剁几斤猪肉，混在芋头扁豆里，烧上一大江锅。那个肉香，用不着吃，闻着都要叫人垂涎。

其时，村民家里不来人到客，餐桌上难见荤腥。煮饭，也多是大杂烩。米、子、胡萝卜、青菜，诸如此类，几合一。家里有小孩子的，一把米放在饭锅中央，烧煮搅拌时，存心不将米搅混。煮好后，先用铲子挑出一块白米饭，留给小家伙。之后，再将饭食全部搅混，用蓝花大海碗装盛。麦子，刺刺的，小孩子吃多了，排泄都困难。家长们这才想出单放一把米的烧煮之法。同样的子，若干年后，摇身一变，被叫作“麦片”，成了健康营养食品，受到民众广泛欢迎，实在不可思议。真是此一时，彼一时也。

兴许有人会疑惑，在香河一带这样的产粮区，怎么村民的口粮还如此紧张？说来这跟当时的大政策不无关联。其时，从上到下强调的是，正确处理好国家、集体、个人三者关系，宣传的是先国家，后集体，再个人。而上缴公粮的指标，各层各级都采取了“跳一跳”之方法而制定。因此，具体到各生产队的任务数，可谓是层层加码。如此一来，村民的口粮，多数时候是不足的。不足怎么办，寅吃卯粮，亏空连着亏空，滚雪球似的，越滚越大。问题是，谁也不去捅这个窟窿。此乃肉食者谋之事，暂且搁置。继续开夜工之叙述。

一晚的夜工开下来，男劳力们便安心地坐在生产队空仓库里，扒白米饭，咬大肥肉，满口喷香，嘴角流油。那份满足与惬意，真的似乎皇帝佬儿的御膳也不如呢。

吃“夜顿子”的饭菜准备，生产队长事先都有安排。能够做这样大锅饭，烧这样大锅菜的，每个生产队都是固定的几户人家。饭菜做好之后，多半是抬到场头生产队空仓库里。也有天气骤变，就临时到村民家里吃的。只是有一条，吃“夜顿子”的碗筷，是各人自带的。

每逢这时，妇女们便没有男人们那么潇洒，图自己一时之口福。而是将属于自己的一份饭菜，装进自备碗盆之中，用方头巾扎好，拎回家去。

家里的孩子们，一个个正如巢中乳燕，伸长脖子，张大嘴，等着妈妈回来呢。这些孩子，一听说家里大人要开夜工，就再也不肯早上床，哪怕等到下半夜，也要从妈妈方巾兜儿里，讨得一口好吃食。

看着自己的孩子狼吞虎咽，做母亲的饿着肚子，总要再三叮嘱：慢点儿吃，别噎着。之后，心满意足地，从自家碗柜里，找出晚餐时剩下的一碗半碗冷粥，喝几口垫垫饥。开夜工带回来的饭菜，即便小孩子们吃不完，做母亲的也舍不得张口。留着第二天，中饭时再给孩子们应付一餐，节省一餐的开销。其实，每次都是做母亲的，预先将吃“夜顿子”带回家的饭菜分派好，做了预留。否则，一帮小馋猫，哪有饭菜可剩！

水妹提着马灯在为儿子张卫东打“夜顿子”的饭菜时，王小琴也提着马灯在为自己的丫头陆小英领开夜工所得的那一份。这时，李鸭子提着马灯，慢腾腾将手中的方巾兜儿，递到王小琴跟前，老妹子，拿着，一块儿带给细丫头。

读者诸君现在见到的王小琴，不是别人，正是你们所熟悉的琴丫头。琴丫头是其做姑娘时的称呼。香河一带，女孩子，大多以“某丫头”称呼，男孩子，大多以“某小伙”称呼，算是一种乡俗。然，结婚成家之后，再也没人这样称呼，需叫“大名”，以示尊重。王小琴，便是琴丫头的大名。陆小英，是她和陆根水所生的女儿。很显然，女儿随父姓。像张卫东这样，随母姓的，极少。再怎么“革命化”，再怎么讲男女平等，这乡间重男轻女的思想，还是根深蒂固。

李鸭子知道，小姑子嫁到陆家之后，日子并不好过。别看陆根水当初跪求琴丫头时，哭诉得肝肠寸断，新娘子进门之后，却反过来疑神疑鬼，嫉妒起柳春雨与琴丫头相爱的时光，进而怀疑自己的女儿，是柳春雨的种。

来娣子刚开始，对琴丫头还怀有愧疚。毕竟是自己儿子霸王硬上弓，不择手段将琴丫头占为己有，让琴丫头无奈之下才嫁到陆家。然，等到小孙女降临人世，来娣子反而摆起婆婆的架势。显然，王小琴没有为陆家生个男婴，让来娣子很不开心。虽然来娣子的不开心，没有总挂在嘴上，但做事行事，王小琴怎么感觉不到呢？婴儿尿了，屙了，做婆婆的帮媳妇一把，再正常不过。来娣子不干！除非王小琴顶起真来，闹着回娘家，来娣子才会假心假意说几句软话，帮着洗几条尿布。平时的饭菜当中，要想她这个婆婆特地给媳妇做点儿补身子的、催奶的，难。

所幸的是，李鸭子隔三差五往小姑子这边跑。刚坐月子的那一阵儿，李鸭子直接将油煎蛋之类，做好了送到王小琴嘴边，看着她吃了才离开。二侉子为亲妹妹坐月子，往陆家门上送过不止一趟鸡蛋鸭蛋，结果原物返回到代销店，换取油盐酱醋之类日用品的多，留给王小琴坐月子的，少之又少。李鸭子再上门时，王小琴只有拜托哥哥嫂子别再为她费心，更不要再送东西上门。

媒婆的经历，让李鸭子一卦就打到个中缘由矣。为这样的事情，又值不得与陆根水摆到桌面上较量，更没有撕破脸皮之必要。于是，李鸭子宁肯多跑几趟，将食物做好了，送到小姑子嘴边。

那年月，女人生孩子，坐月子，哪有什么特殊待遇哟。也就是二侉子开着代销店，较一般村民家要宽松一些，李鸭子才拿得出这鸡蛋、鸭蛋之类。虽说每回也就一两只，但一回不多，十回便多。一个月子照料下来，也是笔不算小的开销。王小琴能有李鸭子这样的嫂子，也算是不幸中的万幸。

嫂子，你也正是需要营养的时候，开夜工得来的这点儿饭菜，就自己拿回家吧。王小琴知道李鸭子舍不得自己，舍不得小丫头。但，家家有本难念的经。哥嫂家也不是宽裕到什么都不在乎的地步。要不然，李鸭子也不会挺着大肚子来开夜工。

你们两个在客气什么？开夜工的都散得差不多了。王小琴跟李鸭子说话间，阿根伙一手提着马灯，一手拎着个布包，往四队场头这边来了。小琴知道，三哥是来接二嫂子的。这一段时间，三哥像变了个人似的，不再跟那帮妇女婆娘闹笑起哄不说，还总是尽可能照应着二嫂子。要老娘在世时看到三哥有这样的变化，那真的会睡着笑醒来。

三哥，你还记着接二嫂呀！手里拎的什么？王小琴心情一下子好了许多，一家人就差二哥。她自然知道，代销店离不开二哥的。再晚，都有可能会有人敲门，买样把急缺的用物。谁家还能没有个意外？

哈哈，我这手里，跟你们两个一样，开夜工应得的份子！阿根伙有意扬了扬手里的布包。李鸭子这才发现，小叔子是用褂子裹的。这褂子，自己经手洗过的。

你个一队之长，还往家里带饭菜，不怕别人笑话？李鸭子颇感意外，故意逗了小叔子一下。自从那一夜之后，阿根伙待自己还真是尽心。这让李鸭子有种从未有过的幸福与满足。

一队之长怎么啦？我拿的是自己应得的，又没抢人家的。谁敢笑话？阿根伙一本正经。

好了，老妹子这下不要再客气，你三哥手上有了一份，我的这一份你还是带回去给细丫头。多抱她到代销店来玩，省得在家里生闲气。李鸭子将自己开夜工得来的那份饭菜，再次递到小姑子手上。

好嘞，嫂子！王小琴刚要伸手，被阿根伙拦住了。

一起走吧，我先替你拿着。又是马灯，又是布兜，夜灯瞎火的。正好，我也几天没望见小英子了，去看一下细乖乖。阿根伙接过李鸭子手上的方巾兜儿，对老妹子道。

今天晚啦，小英子早睡了。王小琴搀着二嫂子，有意放慢了脚步。

那就送你到家，我不进门。阿根伙跟了一句。

难得你三哥有心送你，老妹子你就领个情吧。李鸭子在小姑子手上轻轻拍了拍。只见阿根伙，将手中的马灯举得高高的，护送着她们姑嫂回家。

李鸭子并没能一直在二侉子和阿根伙之间平衡下去。面对腹部愈益隆起的李鸭子，阿根伙以功臣自居矣，时不时地背着二哥，与李鸭子来点儿小动作。人啦，怪呢。自从那一夜之后，李鸭子眼里的阿根伙，跟以往不一样了。私下里，也半推半就依了阿根伙。

常言说，要想人不知，除非己莫为。李鸭子跟阿根伙两个，自以为小心谨慎，天衣无缝。他们就不想想，二侉子好歹也是在“大熔炉”里锤炼过几年的人，无需什么真凭实据，只要看他俩每日里的眼神，就知道有情况，就知道不一般。更何况，代销店就这么大，二侉子灌再多的猫尿，也睡死不到哪儿去。小叔子偷嫂子的动静，还能听不见？

有句话怎么说的？好肉烂在自家锅里。还有一句怎么说的？家丑不可外扬。二侉子谁也不怪，怪只怪老天爷让自己空有一杆没子弹的枪。为了王家的脸面，为了王家的列祖列宗，二侉子唯有认命！

然而，事情的发展还是出乎二侉子意料。某次开夜工，时间变长了，小夜工变成了大夜工。李鸭子就懒得再动，没有半夜回家，而是像往常一样，起场前躲在一处草垛里歇息。等到天色放亮时，开夜工的社员们竟然看到阿根伙和李鸭子从同一处草垛里钻出身来，一时间都傻了眼。

这让二侉子的脸皮往哪里搁呢？阿根伙，你个做兄弟的，也不该屁往哥哥我脸上放啊！当兵的血性还在，二侉子没跟自己老婆和兄弟言语半句，离开了代销店。

临走时，二侉子明确告诉李鸭子和阿根伙，他要去东北。尽管这么些年，他从没再提起过东北，但他一直都没能忘怀。他还告诉李鸭子和阿根伙，东北有他的真爱！

二侉子成了香河又一个离家出走之人。柳春耕离家出走多年之后，带着一身传奇回来时，轰动一时。这二侉子走了，还会不会回来呢？

二侉子走了没多久，李鸭子便生了，生了个姑娘。阿根伙请人给起了个正正规规的名字，叫王月香。

看 场

临河的土场上，太阳收起最后一通昏黄的光线。香河从波光粼粼中，渐渐暗淡沉寂下来。喧嚷了一天的土场，此时亦暗淡沉寂下来。有些故事，便在这暗淡沉寂中上演。

时值秋收，香河一带，大面积水稻生长成熟，颗粒饱满的稻穗，沉甸甸的，低弯着头，在秋阳照射下，满田金黄。

白日里，香元支书紧背着双手，一块稻田，一块稻田，细细察看。偶或，会伸手撸几粒稻子，放在嘴里咀嚼咀嚼，抑或用宽大粗实的双掌搓几下，看一看脱去稻壳之后，谷物的成色。今年水稻长势好，灌浆足，产量低不了。香元支书面色晴朗，对正在田间挥镰收割的社员们挥挥手，今年是个丰收年，要颗粒归仓啊！

香元支书说的“颗粒归仓”四个字，做到不易。“归仓”就需经一道又一道工序。收割上场的稻谷，脱粒之后，需翻晒几个太阳，多半露天存放，等待统一缴公粮的那一日。其时，各生产队仓库，容量有限，并不能满足季节性储粮之需。

这样一来，对露天堆放的新粮实施安保，就显得尤为重要。各队都要安排男社员，对新粮进行轮流看护，这叫：看场。

看场，原本是件常年不间断的工作。不过，不在夏收、秋收的旺季，场上没有露天堆放的粮食。上缴国家之后，集体存留的多为种子粮，自然在仓库存放。那时土场上，有的是一垛接一垛的草垛，别无长物。看场员，最为接近“看场”之本义，真似在看护着那一方平整的土场。

眼下可不一样，香河所属各个生产队开始看场了。这里的“开始看场”，实际是说开始安排在场头轮流看护的社员。这时的看场员，需通宵巡查，任务比平时重。

读者诸君有所不知，这些新粮，被窃事小，将来完不成缴公粮任务事大。缴公粮的指标，以大队为单位，集中下达。而指标测算，则是根据粮食种植的实际田亩进行产量预估。其时，国家、集体、个人三者关系，从上到下强调得比什么都重要。社员们除了基本口粮外，几乎没有余粮。这样一个粮食十分金贵的年代，若因新粮在场头被盗，造成缴公粮之亏空，问题就严重矣。

经过白天运把放把、打场起场、掼把收把、屯粮堆草，一派繁忙喧闹之后，傍晚时分的土场上，便收获着繁忙喧闹所带来的成果：一墩一墩的新粮。

此时，一队弥漫着稻香的场头上，当晚负责看场的瘌扣伙、蔡和尚，正在“芝麻粉”阿根伙的监督下，给这露天堆放的新粮用印。

印，是那种石灰印。一个铁丝网底的长方形木盒，有抽盖，内装白石灰。其底部，加有镂空“× 队封”字样之木板。这白石灰经铁丝网漏至粮堆上，便留下印痕，成为标志，起到印章之功效。譬如，这会儿瘌扣伙手中盖下的，便是“一队封”印。而在隔壁四队场上，三狗子、王老五他们盖下的则是“四队封”印。

这石灰印，用完之后，由各生产队长锁进仓库专柜保管，其他社员无权使用。翌日，翻晒新粮时，队长必须巡查一番，看粮墩上的石灰印是否完整。之后，再安排社员推开粮墩，进行翻晒。如发现石灰印不完整，则要酌情分析，断定是否属人为，且看粮食是否损失。如若真有问题，则须上报，立案查处。这当中，首先要查问的，便是当晚的看场人员。

瘌扣伙和蔡和尚在一队看场社员中，成了固定组合，老搭档。在阿根伙印象里，祥大少当队长时，他俩就组合在一起看场，好多年下来，到他阿根伙手上，没必要硬拆散他们。再说，这么多年来，他俩看场，也没出过什么大纰漏，倒也让人放心。

细究起来，瘌扣伙、蔡和尚愿意组合在一起，是一个由身份认同，发展至心理认同的渐进过程。他俩拥有一个相同的身份，单身汉。三十好几的人，都是一人吃饱全家不挨饿的主儿，老婆还在天上飞呢。这样的两个人，碰到一起，共同的话题自然多起来。

瘌扣伙、蔡和尚几乎每晚必做的功课是，将龙巷从东至西，所熟识的女人“数羊”一样，逐一排队过堂，对其相貌特点、关键部位大小，逐一点评。意犹未尽时，还会引入经典艺术形象，譬如李铁梅的辫子为什么留这么长？柯湘的头发为什么又这么短？再譬如阿庆嫂的丈夫阿庆究竟姓什么？诸如此类。其目的，自然不是从中寻找艺术规律，消磨时光而已。

偶或，也有意外发生，让瘌扣伙、蔡和尚这些看场员，单调贫乏的夜生活平添些许波澜。当然，最好是波澜不惊。某次冬夜，瘌扣伙、蔡和尚他们就为二侉子家老婆李鸭子投河得救，做出了贡献。说实在的，那寒冬之夜投河，不及时救起，还真的会有性命之虞。那次瘌扣伙、蔡和尚，当然还有王老五，第一时间听出有人跳河，第一时间向村上发出救人呼喊，功不可没。

说来也巧，他俩成为村民们议论热点，亦在某年冬季。源于瘌扣伙、蔡和尚、三狗子与阿根伙的一场赌。其时，阿根伙只是祥大少身边一个跑腿的，经常喜欢跟瘌扣伙、蔡和尚他们混在一起。何故？不都“单”着嘛。有句话怎么说的，物以类聚，人以群分。大抵如是。

又是个原本极寻常的冬雪之夜，土场完全被白雪所覆盖。他们几个单身汉挤在瘌扣伙的牛舍里“数羊”。数了几遍之后，肚子饿得咕噜咕噜叫。阿根伙随口说了句，这时能有点吃的就好了。显然，阿根伙说了句废话。

哪承想，这句废话，却废话不废。挤在竹床另一端的蔡和尚拾腔了，阿根伙要是想吃就有东西吃。不过，得打赌！

蔡和尚一个“赌”字既出，其他几个都来了神，阿根伙更是兴奋。纷纷询问，怎么个“赌”法？

蔡和尚并没竹筒倒豆子，直接给出答案。而是一再问阿根伙，愿不愿赌？

有吃的，当然赌。阿根伙腹中软瘪，出语却硬气。

要知道，这冬闲时节，村民们多半是没有什么好吃食的。

夏收夏种，秋收秋种，农活重，劳作强度大，家里女人在吃食安排上也舍得。中午干饭管饱，早晚稀饭不稀。干饭，虽说是米、子、青菜、胡萝卜几合一，但家中劳力想吃几碗吃几碗，满足腹中之需，好不惬意！

就连早晚的稀饭中，女人也会想方设法“加料”。通常是碎米磨成粉之后，剜成疙瘩，放入稀饭之中。这稀饭吃起来，不一样矣，有了咬嚼。几只疙瘩咬下肚，腹中实在，熬饥。

这样的饭食，不在大忙时是吃不上的。冬闲时，饭食一“稀”，就是一天，不分早中晚。那稀饭，真是名副其实。兴许有人要问，稀到何种程度？照进人脸。

口粮特别紧的人家，碰到阴天下雪，一家老小索性晚起早睡，一日两餐。原本最重要的中午餐，都给省了。

这个时候，蔡和尚抛出的“赌”字，实在诱人。阿根伙哪肯轻易放弃。

既同意赌，蔡和尚这才一五一十说出怎么个赌法。简述如下：他去二侉子代销店欠二斤京果，让阿根伙光身蹲在雪地里定时吃完。这赌，就算阿根伙赢。

他蔡和尚愿意再到王老五肉案上打二斤肉，跟大伙儿一起碰头，喝酒，以庆贺阿根伙的胜利。当然，二斤京果的账，也记归蔡和尚名下。反之，则算阿根伙输。蔡和尚承办的一切，皆由阿根伙置办。

三狗子一听，立马插言，就二斤？少了，我再加二斤。不论谁输谁赢，哥儿几个明晚碰头的“大麦烧”，我出！那份豪爽，叫在场的瘌扣伙、阿根伙、蔡和尚，无不刮目。这时，阿根伙发觉，三狗子似乎瞟了蔡和尚一眼。

蔡和尚的赌注，就已让阿根伙来了情绪。妈妈的，二斤京果呢！阿根伙来了句阿 Q 国骂延伸版。三狗子再一加盟，阿根伙更兴奋得坐不住矣。他瞬间把自己变成即将出征的犟牛，随时准备与四斤京果展开决战。

所谓君子一言，一切按赌前的设定实行。不用旁人动手，阿根伙三下五除二，麻利地将自己剥得仅剩裤衩，拎了四斤京果，钻出瘌扣伙的牛舍，挑了块稍稍避风的雪地，蹲下，开始狼吞虎咽，大嚼其果。所幸，晚上的漫天飞雪，这刻儿停了。老天似乎在为阿根伙的人果大战创造条件。

牛舍里，瘌扣伙有些担心，蔡和尚这赌，三狗子一加盟，别把贪图一时口福的阿根伙冻死在雪地里。

冻不死，也得要他半条命！三狗子语调冷冷的，话口里透着股寒气。

三狗子兄弟，够狠的。我思量着二斤就够他受的，你再加二斤，弄不好，真要了他的命。蔡和尚伸长脖子朝外望，但见蹲在雪地上的阿根伙，缩成一团，不见首尾。唯有咯吱咯吱的咀嚼声，隐约可闻。

今晚就是明摆着治他。平常神气也就罢了，有祥大少罩着。现在动不动，在李鸭子面前，也人五人六的，摆起小叔子的架势，摺脸色给人看。前两天，大伙儿一起笑闹时，我只不过在李鸭子屁股上摸了一把。李鸭子倒不曾翻脸，被阿根伙看到，竟然板起面孔，教训起嫂子来，说什么放尊重些，家里有二哥呢。这不是指着和尚骂秃驴么？三狗子憋着这口气，很是不痛快。

彼此彼此。那一回，我跟李鸭子玩小动作时，还不是当场挨了阿根伙的“冲”。大庭广众之下，我这伸出去的手，在李鸭子屁股上缩都缩不回来，脸更是没处搁。妈的，这才发狠，一定寻机治治他。不想今晚还多了你这个盟友。

三狗子看场，本该在四队场头。他挤到瘌扣伙牛舍来，也是图个热闹。偶尔，几个单身汉也会一起吃个碰头，喝几口“大麦烧”。不想，竟和蔡和尚联手上演了这样一出好戏。

他们几个正叙说着各自的不痛快，以及对阿根伙的记恨。牛舍内忽然卷进一股朔气，阴森森的。妈妈的，真痛快！四斤京果呢，今晚总算有个饱肚子。没超时吧？

在牛舍昏黄灯光映照下，但见阿根伙浑身冻得红一块，紫一块，可谓大红大紫。瘌扣伙觉得，钻进被子的根本不是人，完完全全的一大块冰。

没有超时！瘌扣伙一直盯着从阿根伙手上除下来的表。见阿根伙钻进来，赶忙将身体移开一些。这大半个时辰冻下来，阿根伙的身体哪是人能碰的。没冻僵，算他命大。

提起手表，那也是阿根伙平时神气之资本。其时，村上没有几块手表。香元支书有一块钟山表。柳春雨当上代课教师之后，柳安然老先生给了儿子一块老式怀表。阿根伙的这块表，是他“侉二哥”转业时带回来的。二侉子见三兄弟时常替祥大少喊工，就把手表给了他。

重新戴上手表的阿根伙，赢了赌，越发趾高气扬。这让蔡和尚、三狗子既失望，又懊恼，有点儿赔了夫人又折兵的感觉。寒冻，阿根伙显然是挨过了。但似乎不像蔡和尚、三狗子预想中的那么难以忍受。

其实，道理很简单。对人而言，饥饿的威胁，当然远大于寒冷。因此，在有望解决饥饿难题面前，让阿根伙忍受短时间的寒冷，显然不成问题。阿根伙拎着京果出牛舍时，整个人是亢奋的，其注意力被四斤京果吸引着，结果当然不一样。

那一夜，挨冻的是阿根伙，伤风感冒的却是蔡和尚、瘌扣伙。连长得铁塔一般结实的三狗子，翌日清晨都哼哼唧唧的，冻得清水鼻涕挂多长。

阿根伙自己也没弄明白，他挨冻，其他三个都伤风感冒，真是怪事。

瘌扣伙与蔡和尚的看场组合，并没有一直组合下去。先是蔡和尚被香元支书看中，挑选到大队部，划起了差船子。蔡和尚除了农忙时会归队劳作，其他时候，只是偶尔会来瘌扣伙的牛舍转转。

说实在的，这“偶尔”就是“偶尔”，无定数可言。多数时候，这样的“偶尔”，是由香元支书确定的。大队部不需要蔡和尚看守，蔡和尚便习惯性地跑到牛舍来，与瘌扣伙挤一宿，故伎重演，图个口娱。

瘌扣伙也没能一直专职其事。今年的秋场中，一直被阿根伙所看好的瘌扣伙、蔡和尚看场组合，竟出事了。事情出在瘌扣伙身上，出事的原因让一村人颇感意外。

与蔡和尚一样，瘌扣伙也算是身兼数职。他常年住在场头牛舍里，既负责本队七八条耕牛的饲养，充当着饲养员的角色，又承担着平时看场的任务，成了本队专职看场员。

当然，瘌扣伙的第一身份，应当算是用牛师傅。常年归他使唤的，是头母牛，叫阿花。瘌扣伙给起的名字。瘌扣伙对阿花好，连村上的放牛娃都知道。

一到暑假，村小的学生中，有些便成了放牛娃。这些放牛娃，对自己放的牛有了感情之后，有时会主动牵了牛到田埂上吃些青草，给牛们放松放松。

这样的时候，自然需要有人照看这群放牛娃，以防意外发生。在一队，行使照看之责的，便是瘌扣伙。然，和这帮放牛娃一起放牛，他们没出什么意外，瘌扣伙倒出了意外。

那是个夕阳西下的傍晚，放牛娃们骑着各自的牛，簇拥在用牛师傅瘌扣伙的周遭，来了个策牛扬鞭。的笃的笃的牛蹄声，此起彼伏，回响在飘着草香的田野上空。大伙儿欢快极了。夕阳的光，将放牛娃和牛们的身影，映在田埂上，拉得老长老长。

瘌扣伙骑着阿花，颠簸着前行。这一颠一簸之间，瘌扣伙来了感觉。放牛娃们看着，用牛师傅玩起了技巧。但见瘌扣伙，身体滑向阿花的尾部，靠双手的力量，依然被阿花驮行。在放牛娃们眼里，这动作好难噢！接下来，瘌扣伙的身体动作，可谓“少儿不宜”，无需细述。

尝到甜头的瘌扣伙，对阿花似乎有些上瘾。某次在牛舍内，被蔡和尚撞了个正着。瘌扣伙只恨地上无缝，蔡和尚倒没有怎么大惊小怪。村上关于瘌扣伙与阿花的传言，他也不是没听说。同样的身份，同样的需求，蔡和尚是懂的。于是，蔡和尚没再拿阿花说事，而是跟瘌扣伙言明了，这终不是长久之计，会遭人耻笑，而让自己抬不起头来。

羞愧难当的瘌扣伙，听从蔡和尚的劝导，把眼光放在了有机可寻的女人身上。

还真是踏破铁鞋无觅处。没隔多长时间，瘌扣伙竟好上了比自己年轻不少的女子。此女子自称，因没能生个儿子，被丈夫用棍棒赶出家门，流浪到了香河，盼望能有好心人收留。

这不是天上掉下馅儿饼么？瘌扣伙别提多开心。当下便又是到柳老先生家豆腐坊上拾豆腐百页，又是到谭驼子家拎几条鲫鱼，又是到王老五肉案上打肉，又是到二侉子家代销店打酒，忙得跟要办终身大事似的。在那女子面前，阔气了一回。

以瘌扣伙的心思，希望那女子从村郊破窑洞里，将几件破衣烂衫拾掇过来，一起过。那女子倒没像瘌扣伙这样头脑发热。她坦诚地告诉瘌扣伙，现在就住一起，一月半载，倒是不成问题。谅定自己丈夫很难一准就找到香河来。她自己也是漫无目标地流浪，并不曾想着到香河来，更不曾想着在香河会遇上肯收留自己的人。

只是有一条，她明着与瘌扣伙不明不白地在一起，会惹村民说瘌扣伙的闲话。她一个女人家，在香河没熟识之人，村民们再难听的话，也说不到她耳朵里。即便过耳传言，听到一些，她也不在乎。自己已被丈夫赶出家门，还顾及什么脸面？只求有个安身之处，就谢天谢地！

你瘌扣伙就不一样了，祖祖辈辈生活在香河，不能因女人，坏了一世的名声。现阶段，你我宜暗地里来往，行夫妻之实，不担夫妻之名。你情我愿，相互帮衬。谁也抓不住把柄，谁也就不好说什么闲话。这样一来，倒真是有百利，而无一害。

至于将来能不能“登堂入室”，那要看你我之间的缘分。缘分到了，我自会斩断前缘，再续后缘。缘分不到，那强扭的瓜也不甜。

借着几杯“大麦烧”下肚，那女子说得甚是动情，让瘌扣伙只有点头的份儿。

在瘌扣伙看来，来到自己生活中的那女子，真是老天爷的恩赐。她竟为瘌扣伙做起了缝补浆洗之事。那份温暖，对瘌扣伙而言，久违了。在这个世上，除了去世多年的母亲，曾给过瘌扣伙这样的温暖，再也没有第二个女人，这样做过。

多年之后，这第二个女人终于出现在瘌扣伙身边。一个三十好几的大男人，竟然抱着那女子失声痛哭。如果不是她的出现，瘌扣伙甚至都怀疑自己还会不会哭，还有没有眼泪。

就在瘌扣伙对那女子的依恋日益加深的当口，那女子竟不见了踪影。

知人知面难知心。自己捧着一颗滚烫的心对人，到头来人家却悄无声息地离开了。找都没法找，连个姓名都不知道，到哪里去找？再说，人家跟你什么都不是，你凭什么去找？

一连几个私会的日子不见人影，瘌扣伙变得失魂落魄，魂不守舍。没撑几天，便病倒了，卧床不起。蔡和尚、三狗子来牛舍探望时，也就知道他病了，全然不知其得的是相思病。

直到有一夜，一个熟悉的声音在牛舍门外响起，哎——是我回来啦，快开门！那女子的喊声虽细，瘌扣伙却听得真切。于是，猛虎下山般迅疾下床，打开门，不顾一切地将心爱的女人紧紧搂在怀里。还以为你再也不回来，再也见不到你了呢！瘌扣伙有了一日不见如隔三秋的感觉。

谁知那女子并没心思领会瘌扣伙的一番衷肠倾诉，“扑通”一声跪求瘌扣伙道，求大哥救救我母亲！

原来那女子离开，是得到母亲病危的消息。因情况紧急，便没跟瘌扣伙打招呼。现在，家里哥嫂们均认定在母亲身上花钱太多，无医治必要。才五十多岁的母亲，只能坐在家里等死。让她这个唯一的女儿，怎么忍心呢？求丈夫无门，她只好厚着脸皮，求求待自己还算真心的大哥！如若此番母亲得救，那她定斩断前缘，与大哥再续后缘！

那女子泣诉着，一直长跪不起。瘌扣伙着急呢，他再有心相帮，也是心有余，而拿不出多少钱来。一直以来，总以为自己是个一人吃饱全家不挨饿的主儿，日管日销，有时会跟几个男人吃个碰头，图个一时快活。哪曾想着节余个仨瓜俩枣，以备不时之需。

妹子，好妹子，你先起来，坐下说话。大哥我真心想帮你，但手短够不到天！实在是拿不出什么来帮你。你看，我这一身膘，倒是有些分量，可这也卖不出钱来呀！这刻儿，我恨不能自己是头猪，牵到你手上，倒能卖笔钱，或许能救你母亲一命。瘌扣伙实在不知道，究竟该怎么样才能化解心爱女人之危。

我的好大哥，人家都急成这样了，你还有心在这儿开玩笑！那女子听从瘌扣伙的劝说，起来是起来了，却转身背对着瘌扣伙，有些生气。

好妹子，我倒不是开玩笑，是真想变成一头大肥猪，随你牵到哪里，卖到哪里，都心甘情愿。瘌扣伙确实也不是个爱开玩笑的人。他这也是无法之法。

大哥，你果真有心救我母亲一命，也不是一点儿办法都没有！那女子见瘌扣伙一脸无辜与真诚，进而试探道。

快说，妹子，只要大哥能做得到，哪怕上刀山下火海，我都替你去做。瘌扣伙为情所困，言之切切。

既如此，大哥你就听从我安排！这时，那女子才一转身依偎在瘌扣伙怀里。

不好啦，不好啦，一队场上失窃啦！

一连几个好太阳，香河各队都在抢晒秋粮，争取早日“颗粒归仓”。几个在粮墩上抱稻草的社员，发现整个粮墩全是空的，稻谷不见踪迹，留下的是稻草架子。这可不是一般的小偷小摸，来了个连锅端，看来这盗贼胃口不小。

几个社员被场上的情形惊呆了，惊叫着向正在巡印的阿根伙报告。土场的另一端，阿根伙如往常一样，在巡查着每处粮墩上印痕是否完整。听到惊呼，赶紧过来。结果是了无印痕，整个粮墩都消失了。那可是上百斤的粮墩啊！阿根伙警觉起来，让社员再揭邻近粮墩上的稻草。不出阿根伙所料，也是变得空空如也。这样一连空了三个粮墩，阿根伙怒狮般奔向瘌扣伙的牛舍，破口大骂道，瘌扣伙、蔡和尚两个看场的，死到哪里去了？

推开瘌扣伙的牛舍，一股“大麦烧”酒气直冲阿根伙的脑门。屋内不见瘌扣伙的影子，而蔡和尚鼾声如雷，睡得跟死猪并无二样。桌上的马灯还亮着，几只酒瓶，东倒西歪，空了。纸包花生米，残留下几粒，孤零零躲在桌板缝隙间，一动不动。

啪——啪——阿根伙一见此番狼藉，气不打一处来，来到床前，揪住蔡和尚的衣领，就是两记耳光，响得很。

出大事啦！睡不死的蔡和尚，快醒醒！

能出什么大事？我和瘌扣伙喝得蛮开心，出不了事。我有数。瘌扣伙，不愧是我蔡和尚的铁杆，他听从我的劝，处了个相好的。不错，不错！蔡和尚嘟嘟囔囔的，满嘴酒气，还没醒呢。

来人，将醉鬼蔡和尚绑起来！本队发生重大盗窃案，我需要向香元支书报告。

瘌扣伙被抓捕归案，是几天之后的事。

其实，用发现更为准确。大队基干民兵，在民兵营长带领下，发现瘌扣伙时，他被捆粽子似的，丢在乌巾荡芦苇丛一处滩地上，不停喊救命呢。因不在行船的航道上，瘌扣伙喊声再大，也只有鸟雀听得见。这些叽叽喳喳叫个不停，飞个不停的鸟雀，为了一口吃食忙碌着，根本没时间理会瘌扣伙的叫喊。

看得出来，瘌扣伙也是经过一番挣扎，吐出塞在口中的穰草，方能呼救的。要想从香河离开，乌巾荡是必经之地。这乌巾荡范围广，水面大，时值秋季，芦苇生长颇为繁茂，乃理想的藏身之所。因此，民兵营长带领基干民兵分几路追寻在逃粮船时，首选搜寻目标便是乌巾荡。这几百斤秋粮，只有水路还有可逃之机。走陆路，那是寸步难行。

拉网式搜寻，几天之后终于有了收获。这让民兵营长颇为自己的正确决策而自得。为此，香元支书给予了表扬。香河大大小小的干部，都很是看重香元支书的表扬。香元支书也从不随随便便表扬一个人。得到香元支书的表扬，意味着“政治生命”活力旺盛，将来更有奔头。

这不，大队部里，民兵营长和香元支书分别审问着一队失窃案的两个直接责任人。当然，瘌扣伙案情更为重大，香元支书亲自审。蔡和尚则由民兵营长负责审。

没让两位主审官多烦神，瘌扣伙、蔡和尚就分别供出了案情。事情亦不算复杂。蔡和尚、瘌扣伙交代的经过，大致如下：

那天晚上，轮到蔡和尚、瘌扣伙当值看场。土场上劳作的社员们纷纷散去，他俩在阿根伙监督下，给当天新堆的秋粮用印之后，一如往常回牛舍，准备躺到竹床上“数羊”。

蔡和尚头脑中已经想好，重点将大瓦屋里两个女护士，向癞扣伙说道说道。这一招，他定能赢了癞扣伙。癞扣伙再是满脑子的女人，也不会想到大瓦屋去的。

哪知道，当晚癞扣伙对蔡和尚用了奇招：向蔡和尚坦陈，自己有了相好的。于是，拿出备好的“大麦烧”和花生米，与蔡和尚一人一瓶，不用杯碗，套瓶喝。边喝，边敞开男人的胸怀。

蔡和尚是既感兴趣，又开心。感兴趣的是，与癞扣伙相好的女人，是个什么样的女人，什么情况下跟癞扣伙好上的，好到什么程度？开心的是，毕竟癞扣伙听从自己劝导，从阿花阴影中走了出来，再也不会为此遭人耻笑。

两个人说得投机，喝得更投机。所谓酒逢知己，不经意间各人面前的瓶子空了。癞扣伙口齿已不那么利索，说是今晚真高兴，要和蔡和尚一醉方休。

于是，各人再套一瓶。这“大麦烧”喝得够意思，喝得两个人勾肩搭背，称兄道弟。一提及癞扣伙的相好的，蔡和尚其涎，早垂到了脚面。坏笑着问癞扣伙，能不能也让给和尚大哥睡上一回，美上一晚？

癞扣伙头摇成了拨浪鼓，直喊不行。说是隔不了多久，相好的就会变成自己老婆、和尚大哥的弟媳，可不能乱来。蔡和尚摇摇晃晃的，举着酒瓶，来，兄弟，再干一个！放一百二十个心，既是弟媳，和尚哥哥我决不乱来。

蔡和尚上了酒，自然不知道，自己喝了两瓶酒，癞扣伙喝了两瓶水。

癞扣伙按照与相好女子的约定，凌晨时分动手。此时的蔡和尚，正一心一意“烀猪头”，睡得死得很，棒子都难打醒。

这沉寂的夜空，沉寂的村庄，沉寂的香河，沉寂的土场，正适合瘌扣伙与相好女子作业。他俩将临近河岸的两个粮墩，整端之后，用齐稻草支架，再用软穰草伪装。

行窃过程中，瘌扣伙问相好的女子，两墩足够三百斤粮，不少了。相好女子回答，大哥既已答应帮忙，用这些粮食救我母亲一命，老天爷也会宽恕的。不如再多一墩，宽裕一些总是好的。

好在，瘌扣伙白天备下的木船不是平常家用小船，容量可至千斤。当时，瘌扣伙倒不曾想着为多装粮食，而是为了好让那女子在船中藏身。船舱深一些，稻草遮掩后不易被发觉。自己既已下决心铤而走险，帮相好女子偷粮救母，现在人家提出再多端一个粮墩，那还有什么说的？照办。所有这一切，并不是为我瘌扣伙自己，这几百斤粮，我瘌扣伙又不拿一粒。将来要杀要剐，随便。爷爷我，也做一回梁山好汉！

一切顺利异常。瘌扣伙亦已打算好，送相好女子进了乌巾荡之后，他游水回来，之后便准备向村上报送消息，就说是巡场时发现了粮食被盗。

他做梦都没想到，在乌巾荡自己还真遇上了好汉。未及自己反击，就被从芦苇丛中跃起的好汉当头一棒，击倒船中。晕晕乎乎的当口，瘌扣伙亦不忘保护心爱的女人，恳求道，好汉有什么不满直接冲着我来，不要伤害女人。

哪知那好汉轻蔑地笑了一声，老子憋屈了几个月，就是为了今天冲着你来的。

这叫什么话？好汉，我与你并不相识，今生无怨，你的憋屈与我又有什么关系？为何夺我粮船，给我一闷棍？要知道，这船中粮食，可是为救船上女子母亲性命的救命粮！还望好汉，高抬贵手。瘌扣伙此时已被好汉捆了粽子，图谋反抗已无可能，唯实情相告，希望以真情打动好汉。

哈哈，哈哈哈——什么救命粮？天大的笑话，狗屁不值的谎言。那是老子用头上这顶绿帽子换来的！妈的，你这几个月睡的是我的女人！你小子知不知道？这船粮，是你睡我女人的补偿。你这个艳福不浅的秃驴！好汉说得光起火来，踹了瘌扣伙一脚。

好了，别在老娘跟前耍嘴皮子！还不快把舱里这头猪扔下去，赶紧上路，免得夜长梦多。半天没吱声的女人，眼看天色开始放亮，不耐烦地催促自己男人。

想想这船粮食得来真是不易。要不是自己上蹿下跳，又是悲情故事生死攸关，又是真情演绎以身相许，这看场大哥哪那么好糊弄？毕竟跟瘌扣伙在一个被窝睡过，她没跟在丈夫后面骂他“秃驴”。兴许有人会计较，她不是把瘌扣伙称作“猪”了？别忘了，那可是瘌扣伙自己愿意的。

就在男人要将瘌扣伙扔下船的时候，女人喊了一声，等一下！

只见瘌扣伙眼里的心爱女人，跨到前舱瘌扣伙跟前，轻声道，大哥再委屈一下，塞上这把穰草，别再喊叫。我们两口子会记着大哥的恩情，只是这辈子不会再见啦！

妈的，我压根儿就没想着喊叫。在这芦苇荡里喊叫，给鬼听么？我是要到场头上才会喊叫的。瘌扣伙并没做一点反抗，顺从地被扔在了芦苇滩上。

一队秋粮失窃案，属瘌扣伙蒙骗蔡和尚，伙同他人监守自盗。万幸的是，盗粮船在邻近的黄皮公社地界上被发现截获，挽回了集体的损失。因此，对瘌扣伙没有实施拘捕，只是取消其在一队的所有公职，并令其在本队实行劳动改造。他的故事，差不多就此结束矣。

倒是蔡和尚，时来运转，其后每隔几年就来个身份转换，演绎着属于自己的传奇。

蔡和尚到大队部划差船子时间不长，就被公社王主任看中，调进公社干起了公勤员。几年之后，世道大变，蔡和尚不再做公勤员，又幸运地被安置到城郊长途汽车站，当上了交通协管员。

每日里，蔡和尚佩戴着命根子似的“交通协管员”的袖章，手握红白两色的哨棒，不停巡查着，协助指挥站前交通。发现有骑自行车后面驮人的，立马呵斥，严禁双人共乘！

“严禁双人共乘”是交通指示牌上的话，被蔡和尚学会，记下，用上，用得极顺溜。

身为交通协管员，蔡和尚除了协助指挥站前交通，还负责协调站前小摊小贩们的摊点秩序。一来二去，蔡和尚跟这些摊贩都成了熟人。这当中最熟悉的，要数卖豆腐脑的五奶奶。

五奶奶身着蓝碎花布斜襟褂子，干净服帖。在蔡和尚眼里，她每天都这般精干利索，愿意多看几眼。因此，蔡和尚的早餐，几乎雷打不动，每天到五奶奶摊儿上，吃一碗豆腐脑。每每五奶奶问及口味如何。

鲜！真鲜！蔡和尚夸张的表情，逗乐了忙碌着的五奶奶。

蔡和尚知道，五奶奶忙碌着这一切，都是为在省城读大学的儿子。据说，这儿子不简单，有鸿鹄之志，想出国深造。正缺钱。

出奇的是，蔡和尚在一场车祸中丧命之后，竟为五奶奶的儿子留下了一份遗嘱：此次事故中所有给他的赔偿，全部赠予蔡国庆同学。

五奶奶家儿子也姓蔡，此“蔡”与彼“蔡”有没有什么关系呢？还真不清楚。

事后，处理蔡和尚意外交通事故的交警还是询问了五奶奶一些情况，说是蔡和尚的这起车祸发生得有些蹊跷。

交警在事故现场就发现，蔡和尚臂膀上，竟没佩戴他那命根子似的红袖章。

罱河泥

柳春雨怎么也没有想到，自己和琴丫头各自结婚成家之后，再有身体接触，是在乌巾荡寒冷的水面上，让自己痛心疾首，让自己欲哭无泪。

要知道，乌巾荡，曾经带给他俩多少爱恋，多少欢娱。

拾豆腐，卖百页咯——

曾经那么爱笑爱闹的琴丫头，只要跟柳春雨外出卖豆腐，就开心得很，在小船上从来别想她安稳一分钟。叫起卖来，有时也会鹦鹉学舌，柳春雨喊什么，她也会跟着喊；有时则来个对台戏，非得跟柳春雨叫喊得不一样。还会跟柳春雨挤到一起，抢着划桨。弄得卖豆腐的小船，在水面上直晃荡，转圈圈，不仅前行不了，还有落水之虞。

每逢这时，柳春雨只得板起面孔。坐安稳，掉到河里没人拉你上船。小琴姑娘才会略微收敛一些，顺从地坐到船头，笑眯眯地看着心爱的春雨哥，心口里有罐蜜似的，那样子甜极了，叫人难忘。

让柳春雨此生难忘的，是春天时分，他俩那次在乌巾荡的相见。

春天的乌巾荡，满眼芦苇。翠生生的苇叶，在微风里飒飒作响。三五成群的小鸟，知名儿的，不知名儿的，这儿一群，那儿一趟，追着，逐着，叽叽喳喳，欢快地鸣叫着，在苇丛中飞旋。不时，有几只燕子剪水而落，停在芦荡边的浅滩上，啄些新泥。之后，飞到寻常人家的屋梁上去，辛勤地建造自己的巢。

芦荡的水面上，水浮莲、水花生很是繁茂。一样翠生生的叶子，密密地漾在水面上，与芦苇浑然一体，很是和谐。偶或，有几只红蜻蜓、灰蜻蜓飞来飞去。蜻蜓们飞累了，自会停落在水浮莲、水花生的叶上歇脚。如此水草肥美的所在，野生的鱼虾自然多起来。这里的鱼腥味，吸引得像谭驼子这样的摸鱼鬼子，常来。

如此的生态环境，不仅是鸟鱼昆虫之天堂，亦是当地青年男女恋爱的理想场所。这不，柳春雨与琴丫头，原本沿河叫卖着呢：

拾豆腐，卖百页咯——

柳春雨喊声才出口，琴丫头立马跟着喊起来：

卖百页，拾豆腐咯——

哎哎，你这是想跟我唱对台戏？柳春雨手中的小木桨没停，笑问坐在船头的琴丫头。他这一问，琴丫头便泥膏糖似的黏了过来。就想唱对台戏，难道不行么？

琴丫头站到春雨哥身边第一件事，夺桨。说是要为春雨哥分担。就不能安稳一些？动来动去，难怪属兔子的。卖豆腐的船小，两人挤在一块儿影响划桨。柳春雨想让琴丫头蹲着别乱动。嘻嘻，你还说对了，我就属兔子的，就要动，动得你烦了才高兴呢。琴丫头歪着头，调皮地望着春雨哥。

你看你，笑得合不拢嘴，是拾到“笑笑本子”啦？柳春雨问话里的“笑笑本子”，是乡里人对笑话书的一种叫法。琴丫头知道春雨哥故意一问，来了个双手搂腰，脸贴脸的亲密接触。想笑不行啊，我就想笑。见你想笑，想你也想笑，梦到你更想笑。这下子满意了吧？说着说着，琴丫头的唇舌开始寻找目标矣。

哎哎，划船呢，规矩点儿，没得大人形。春雨只得停桨，在心爱姑娘的小蒜头鼻上轻轻一捏。不让你划，就不让你划。琴丫头索性抱着春雨不放，整个脸都贴在春雨的耳根子上。

柳春雨明显感到琴丫头呼气有些喘，便在她耳边轻声道：这可不是油菜地，也不是村小教室。琴丫头听言，举拳便打：你坏，你坏！噢，有人脸红了，脸红啰！柳春雨胸膛直挺着，任心爱姑娘的拳雨捶打在自己的心房。

春雨哥，亲我一下。人家望见，会笑话我们的。我才不怕呢，亲一下！这种时候，让步的肯定是柳春雨。他便轻轻在琴丫头额头上亲了一口。不行，不行。哄小宝宝呢？琴丫头把头摇成了拨浪鼓。你不怕我把你舌头咬下来？不怕，我才不怕呢。我还要咬你呢，哼！

他俩极熟练地再度上演“两条小鱼”的游戏。游到一起的“两条小鱼”，时而前后尾随，时而上下翻转。如此欢畅，如此依恋。小琴，你嘴里真好闻！小琴没回应，就在柳春雨耳边轻吟道，春雨哥，我要和你结婚。这时的琴丫头，面部飞霞，娇羞欲滴，让柳春雨见之怦然心动。

柳春雨操起双桨，使劲向乌巾荡划。岸边水桩码头上有人喊，“拾两方豆腐哦！”小船上无人回应。那人弄不清，不知究竟发生了什么。眼看着卖豆腐的小船，似离弦之箭，迅疾离他而去。

小船随着两个年轻生命的节奏，在芦荡里荡漾起伏。一道一道的涟漪，从小船边扩散开来，化成舒缓的水波，平入荡中。

春日暖阳，暖暖地照在小琴光洁的身上，熠熠发光。柳春雨实在是忍不住，亲遍了心爱姑娘的全身。他真的是醉了。琴丫头的体肤如此细腻光滑，有些地方柔柔的，软软的，叫他着迷，叫他流连。有些地方温暖如春，有如舒适的港湾，给他家的温馨。

春雨哥，春雨哥。琴丫头的轻唤，引领着爱人手的抚摸。柳春雨早就成了爱的俘虏，完全听任心爱姑娘发布指令。

小琴，我们结婚吧。这个话题，此刻轮到柳春雨提了出来。好！春雨哥，我愿意和你结婚。琴丫头跟划船卖豆腐时，完全变了一个人。这刻儿，如此温顺，如此娇美。柳春雨怀里搂着一只安静的玉兔儿。

有几只红蜻蜓、灰蜻蜓，在他俩身边盘旋着。或高或低地飞，悠悠荡荡的样子，惹得琴丫头伸手去捉。蜻蜓们调皮得很，在他俩身边盘旋了几个来回之后，似乎探视到了两个年轻人的生命秘密，心满意足地飞走了。

蜻蜓刚走，柳絮紧接着飘然而来。轻悠的柳絮，也不那么听话。琴丫头抓了几回，没抓到，飘落到了水面之上。瞧，又来了。这回春雨哥帮着抓。哪知道，这柳絮，竟比蜻蜓还调皮。有朵柳絮，飘飘悠悠的，竟粘在了琴丫头红润的乳头上。

这可是我的，不许你个坏东西碰。柳春雨用两个指头，将停得过于调皮的柳絮，轻轻捏起，再也不肯松开，似乎想要追究柳絮的行为之过。

琴丫头满脸羞涩，身体下意识地往春雨哥这边仄了过去。春雨哥，你看，天真蓝哦！柳春雨这才发觉，天空还真的是蓝。他忙到现在，一直没注意过这天空中的蔚蓝。这时，有几朵白云飘过。芦荡的天空，更蓝矣。

入冬之后，香河掀起了大积大造自然肥的浩大声势。香元支书在大队部大喇叭里明确要求，各生产队要挨家挨户总动员，男女老少齐上阵。这不，村上春节刚过门的新娘子，杨雪花、王小琴、杨阿桂，全都跟着自家男人一起上了罱泥船。

香河一带的风俗，刚过门的新娘子，在到婆家的头一年里，原本是不用下地干活的。那这一年当中，不下地干活，在家干什么呢？说起来，任务比下地干活要难得多——为婆家添丁进口，早日让自己怀上，好让公婆抱上大孙子。

春节期间，香河也就柳春雨、陆根水和谭跃进当上了新郎官。读者诸君兴许有疑惑，这柳春雨、陆根水尚熟，跟在他俩后面的谭跃进陌生得很，不知是何许人也？读者诸君少安毋躁，待谭跃进身上的一层面纱揭开，自然会恍然大悟。此人，乃大名鼎鼎的“黑菜瓜”是也。想来也能理解，总不能人家都当新郎官了，还“黑菜瓜黑菜瓜”地叫个不停吧。再说，自打“黑菜瓜”在村小当上代课教师，村民们就已改口，叫“谭老师”啰。

同村办结婚这类大事，讲究的是新娘子早进门。因此，柳家、陆家、谭家，都相互较着劲呢，比谁家先发轿，比谁家新娘子先进门。

陆根水虽说之前费了一番周折，到办婚事时，他这新郎官当得倒比柳春雨、谭跃进轻松。何故？得地利之便。他和琴丫头，对了，人家也是当新娘子的人啰，应称其王小琴才是。他和王小琴，同在一村，迎娶时连轿子船都不用，一条龙巷，直接用轿子抬回家。最先热闹起来的，自然是陆家。

王小琴一进陆家门，来娣子便张罗人给儿子、媳妇拜堂。这叫“穿堂拜”。陆根水和王小琴拜堂时，“唱礼的”“唱”得跟通常人家的不一样。听——

大舅舅大舅母礼到——

二舅舅二舅母礼到——

姑夫姑母礼到——

……

大表舅家礼到——

……

“唱礼”时，没把各人的礼钱多少报出来。这是来娣子特别关照的。大庭广众，礼钱出得少的，被报出数目，怪难为情的，恨不能钻到桌下去。

来娣子对此感触太深。陆根水还小的时候，她家寡妇伢儿们，遇到出人情这种事，哪有资本跟别人争高低？只能低于别人，做矮子。手头没钱，装不起脸面来。所谓人穷志短，实在是无可奈何。总算轮到自己家里办喜事，来娣子不想有人在陆家门上难堪。于是，特别关照“唱礼”时，只笔录，不报数。笔录还是要的，日后人家办事，才好礼尚往来。

就迎亲而言，柳家、谭家自然不及陆家这般爽手。有意思的是，他们两家轿子船前往的娶亲地点相同——邻村杨家庄。迎娶对象分别为杨家庄的杨雪花和杨阿桂。这就让两家对发轿、返程等诸多环节，都相互较起劲来。两只轿子船，还真在返程时抢起了“上风”。

“抢上风”，乃当地一民间习俗，其讲究源于新郎官。据说，早先时候，新郎在新婚三天内除去神仙皇帝，就数他大，哪怕一品当朝也不在话下。何故？只因他做了“新郎官”。新婚夫妇开口时，一方言必称“官人”，一方回必唤“娘子”。不过，这新郎的“官”仅当三日。既然三日官衔在身，便不能吃下。尤其是迎亲当天，轿子船必须走上首。行船途中，如若碰上农船、商船、渔船之类，都会自觉避让。旧时的官船上，多半是横行乡里的官老爷，哪里会礼让民间的轿子船？都想行在上首，怎么办？一个字：抢！“抢上风”由此上演。

现时“抢上风”，多半发生在迎亲的轿子船之间。这不，从杨家庄返回香河，要经过一条直行的白渡河，几华里的水路。柳春雨不想发生的事，还是发生了。

从杨家庄离开时，原以为谭跃进会被“长高”（迎亲过程中的一种风俗，男女双方争着给女方陪嫁箱内加钱，相互比着加，越加越多，长高之意尽显）缠住手脚，不会这么快就赶上来。看来谭跃进并没有被“长高”耽搁，柳春雨已望得见他家的轿子船，不想“抢上风”都不行。

谭跃进心中早就想好，迎亲时一定要跟柳春雨抢一下“上风”。谭跃进一直记恨柳春雨。总有村民说他在村小上课，不如以前柳春雨上得好。谭跃进怀疑，这风是柳春雨自己放出去的。谭跃进心里想的是，又不是我抢了你的代课教师。只怪你自己，不肯娶水妹，一心恋着琴丫头。结果呢，代课教师当不成，琴丫头也进陆家门。自己落得两头失空。你也不能泼我的臭水吧？

老天开眼，让你我一同迎亲，送给我“抢上风”的机会，怎么能轻易放弃？迎亲时抢了你的“上风”，那可是一辈子的话柄。到那时，你柳春雨不甘拜“下风”，也不行。“抢上风”，在谭跃进眼里，成了能给他带来荣耀的一件事。

兄弟们，柳家轿子船就在眼前。大伙儿加把劲儿，超过去。晚上我专给大伙儿准备好烟好酒。为让大伙儿开心快活，闹洞房时，尽管放开胆子闹，我绝对不会虺脸色，绝不小家气。只要大伙儿给我把这“上风”抢过来！

谭跃进疯了，为“抢上风”，把自家新娘子都豁了出去。要知道，在香河一带，闹洞房的那些调皮捣蛋鬼，跟新娘子动起手脚来，没轻没重的。碰到新娘子脸皮薄的，还真的吃不消呢。

谭跃进这话一出口，收都收不回来。几个撑轿子船的男青年，顿时打了鸡血似的，来神了。新郎官君子一言，可不许赖账。哪个赖账就是这个。谭跃进急不可待，伸手做了个“王八”的手势。谭跃进真的疯了。这新娘子还不曾进门，你出手就是个“王八”，想戴“绿帽子”也不用这么性急。不顺遂。

白渡河上，谭家轿子船上的小伙子劲头足足的，撑篙，划桨，两只轿子船很快就并排行到了一起。

好事的谭跃进，见柳家轿子船比自家多一条，行进起来较慢，有机可乘。于是兴奋得喊起来：兄弟们，别忘了我刚才的话，抢了“上风”，有好吃好喝的等着，更有开心欢活的闹洞房在等着呢！加油——加油——谭跃进这个新郎官，瞬间变成了啦啦队长。

呜哩哇啦——呜哩哇——柳家轿子船上，“六书”吹奏得正欢。吹鼓手们有意在显摆，意思是隔壁的轿子船赶得再凶，也比不上本船热闹。

在轿前陪坐的柳春雨，刚开始并不在意谭跃进的“抢上风”。柳春雨想的是，本庄本土的，早不见晚见，没必要争一时之高低。况且，结婚毕竟是一辈子的大事，平安顺遂才最重要。我不抢你的上风，你也不抢我的上风。出了白渡河，两家轿子船便各分东西，平安无事矣。

这显然是柳春雨的一厢情愿。柳家轿子船多，船上嫁妆也多，不及谭家轿子船灵便。再加上谭家轿子船上那帮小伙子，在新郎官啦啦队长的鼓动下，正铆足了劲儿往前超。渐渐地，柳家轿子船有掉后之虞。

随船而行的福奶奶连忙提醒新郎官，这个样子可不行，不能被谭家抢了“上风”，不顺遂。她让柳春雨当机立断，把首尾相连的三条船全解开，将“乐船”调到轿子船后头，又从“乐船”上抽两个篙手上轿子船。这样一来，轿子船上变成了六根篙子，两把桨，比谭家多出两根篙子。即便谭跃进把嫁妆船解开，也不行。他家总共才六根篙子，两把桨。你谭跃进总不能连嫁妆船都不要吧？

柳家轿子船格局一变，谭跃进这边的形势急转直下。最终，被柳家轿子船压着前行。虽说柳家有两条船在后头，但“抢上风”，针对的是新郎官。只要新郎官的轿子船在前头，就算是抢到上风。

谭跃进很快就发现，柳春雨并不曾让自家轿子船超过去，而是两家齐头平行。用意很明了，既化解了“抢上风”，又不至于把谭跃进逼得上岸跑。

既然对方不想撕破脸皮，自己又无取胜可能，谭跃进也只有顺势而为。临出白渡河时，两家轿子船平安分航。这时，柳春雨才跟谭跃进笑着招呼了一声，还是你家轿子船上的厉害，我家多了两个人，才跟你家抢了个平手。

承让，承让。谭跃进嘴上客气着，心里不是十分痛快。然，面子还要顾。毕竟自己还是个人民教师。

跟谭家轿子船分开后，柳家轿子船又恢复成原来的格局，乐船、轿子船和嫁妆船再度首尾相连，一路吹吹打打，喜气洋洋地进了香河。撑轿子船的小伙子们，自觉加快了篙桨的频率。他们知道，只有让新郎官柳春雨跟新娘子杨雪花早点儿拜堂，他们才能早点儿喝上喜酒，吃上喜席。更值得期待的是，一帮年轻人，晚上才能开开心，吃喜糖，闹洞房。

三对新人中，要数陆根水家的王小琴妊娠反应来得最早。这可把来娣子这个当婆婆的高兴坏了。这是撞门喜呢，陆家很快就添丁进口，陆根水要做爸爸，她来娣子要抱孙子做奶奶啦！

八字还没一撇，瞎激动个什么劲儿？对于母亲的激动表现，陆根水反应较为冷淡，经常泼冷水。这让想尽快抱上大孙子的来娣子很不以为然。激动怎么啦？我们家冰锅冷灶多少年下来，好不容易，琴丫头一进门，就给我家报了头喜，还不让我激动激动？我不仅激动，还要好好谢谢琴丫头，嗐！平常喊琴丫头喊惯了，一下子改不过来呢。马上要做妈妈的人，我也不能总是“丫头丫头”地叫。应当喊小琴！我要好好谢谢小琴，你是我家大功臣！

你儿子说得对，八字还没一撇呢，谁也不清楚将来生的是男是女，说不定会让你抱孙子的愿望落空，到时候会失望呢！王小琴知道自己怀上之后，既没像婆婆来娣子那么激动，也没像丈夫陆根水那么冷淡。她想的是顺其自然。既然这孩子自己来了，那就来吧。再怎么说，也是自己的骨肉。当然，在她内心深处，这孩子来得这么快，会不会另有来路？这想法，只能深藏在自己心里。

然而，有这样想法的，不止她一个。她丈夫陆根水，一开始就是这样想的。来娣子说的撞门喜是有，但哪就那么巧，被我陆根水撞上了？琴丫头在什么情况下嫁到陆家门上来的，他陆根水比哪个都清楚。这之前，琴丫头跟柳春雨好到什么程度，他陆根水不痴不傻，大概也能想象得到。因此，他心有隐忧，反应冷淡。

当初一心只求琴丫头能嫁到自己门上，倒不曾想，将琴丫头娶进门的同时，还有可能会随之接受柳春雨的一份馈赠，一顶颜色特别的帽子！这让陆根水见着老婆日益隆起的腹部，莫名地烦躁、不安。人们常说男人心胸能开阔成大海，能容纳，有担当。但不要忘了，男人的心胸同样能细成根绣花针，专挑掐丝，一针见血。现在的陆根水，手里有根绣花针，无端地想刺人；心口上也插了根绣花针，钻心地疼，无处发作。

这一切，很快被柳春雨知晓矣。

让新娘子上罱泥船，在香河已是破天荒。然，大积大造自然肥在香河已然成了一场革命运动，哪个也不好跟香元支书讨价还价。想不上船，门儿都没有。果真不上船，一顶抵制积肥造肥革命运动的帽子，谅定谁戴到头上，都要喊吃不消。既如此，新娘子们也就无特殊照顾可言。唯有上船完成积造自然肥的革命任务，再回家安神保胎不迟。

柳春雨家两口子一条罱泥船，柳春雨罱泥，杨雪花撑船，可谓夫唱妇随。柳春雨毕业回村，并不曾真正罱过几回河泥。倒是柳春耕罱泥、罱渣均比他强，是个干农活的行家。只不过，这个行家踪迹全无，顶不上用。

这会子，柳春雨家小两口撑着罱泥船，跟生产队其他罱泥的社员一块儿往乌巾荡去。乌巾荡的生态环境，读者诸君已有所领略。荡子里水生植物繁茂，荡底淤泥丰裕，是香河村民罱泥、罱渣的首选地。

杨雪花撑船往乌巾荡来的途中，柳春雨抽空整了一下泥罱子。这泥罱子，主要由罱网和罱篙组合而成。罱网口固定着上下两根篾片，长且扁，可将罱网撑开。罱河泥时，罱口的篾片贴着河床，将淤泥啃进罱网。罱网与罱篙的连接，首先靠篾片上附着的锥形铁制件，插入罱篙根部，固定牢靠，其次是罱网尾部绳子直接系于罱篙。罱篙，不同于船篙。其靠根部扣罱网处，需熏烘得弯弯的，且两根罱篙相对而弯。在弯曲处套上“8”字形的铁环，既把两根罱篙连在一块儿，又相互形成共同的支点。方便罱泥者撑开罱口，入水罱泥。罱篙颇长，否则水深篙短，罱子到不了河床，无法作业。

这里有个窍门，掌握了事半功倍。罱泥者要学会量力而行，在罱河泥时，不能一味将罱篙前推，要随时掂量罱网的分量。分量够，便可挟紧罱篙，回抽。端泥罱子时，则需一把爆发力，将泥罱子端进船舱，松罱篙，倒泥。

这时候，千万不能使蛮劲。使蛮劲，稍不留意就会闪了腰，拉伤臂膀的肌肉。因此，满罱子河泥出水，上船，要用巧劲儿。罱篙往回抽时，罱篙在手上移动的幅度要掌握好，一把一把回抽，节奏不能乱。同时要能借水中浮力加惯性，将泥罱子送进船舱。如若不是用泥罱子的老手，则千万不能贪多。下罱子时，最好控制罱网吃个半饱。这样操作起来要轻松得多。泥罱子太满，端不进船舱，脸憋成猴王的屁股也没用。

柳春雨上船之前，专门请教过三狗子，那家伙不仅拉纤摇橹好，罱泥、罱渣也没的说，呱呱叫。柳春雨掌握了推罱子的窍门，记住了罱子下水不能贪。这就避免了端泥罱子时，因分量过重，罱篙挟不住，手劲提不上来，松开罱篙，前功尽弃。

撑罱河泥的船，亦讲究与罱泥者之间的配合。别看杨雪花站在船尾上，往水里下篙时不紧不慢，样子颇为轻松，其实，撑泥船不同于平常行船。柳春雨下泥罱子时，杨雪花船篙的跟劲儿要足。柳春雨的罱篙向前推进时，必然产生一股向后之力。这时，需要杨雪花的船篙跟进，不致后退。船一后退，十有八九会形成空罱。柳春雨收泥罱子时，杨雪花用篙讲究一个稳字。这时，泥船会因柳春雨手中满罱回抽而船身下埋，就需要杨雪花的船篙有股稳劲，将泥船稳住。不然，整个船摇摇晃晃，成了现时游乐场里的海盗船，那还不让人笑话？

这些关键处，三狗子不仅告诉了柳春雨、杨雪花，还领着他们小两口上船，手把手地教过。因此，柳春雨小两口一天下来，能罱上两三船河泥，完成革命任务绰绰有余。

陆根水、王小琴两口子虽说也是一条罱泥船，他们每天的成效，跟柳春雨、杨雪花两口子比起来，相差得太远矣。

陆根水一直担任农技员之职，虽说农忙时也到生产队劳作，但终不是常态。平日里，他的主要职责是研究农作物田间管理、病虫害防治，对于非常规农活的掌握与实践，显然拿不上手。譬如罱河泥，属突击性劳作，并不是所有社员都精通。陆根水身为农技员，不会用泥罱子，原本情有可原。

然，面对声势浩大的大积大造自然肥革命运动，你陆根水怎么能搞特殊化呢？香元支书早就明确了，不投身其中，就是态度问题、思想认识问题。那顶帽子早就准备在那儿了，你陆根水想戴，谁也不拦。后果有多严重，自己去掂量。

万般无奈，陆根水只能赶鸭子上架。这就苦了王小琴。与自己男人一窍不通比起来，王小琴做姑娘时，还兴之所至拿过几回泥罱子，跟在生产队大劳力后面干过这类农活。虽说不能跟男劳力的力道比，但敢爱敢恨、风风火火的性格，让她勇于挑战妇女的极限。说实在的，罱河泥这样的重活，虽然以男劳力唱主角，也不是没有妇女参与。一个生产队当中，总有几个拿得起泥罱子的女劳力。王小琴亦算是其中之一。

眼下，她只好硬撑着，接过原本属于自己丈夫的泥罱子。这样一来，陆根水、王小琴两口子在罱河泥船上的情形，正好跟柳春雨、杨雪花两口子相反。陆根水撑船，王小琴罱泥。这对于有了“撞门喜”的王小琴来说，握着冰水直淌的罱篙，滋味不好受，受罪矣。其时，村民们嘴边上常挂着的一句话是，形势喜人，形势逼人。伟大领袖毛主席向全国人民发出了伟大号召：人定胜天！

大积大造自然肥，乌巾荡里摆战场。在这热火朝天的战场上，两对小夫妻碰到了一起。刚开始，柳春雨只顾下泥罱子，张开罱子往前推。推，挟，抽，端，一套动作已十分熟练。泥罱子在他手中，虽不说游刃有余，亦已是十分乖巧。每每几罱子河泥端进舱后，柳春雨都要直直腰，把握节奏，稍事休息。顺便跟杨雪花轻松地拉些家常。

陆根水、王小琴两口子的罱泥船进入柳春雨的视野了。柳春雨眼前一愣，对方船上，竟然是陆根水撑船，王小琴拿泥罱子。这个陆根水，如此烂屎无用，也不怕别人笑话。怎么能让自家婆娘替自己拿泥罱子呢？柳春雨眉头紧皱，心里说不出的滋味。

王小琴手中的罱篙，每回抽一把，都能感觉到她的费力，吃劲。让柳春雨不忍直视。过去的一切，只能留在心底。如今他俩已各自结婚成家，自己身边有了杨雪花。王小琴再辛苦，也该陆根水照应，轮不到他柳春雨指手画脚。

就在他准备让杨雪花撑船离开时，偏偏王小琴一罱子河泥不曾端得上来，脚下一滑，跌倒在船头上。要知道，这滴水成冰的冬季，跌倒在泥船上生疼。

王小琴扑通一跌，重重地落在柳春雨心口上。他再也不能视而不见，再也不能一味忍耐，再也不想压制自己的情绪，朝杨雪花冷冷地说了句，把船靠过去。

没等杨雪花弄清自家男人想干什么，柳春雨丢下手中的罱篙，一个箭步上了陆根水的船。不由分说，上去就给正准备搀扶自家婆娘的陆根水一拳，你个畜生都不如的东西，还算个男人吗？让一个女人家做这个？

陆根水被突如其来的一拳打蒙了。跌在船头上的王小琴，自然明白这一切。我家的事，用不着你来管。请你走，不要在我家船上。重重摔倒时都不曾哭，两句话没说完，王小琴反而放声大哭起来。她内心的酸楚，无处诉说。

我就要管，偏要管。柳春雨犟脾气上来了，气呼呼地奔到船头，抢王小琴手中的罱篙。王小琴怎么可能松手呢？死死地抓着罱篙不丢，柳春雨用力硬掰又于心不忍。两个人扭在了一起。

春雨啊，你这是干什么？有话不能好好说么？杨雪花在一旁劝说。陆根水似乎还没能从柳春雨的重拳中缓过神来，站成了一只木鸡。

不关你的事！柳春雨臭声臭气地吼了婆娘一句。

你是不是有了？是我的，是不是？借扭在一起的当口，柳春雨低声问道。不关你的事。王小琴把同样的话，送还给了柳春雨。随后对柳春雨哭诉道，你说你要管，要管到什么时候？能管我一辈子？

柳春雨无言可回，痛心疾首，欲哭无泪。他从王小琴手中夺过罱篙，朝船尾上木鸡似的陆根水吼道，拿篙子撑船。柳春雨似乎用尽浑身力气，下罱篙，推罱子，一把一把往回猛抽，只见一罱子一罱子乌黑的河泥，源源不断地进了王小琴面前的船舱。

乌巾荡的河泥真肥，乌黑而发亮。只要稍微有点儿农业常识的都知道，用这样的自然肥长庄稼，收成一定差不了。

缴公粮

缴公粮啰——开船!

随着香元支书一声高喊，香河堤岸上，燃起几串小鞭，噼啪作响。但见，十几条粮船，哗哗哗地离开河岸，鲤鱼咬籽似的，一条衔接着一条，吃着很深的水，行驶在香河中央，向县城粮库进发。香河大队秋季上缴国家公粮行动，由此拉开序幕。

几丈宽的河面，船行道两边，满是开着四瓣小白花的菱蓬。挤挤簇簇，由河心铺向两岸。远远望去，绿成一片，随微波荡漾着，起伏不定，样子很是轻柔。

穿菱而行的粮船，多半是木制大船，船舱较一般农船宽大，且深。这样的船，正常情况下，载重过千斤。现在，船帮加上了簧板，簧板内侧用稻茓子（一种一尺见宽、数米长的长条形篾制编织带，有韧性，可卷曲，为乡间屯粮器具）加高，这就让河中行进着的十几条粮船的载重，一下子增至数千斤之多。

粮船中央主体部分，簧板一块一块夹在舱边上，簧板内侧，稻茓子一圈套一圈，往上盘旋，垒砌，形成高出船帮许多的粮墩。暂且无需劳作的社员，此时多半坐于高高的粮墩之上，闲话，观景，养精蓄锐，等着换班。亦有妇女，没有行船任务，借机干些纳鞋底之类的针线活。

其时，这样的粮船，尚无机械动力。推进其向前行驶的动力源，纯粹靠人力。算起来，一条粮船上，通常得有两把篙子，两把桨，一把橹，这就得四五人矣。有的船上还有一根纤，又得一人。如若篙、桨、橹、纤一样不缺，五六个大劳力一齐用劲，那粮船哗哗哗地吃着浪头向前，速度算不得慢。

一般说来，粮船上篙、桨、橹、纤，配不了这么全。缴公粮，属突击性任务，需要各地限期完成。因此，突击抽调壮劳力上船，数量往往得不到满足。于是乎，双篙变单篙，双桨变单桨，上船的劳力，也就不一定个顶个地硬挣，只好稍稍马虎一些，将就着开船。如若离县城粮库路途远，当天到不了目的地，则需在途中过宿。

缴公粮的船头上，均砌有俗称锅腔子的一种土灶。上粮船的劳力，还需自带锅盆碗筷。其时，这锅灶之类，是粮船上必备的。要完成一趟缴公粮任务，不花上几天时间，是返不了程的。不仅是途中要过宿，即便途中无需过宿，当日到城里粮库，也不一定就能当日卸粮。前面说了，这缴公粮，属突击性任务，各地都在相对集中的时段内发动。那时节的县城粮库码头，挤满了粮船，那才真叫水泄不通。排队等候，成了缴公粮必须经过的一道程序。

排队等候过程中，社员们的吃住，多半在粮船上自行解决。这些被抽调上粮船的社员，舍得进城下馆子的，少。各生产队都为粮船备了粮食，安排了妇女在船上烧煮。谁还愿意自己进城去花冤枉钱呢?

凡事不能一概而论。难得进趟城，在粮船上几宿住下来，还真的会有人愿意花这冤枉钱。有人愿意花，其实是因为有人愿意接受。

香河大队秋场第一趟缴公粮，香元支书亲自带队上了头船。

前一天，香元支书就点了三狗子的将，老三，明儿头趟缴公粮，你上头船。还是老本行：拉纤。

香河村民中，称得上大劳力的不少。能将撑船、划桨、摇橹、拉纤，样样拿得出手的，不算多。柳春耕算一个。矮冬瓜柳春耕，不仅有把膀劲儿，也还会用巧劲儿，有耐力。他离家出走至今不见影踪，眼下卖秋粮肯定指望不上。除了他之外，还有一个三狗子，摇橹、拉纤均是一把好手。

在粮船上撑船、划桨、摇橹、拉纤，均有讲究。几十里水路，粮船吃水又深，讲究的是既要有爆发力，又要有耐力。没有爆发力，粮船行进途中，碰到搁浅、拐弯之类，便难以化解。然，行这样的船，最忌讳只有程咬金的三板斧。开船时行得呼呼的，没行几里水路，船速慢了，人力竭了，想歇气矣。显然，是没有耐力所致。

三狗子身高个大，三十来岁的壮汉，浑身肌肉鼓鼓的。手指粗的纤绳，往他厚实的肩头一搭，腮帮子鼓起道道肉棱来。纤，绷得紧，绷得急，拉得稳。但见粮船哗啦哗啦吃着浪头，轻快地前行。

这样的时候，摇橹的往往变橹为舵，帮着舵手一起把方向；撑船的变成了打水的（正规运输船上的一种职业），在船头用船篙试水之深浅，选择航道。与三狗子一同行船，无论是用船篙的，还是划桨的、摇橹的，均轻松得多。只要三狗子一拉纤绳，他们便尽可以歇着，抽烟，闲话。

三狗子自然不去计较。俗话说，力气是个财，日里去了夜里来。他三狗子这身力气，总该派上用场的。三狗子笃实肯干，让香元支书很是愿意点他的将。

香玉尽管不是香元支书点的将，也上了头船。大伙儿都知道，香玉做得一手好饭菜，颇合香元支书口味。因此，她上头船似鼻涕往嘴里流，极自然。

香玉自己心里清楚，她上头船不仅仅是为烧饭做菜。

香玉丈夫谭驼子偷鱼被抓到公社去了，一家子成了热锅上的蚂蚁。

谭驼子在杨家庄偷鱼啦！消息传到香河，一村人都不信。平日里，那么老实和善的谭驼子，一直以取鱼摸虾为乐的谭驼子，偷鱼啦？打死我也不信。

在香河村民印象里，谭驼子很少出现在生产队的农田里。整日穿着摸鱼专用的连体皮褂裤，背着鱼篓子，提着根哨棒，转漕沟，下湖荡，取鱼摸虾，动辄展示“柳下取呆子”的拿手好戏。在香河一带，谭驼子摸鱼的名气大得很。

村上因有谭驼子，来人到客需要几条鱼，从不犯愁。手头不方便的，说一声，记账。谭驼子人极和善，从鱼桶里往外抓鱼的当口，应声道：好嘞，记账。

在谭驼子的账簿上，村民记账的少，大队上记账的多。公家来人到客，习惯了记账，到年底结算时，一并结账。摸鱼鬼子谭驼子，于公于私都显得不可或缺。因此，他在不在生产队劳作，谁也不去跟他较真。

不知从何时起，谭驼子有了晚上外出张网的习惯。村民们从谭驼子张网中，亦得到些实惠。张网的鱼，不及捕获的鱼那般活蹦乱跳，因此，谭驼子出价要便宜一些。对于村民而言，这张网的鱼，与捕获的鱼，似乎无太大区别，自然选择便宜的。久而久之，村民上门时，总先问一声，今天有张网的鱼么？

张网鱼大受村民欢迎，让谭驼子张网积极性空前高涨。某一天，张网张到邻近的杨家庄集体放养的鱼塘里去了。被发现时，小船上已经白花花，满舱草鱼、鲢鱼、鳊鱼。

谭驼子被公社来人抓起来，带走了。这不由得香河村民们不信。这个谭驼子，怎么会是这样一个人呢？村民中还是有人想不通，疑惑得很。

经过审问，谭驼子交代出，他在杨家庄张网，事先与村上干部有约定，每次张网所得对半分成，每年张网总量在四百斤内。免得张多了，年终清塘时，鱼失踪过多，村民起疑心，惹麻烦。不想，谭驼子这才张了几晚，离约定数量还早着呢，东窗事发矣。

谭驼子就这么在公社关着，一家子名声也不好听啊，况且“黑菜瓜”

说了杨家庄一门亲事，春节期间想办大事呢！香玉思前想后，整个香河，也只有香元能跨得进公社大门，跟公社领导说得上话。除了求香元支书帮忙，没有更好的办法。

有过几次交道之后，香元的特性，她多少有所了解。但自从香元婆娘巧罐子夜闹大队部之后，香元在大队部的那张“龙床”基本被废弃。在村上，人多眼众，不如以前那么方便行事。天赐良机，缴公粮了，一趟得好几天，且又是离村进城，可谓是机会多多。香玉自然不会让这大好机遇，像船外的香河水一般，从自己跟前白白流走。

头船，引领着香河卖秋粮的船队，蜿蜒行驶了袋把烟工夫之后，船队便出了村庄，驶入了乌巾荡更为宽阔的水面。

这时候，三狗子丢下手中的船篙，背了一筐纤绳，一跃上了河岸。只见他把纤绳抖撒开，将带圈的套上肩膀，快跑几步，纤绳立马紧绷了。之后，便弓下身，拉起纤来。

三狗子一人拉纤，头船上撑船的，划桨的，摇櫓的，一干人等均松懈下来。毕竟是秋天了，岸边的杨柳被纤绳刮得柳叶纷飞，漂浮在水面上，随波逐流。

见粮墩上的香玉，低头纳着鞋底，香元站在船头，也没有主动上去搭腔。在这一点上，香元跟祥大少、阿根伙他们都不一样。没有实质性内容，打情骂俏那一套，不玩。这刻儿，香元掏出根“飞马”衔在嘴上。只觉得河岸上的树一棵接一棵，不停地后退。三狗子拉纤卖力，粮船行得真的不慢。这让迎风而立的香元，颇为满意。看来，今年秋季第一趟缴公粮，能在公社放个响炮仗矣。

然，没等这响炮仗炸响，秋季卖粮第一趟之后，香元就因违反公社宅基地规划，被宣布停职检查。这成了他在支书任上的第一次滑铁卢。此为后话。

过河汊的当口，三狗子回到船上，一条腿半跪在船头，两只蒲扇般的粗手一拼，捧几口清滴滴的河水，润润嗓子。随手撩起白粗布褂子的一角，擦了擦嘴和脸。之后，从口袋掏了半天，才掏出支八分钱一包的“经济”，准备点起来。

说起这抽烟，当时有则顺口溜，是这么说的——

公社干部两边分，
大队支书四脚奔，
生产队长吃八分，
广大社员烟窝闷。

“两边分”，指的是“大前门”。这种烟的盒子上，繁体的“门”字，两边分得很开。这一特征被人们记住，成了香烟本身的代名词。“四脚奔”，说的是“飞马”。这种烟比“大前门”档次低些，也是不错的。这种烟的盒子上是一匹四腿飞跑着的骏马，“四脚奔”之意十分明了。“八分”无需多说，言指此烟八分钱一包。常见的牌子便是“经济”。“烟窝闷”当然是说抽旱烟。熟练的老烟枪，烟杆子伸进布烟袋里，一剜，拿出来手指压压，点了火，闷头就抽。闷，既说这装烟的过程在暗中进行，又说抽旱烟的，一般不招呼他人抽烟。抽纸烟的，才有脸面给他人发烟，显示自己的身份。叫人家抽旱烟，拿不出手呢。

其时，村民们多半抽旱烟。自家长的烟叶子，摘下来晒晒，干了，挂在屋檐口通风处。想抽了，拽几片叶子下来，揉揉碎，用小布袋子装好，拴在铜烟杆子上。之后，从布袋子里抓碎烟叶，装进烟窝里，点上火，便可吞云吐雾，享受一番。

说实在的，三狗子平时是不抽这种纸烟的，多半是卷烟叶子。这回跟支书出门，抽烟叶子不大像话呢。前天晚上才到二侉子代销店里买了包

“经济”，有点装门面的意思。

老三，来，抽根“飞马”！香元见三狗子在掏烟，谅他再怎么掏，也掏不出“飞马”来。于是一扬手，从上衣口袋里掏出根“飞马”，递到三狗子跟前。

哪能抽支书的烟呢！我这，有，有的。三狗子诚惶诚恐的，从没想到过香元支书会给自己敬烟。连忙举着自己手中的“经济”，示意道。

老三，支书这是奖赏你的，还不赶快接过去？我想抽，支书还不给呢。粮墩上纳鞋底的香玉，见状玩笑着，替三狗子解围。

哎，你还别说，我这香烟，也就是香玉想抽，随时都可以。其他人，想都别想，门儿都没有。有半天没跟香玉搭话，香元这话，既是说给香玉听的，也是说给船上其他人听的。不要以为，只要一张口，香元就会给烟。这可不是一根烟的事。至于更深一层的话意，香元料定，眼前这个纳鞋底的婆娘是听得懂的。

既是支书奖赏，那我就接下。三狗子一反拉纤时的硬朗，抖抖索索地从香元手头接过香烟，一脸的过意不去。这才将刚掏出来的“经济”放回纸烟盒，重重地划了根火柴，点着“飞马”，长吸两口，滋味实在是两样。

哎，老三，支书给了好烟，可要拉到南门啰。船上其他人眼馋三狗子嘴上的“飞马”呢，况且是支书给的，更让人高看一眼。

三狗子听归听，并不曾答腔。他正细心地品尝着“飞马”的味道。

粮船过了河汊，在三狗子跨上岸之前，香元毫不吝啬地又掏了一根“飞马”递到三狗子手上：老三，早到粮库，早心安。稳住脚步，加把劲儿！

三狗子这回没有推让，将尊贵的“飞马”接了过来。极小心地放进衣兜之后，跨上岸，又卖力地放开了脚步。

这刻儿，香元支书也从船头移上了粮墩，与香玉相距不远，但也没靠在一起。他没再跟香玉扯什么闲话，而是双目微闭，倚在粮墩旁吞云吐雾。他感到，这粮船，行进得似乎比先前更快矣。

县城出现在了人们的视野之中。

整个船队兴奋起来。望哦！县城就在眼前。望见啦，望见啦。有高楼呢！大伙儿七嘴八舌，言语之间充满着期待。沉寂多时的粮船上，顿时热气腾腾。

大伙儿再加把劲，前面就是县城，我们距南门粮库没多远啦！香元从粮墩上站起身来，手朝后边的其他粮船舞了舞，很有力道。

噢，上街啰，上街啰！一直闷头做针线的妇女们，已无聊了老半天。沿途看来看去，就是水啊，树啊，芦苇荡啊，没什么真正吸引眼球的。现在好了，望到县城，可以上街逛一逛。街上一定有好玩的所在。要不然，为啥村上有人进一趟城之后，总是摆出副了不起的架势，神气得很？

在香河村民的口中，进城不叫进城，叫上街。村民们此说，自有其道理。县城，算不得大，只有东西走向一条街。如此，城便是街，街便是城，城街一体。村民们将进城说成上街，倒也颇为确切。

县城四面环水，东西南北各有城门。早年间，新四军浴血奋战时，都在城门口留下了难以磨灭之印记。据说，三奶奶的丈夫——“王排长”，在攻打县城抢翻城墙时，被敌人砍掉了双手，之后才壮烈牺牲的。那场战斗甚是惨烈，死伤无数，血流成河。

不过，现时的县城四城门，各自派上了各自的用场。东门猪行。乡里人，草绳网兜往肩膀上一搭，抓苗猪，就要到东门。抓回去的苗猪，在自家猪圈里喂养个一年半载，划条小船卖肥猪，也到东门。翠云做姑娘时，就曾和大哥柳春耕划船到东门卖过肥猪。为讨好视磅员，他们兄妹特地从家里带了些山芋、芋头之类的土产。为的是，在自家肥猪出售时，一不要等候太久，二不要过多敲打。

那时卖猪，视磅员在给肥猪过磅秤时，先要根据猪腹存食量，对猪的重量打个折扣。这叫折食。村民们在卖肥猪前一天和当天，都会给猪喂上好的精饲料。村民们想的是，一斤精料一斤肉。这哪蒙得过视磅员呢，他们有的是对付村民的办法。见猪腹过于饱胀的，等一等，不急于过磅秤。在候磅过程中，猪多半会排泄，这就让村民先前所做的前功尽弃。至于木棒敲打，目的也是为加强猪的肠胃蠕动，诱导猪的排泄。如若视磅员尺度上松一松，同样一头肥猪，在斤两上一正一反，相差颇大。像翠云兄妹这般，带些土产，一来二去跟视磅员熟识之后，过折食这一关，便容易得多。

西门为班船站点。这班船站点，设立较晚，且不同于国营的轮船公司。班船站点上的机班船，经营权属私人所有。几条机班船，均为一天一班。往返于城乡水上，送人上街，接人下乡。来回船费三四角、四五角不等，根据路程远近定价。童叟无欺。

南门粮库。四乡八村缴公粮，不论是夏粮还是秋粮，都到这南门粮库。其时，整个县城就一座国家粮库。

北门火葬场。场不小，生意很是清淡。这一带，多为土葬。骨肉亲人，不忍去烧。一般上了年岁的，在世就叫儿孙做好了棺材，这叫喜材。柳春雨就曾坚持为老父亲做了副喜材，在老人去世时，总算是派上了急用。老话说，入土为安。这成了香河村民处理这类事情的人生信条，没有不遵守的。

眼下，繁忙的是南门。各乡缴公粮的船队，在南门粮库大码头水面上，摆起了龙门阵。东一条，西一条，首尾相衔，一直拖出里把路长，填满了南门大码头的水面。这些船队，没几天工夫等下来，缴不了公粮。

轮到缴公粮的船队，先要经过粮库质检员上船检测稻谷质量，是否无杂质，含水量是否合要求，诸如此类，达标之后方能过磅秤，扛粮入库。那些扛粮食的村民，肩膀上扛着满笆斗稻谷，躬身走在长长的跳板上，轻轻晃动着，往指定的粮仓倒粮。之后，从粮库管理员手中拿到根筹码，烙有印痕。将来凭此筹码，核对该队缴粮总量。

收粮旺季，粮库多个库门同时打开，敞门收购。四五队扛粮的人马，从各自的跳板上走过，短促有力的号子，喊成一条声：哟嗬，哟嗬！哟嗬，哟嗬！

香河大队的粮船，终于到了城南粮库大码头。

几十里水路，三狗子一纤到尽头。这第一趟缴公粮，一路顺畅。头船带领得好，三狗子功不可没。香元支书开心地拍拍三狗子宽阔的肩膀，老三，不简单，真正不简单。其他社员对三狗子拉纤的功夫，也是不得不服。

眼看着不等几天，轮不到他们上稻子。香元便吩咐各队，安排好看船人员，其他人可以上街逛一逛，散散心。进城，对村民们来说，还不是太容易。

进城前，香元特地关照，老三，跟我去喝一盅？

三狗子抽了支书几根“飞马”，已觉得过意不去，哪里还敢跟支书上街喝酒去？要知道，在村上能跟支书一起喝个酒，都是件脸上荣光的事情。因此，三狗子连连摆手，说是这一路下来，需要歇一歇。既然三狗子推辞，香元也就不再勉强。言语间对三狗子很是关切，累是肯定的，那就好好睡一觉。

香玉插言道，船舱里有我带的粥盆，老三先垫垫肚子。我上街稍微转一转，就回船上给你们做饭。

见香玉跟在香元支书后面走了，头船上其他人有意慢了半拍，没紧跟。香玉的特性，村民们嘴上不说，心里有数得很。不过，人家谭驼子都容得下，外人也就用不着废话。况且，谭驼子关在公社没放出来，说不定香玉跟在支书后面上街，正是有事相求。常言说得好，与人方便与己方便。何乐而不为呢？

头船上，三狗子和摇橹的社员被安排留下来看船。拉纤时，倒没觉得什么，这刻儿一歇下来，三狗子还真觉得肚皮松软，有些饿。他也就不再客气，从船舱里找出香玉带来的粥盆。用旧方巾兜儿裹扎着，里边还有糁子饼（农家常见的一种食物。用碎米粒、麦子混在一起，调和成糊状，做成一小块一小块，在锅里烤熟即可食用）。也顾不得拿碗筷，嚼一块糁子饼，就着粥盆喝几口粥。这粥是薄，但终究比带刺的麦子强得多。

咕嘟咕嘟，没过多会儿，三狗子颇为迅速地解决了战斗。旧方巾兜儿空了，粥盆也露出了幽黑发红的底。三狗子还不放手，将粥盆刮舔得照见人脸。之后，半跪在船边，把粥盆洗荡干净，等着香玉回船时完璧归赵。

填饱肚皮的三狗子，抹了抹嘴角，逸逸当当地躺到稻墩上，闭目养神。不到一根烟的工夫，粮船上便传出三狗子打雷般的鼾声。摇橹的心想，三狗子还真是累了。要不然，不会这么快就上了“苏州”。据说，香河一带人的祖上，属洪武赶散之移民。睡觉，在他们口中，叫“上苏州”。

香玉跟随香元支书上街的意图，还真被船上的社员一卦打中。说来也不奇怪，一条龙巷上住着，早不见晚就见，低头不见抬头见，谁还不知道谁家那点儿事么？

这不，大街上的五日大楼内，三楼“五日大酒店”一张餐桌上，香玉正举着酒盅给支书敬酒呢。

缴公粮的船队出发前，香玉就说好进城之后，要好好请香元喝一盅。香元知道，香玉这酒不好喝。既然不好喝也得喝，那就不如喝他个痛快。因此，香元关照香玉，要请就上大饭店。城里的五日大楼，老子不怕你笑话，一回都没进去雅过。只要你请我到那里喝酒，鸿门宴我也认了。

有你这句，我香玉就是脱裤子当当，也要请支书到五日大楼小雅一回。香玉一激动，说了句女人不宜之言。脱裤子当当，原是当地人发狠之言，意为拼尽仅有家财，也要做成某事。此处两个“当”字，前一个“当”

为动词，当东西；后一个“当”为名词，当铺。

这五日大楼，怎么会让香元如此放在心上，如此看重呢？不太清楚。不过，此楼为县城街上唯一的一处高楼，有五层之多。据说为“大跃进”之产物，因其五天建成，乃名曰：五日大楼。若干若干年后，南方出了个“×× 速度”，也是一天建一层楼，轰动一时。

看来，香玉还是个言而有信的女人。她的言而有信，让香元得以如愿以偿。酒过三巡，香元、香玉二人皆有点儿醉意蒙眬。

想不到你对个摸鱼鬼子，还这样重情重意。我把他弄回来，碍手碍脚的，哪有现在这样方便？

再怎么说，他也是我男人，“黑菜瓜”的老子。儿子正月里要办大事，他做老子的不在家，怎么行呢？要让女方家笑话的呀！至于碍不碍手脚，还不是我一句话。谅他驼子翻不起天，你把心放在肚子里，我的好支书！香玉手里酒盅举向香元，脚从桌下已经伸到对面，逗弄起来。

一连几日，香玉都跟在香元支书后面，喝得面红耳赤回船上。香玉这个女人，会做人呢。每次回到船上，都带样把城里的熏烧回来，不是猪头肉，就是盐水鸭，让船上的其他社员吃得嘴角直淌油。拿人家的手短，吃人家的嘴软。对于香玉跟支书的行踪，船上人避而不提。周瑜打黄盖，支书想打，香玉愿挨。与其他人何干？

倒是香玉，有些心疼。这些人嘴角流淌的，都是老娘的钱噢！这冤枉钱花的，嗐！

几天的等候，终于轮到香河的粮船向粮库上粮食了。眼看这第一趟缴公粮，就要顺利完成，让香元在公社李主任面前放个响炮仗矣。

整个船队，十几条粮船，几万斤粮，都顺利过磅，质检，进库。哪知道，偏偏在头船三狗子扛最后一笆斗稻谷时，脚下一失控，连人带笆斗翻滚跌下跳板。出事了。

熟悉粮库情形的都清楚，那上粮的跳板，从粮船一直架到粮库里的粮墩边，越接近粮库坡度越高。三狗子正是在翻转肩膀上的笆斗时，自己大意了，脚下没站稳，失控跌下了跳板。此时，他所处位置相对较高，肩上又担着重量，坠到粮库的水泥地上，那还能不出事？

事故既出，粮库立马有人引领着，将三狗子送县人民医院救治。万幸的是，三狗子跌落时，一只手臂着地时用力过猛，骨折，但关键的头部没受伤，身体亦没内伤，因而也就没生命危险。这才让香元松了口气。弄出个人命来，那问题更大。

这人啊，逞得了一时英雄，但想当常胜将军，难。三狗子的例子就在眼前。几十里水路，他能一纤到底，豪气得很。按说也歇了几天，不至于体力没恢复。这么多人扛笆斗，偏偏身高个大的他，栽了跟头。这跟头，栽在临近尾声，让香元很是不爽。

让香元更为不爽的是，第一趟公粮上缴之后，公社王副主任来香河宣布了对他作出停职检查的决定，并勒令他对违反公社宅基地规划的行为，作出深刻检查。

王副主任甫一离开，新上任不久的公社一把手——李主任便到了香元家里。据说，李主任是来看望水妹的。李主任病了几年的老婆，终于离世。李主任打算开始新的生活。

李主任主政邻近的红星公社时，就听说过水妹。近来几次交往下来，感觉不错。虽说有个孩子，不及单身人那么爽手，但李主任不在乎。

张卫东长得虎头虎脑的，李主任挺喜欢。每回登门，都特意带些糖果糕点之类。这当中，最是大白兔奶糖让张卫东上瘾。见到李伯伯，会拽着衣角讨要。李伯伯也没让小家伙失望。知道小家伙喜欢，每次便有意准备得多多的。张卫东嚼着大白兔奶糖，自己也笑成了一只大白兔。

一来二去，水妹也就默认了。爱情早无踪迹，那就把孩子好好抚养成人，让他有个好一点儿的成长环境。在这一点上，李主任无疑能给予很大帮助。自己跟李主任虽说相差了十几岁，又有职位上的差距，但交往起来也没发现有多困难。没觉得有什么代沟，也没觉得李主任有什么官架子，感觉上挺好的。她也怕过了这个村，就没了这家店。于是，自己一直关闭着的那扇门，为李主任打开了。

香元没因自己停职检查在李主任跟前言及半句，倒是为谭驼子开了口，毕竟自己村上的村民，又在儿子忙着结婚的节骨眼儿上，说是请李主任重罚轻判，早点放人。

看起来，香元的话还是起了作用。春节前，谭驼子被放了回来。因与杨家庄村干部有商定在前，公社也就罚没了谭驼子在杨家庄捕鱼所得，没另外再作处罚。经李主任提议，公社对杨家庄村干部是否还存在其他问题，重新展开了调查。

正月里，谭驼子、香玉两口子欢天喜地将儿子的婚事办了。香元尽管不当支书了，还是被香玉安排坐在了喜席的上首。

那日，香元喜酒喝得真多，比在县城五日大楼喝得还要多。他不仅自己喝，还反复劝别人喝，喜酒，喜酒，喝得歪歪扭扭。不喝主人家不高兴，喝！

在村民们眼里，香元从没有这样开心过。

上“大型”

啊——伟大！伟大的农民，农民的伟大！

站在车路河工程的大堤上，来自省城的诗人阿芒兴奋得张开双臂，振臂高呼。他的脚下，工地的河床上，民工们群蚁一般蠕动着。蚁队，一条接着一条，蜿蜒着，忙碌着。

极目向东西方向眺望，绵延十几公里的堤岸，一眼望而不穿，神龙见首不见尾。目之所及，皆为挖土、运土之民工，亦如蚂蚁搬粮般紧张而有序。河床上，乌泱乌泱，只有一个物种：人！偶或，有几只大鸟，从河床上空，高高地，盘旋而过。

面对如此浩荡密集的人流，诗人阿芒迅疾自燃，澎湃着自己的激情，心扉大开。然，他似乎忽视了，在这样浩大的工地上，除了“伟大”之外，还有一词：人满为患。事实正是如此，因人之满，患便生焉。

他甫一离开，车路河工地上便有各种故事上演。这是豪情诗人阿芒，怎么也不会想到的。

车路河工程地点在县城东域的旗杆荡。

旗杆荡，曾为岳飞驻军练兵之所。其面积与乌巾荡相仿，只是名气稍逊于后者。眼前，整个旗杆荡，脱去水的外衣之后，全然裸露在光天化日之下，袒胸露腹，无一丝隐藏。没有人计算过，究竟经过多少日夜，不间断抽排，方至荡底见天。

全县二十多万民工集中于此，响应的是县里号召，建设车路河公路，旗杆荡里摆战场。没有一台大型机械挖掘装备，完全的人海战术。工程的方整化程度，令人称奇。

但见，一排排挖土的民工，一队队挑土的民工，铁锹挖，铁铲铲，扁担挑，箩筐抬。工段与工段相连，方塘与方塘相挨。每处工段上，插着印有“××团”字样的团旗；每处工段分为若干方塘，每个方塘上亦插有彩旗，在空中飞舞着。彩旗上印有“×团×营×连青年突击队”“×团×营×连铁姑娘突击队”“×团×营×连老愚公突击队”等不同名称。旗杆荡，顿时幻化成人头荡，彩旗荡。

歪呢个好子，歪歪子哟嗬——

歪呢个好子，歪歪子哟嗬——

劳作的号子，连珠炮一般，打得似要震破长天。此起彼伏，逐浪高扬，在荡子上空回旋，激荡。

各生产队注意啦，各生产队注意啦，今年上“大型”的名单，赶紧报到大队部来，赶紧报到大队部来！车路河工程开工在即，不得延误，不得延误！

时值隆冬，谭代支书的声音，却热切而具有鼓动性，在村民中燃起热望。香河一带，“大型”年年有。这上“大型”的劳力，从各生产队筛选。苦是苦，上“大型”劳作强度，自然不是寻常农活可比拟也。“大型”工地上，各团、各营、各连、各排之间，每天都赛工程进度。一人慢，慢一排；一排慢，慢一连；一连慢，慢一营；一营慢，慢一团。如此，可谓是牵一发而动全身。一个民工进度快慢，最后影响到整个工地，整个工程。

担子重，责任大，对于民工而言，倒不是句虚话。战前动员时，各团的团长，各营的营长，各连的连长，各排的排长，都会命令自己管辖的民工们，革命加拼命，不获全胜誓不收兵！因此，所有民工，无一例外，只一个字：干！苦干，实干，加“23干”！

这“23干”，源自县里某秘书之“草书”。某次，某秘书为某领导起草动员讲话，用了这“三干”句式。说实在的，这县上的工作，公社的工作，乃至大队的工作，哪一项离得开“干”？真是怎一个干字了得！于是乎，“三干”句式，便频现于县领导、公社领导、大队领导的讲话中。听者耳中生茧也得听。在各级文秘人员没有新词新句产生之前，只能忍听。

结果，某次某县领导动员时，对“三干”句式，进行了一次创新，听者颇以为奇。只是不清楚，这“23干”是怎么统计出炉的？为何如此确切？不是“22干”，亦不是“24干”，恰恰是“23干”。原来，某秘书草拟讲话时，一笔带过，“苦干，实干，加巧干”之“巧”字，弄巧成拙，领导见之如“23”。于是“23干”在县里某次大会上，闪亮登场，一时传为笑谈。

民工们在“大型”工地上，“三干”一冬下来，多半都能赚上百斤细粮。这上“大型”，上至国家，下至大队，均给民工定补。上“大型”，成了村民眼中的香饽饽。于是热情高涨，争先恐后，便不足为奇。尤其是那些单身汉，在家连个“焐脚”的都没有，没念想。不如上“大型”，一冬辛苦吃下来，赚些细粮回来，开开心心把年过了，接下来的日子也会宽松一些，不那么紧巴。

还有说不出嘴的是，“大型”上，男男女女，蚂蚁搬家似的，聚成堆。工棚挨工棚，虽说男女分开住，哪有平常住家严实？再说，这男男女女，结对成双，乃天性使然。哪那么容易就分得开。实际情形是，这鱼一多，想偷嘴尝腥的猫也多，偷嘴尝腥的机会亦多。

如此一来，无论是桌面上的原因，还是桌面下的诱因，皆蛊惑着那些男人争着，抢着，上“大型”。问题是，上“大型”有定补，亦有定数。定额指标，由县里统一分配至公社，再由公社分配至大队，大队分配至生产队，生产队安排至具体社员。不是谁想去，就能去的。上“大型”的劳力，得精筛，从筛子顶上选取。村民们有顺口溜在此——

大型一拣，
中型一选，
家里剩下瘸腿瞎眼。

“大型”，乃国家、省县大型水利工程之简称。“大型”后面还有“中型”之说。“中型”便是公社中等规模的水利工程。正如村民顺口溜所形容的，一个大队被筛走两批壮劳力，村上剩下的无疑是些弱势人群。

被筛选上的，称作民工。挑一副担子，一头打着棉被卷儿，里边裹夹着饭具。另一头捆着担箕大锹，担箕里绑着个小罐，黑红黑红的瓷。罐里装满了老咸菜，亦如瓷罐一般，黑红黑红。这老咸菜，为当地人餐桌所常见，下饭得很。无论是吃饭，还是喝粥，咀嚼之后满嘴喷香。

大队部大喇叭里听不到香元的声音，有时日矣。谭代支书，先前担任大队会计。平日里，对着大喇叭讲话的机会不多。偶尔，在大喇叭里发声，也就是香元支书让发个开会通知之类，无重要言说。因宅基地问题，公社让香元停职检查，谭会计代行支书之职，被明确为代支书。这回，谭支书终于走到了台前。

谭支书，尽管是个代支书，在村民们看来，就是支书。见面称呼起来，便是“谭支书”长，“谭支书”短。不像在部队，代就是代，副就是副。二侉子从部队上刚回来的那几年，见了当干部的，习惯把职位喊全，弄得人好不尴尬。有一回，公社王副主任到香河指导工作，路过代销店，进去稍作休息。二侉子掏出根“飞马”，波斯献宝地递到王主任跟前：“王副主任，请抽烟。”王副主任一听，手一挥，抬脚就走，冷冷地丢下句：

“不抽。”

二侉子奇怪呢，特意拿了好烟，王副主任怎么不赏脸呢？他哪知道，从没人像他这样喊王副主任。更深层次的原因，二侉子当然不清楚。

据说，王主任任副职已有些年头，眼看多年媳妇熬成婆，就要拨正当主任。县里派人到公社考察时，王副主任挨了黑枪。有人举报他跟公社女知青搞腐化。此类子虚乌有之事，难有真凭实据，往往不了了之。但这么一折腾，王副主任错失升职良机，至今未能拨正。二侉子无意中戳到人家疼处，王副主任当然不会有好脸色。

祥大少当队长时，他每年铁定请本队上“大型”的民工吃一顿肉饭，说是为民工们壮行。前面说了，民工个体在“大型”上的表现，其影响却是整体性的。到最后，甚至影响到大后方。如若民工在“大型”上干出什么丑事，毫无疑问，那会被挖地三尺，让你原形毕露，叫你臭名远扬，回到村上再也抬不起头来。

因此，为上“大型”的民工，鼓劲儿壮行，显得十分必要。祥大少在世时毕竟是老队长，办事经验足，得法。

为上“大型”民工送行的这顿肉饭，地点还是老地方，在谭驼子家，由香玉操办。既是送行，便得有酒。常言说，无酒不成席。酒便是当地产“大麦烧”。从二侉子代销店打来，通常是记账。要不然，二侉子捧了个记账簿，没事干。

下酒菜，为主的是一道猪头肉。“大麦烧”用蓝花大海碗装，一人先装个满碗。猪头肉切成四方块，肥颤颤的，堆满了粗瓷“二郎盆”。这刻儿，民工们便甩开膀子，撸起袖子，风卷残云，猛吃猛喝。要知道，吃这餐“白大”（当地人的说法，意为吃白食）肉饭，可谓是鸡子啄石头——难得。虽说祥大少铁定了一年一餐，然，并非每年被筛选的民工都相同。这当中，想要连续被筛选，尚存在一定难度。

祥大少生平“三好”，不知读者诸君是否还有印象？玩牌、听戏、打老婆。这第一“好”，便是玩牌。他玩牌，只玩一种叫“寸符儿”的纸牌，窄长窄长的那种，跟现时的扑克牌不同。

阿根伙想得挺周全，在祥大少和民工们酒足饭饱之后，便往桌上丢副纸牌，黑乎乎的。来来，不要客气。坐，坐。

阿根伙招呼民工的当口，祥大少已在上首坐定。你们几个要去一冬呢，今儿晚上我就陪你们玩一回。

队长都说陪你们了，还磨蹭什么，快坐。别把好工夫浪费在榻板上。阿根伙热情过度，说了句冒调的话。他不知道，自己在张罗牌桌时，香玉早就跟祥大少眉来眼去，为祥大少留了后手。兴许读者诸君要问，香玉男人和儿子“黑菜瓜”，此时何在？

谭驼子是个远近闻名的摸鱼鬼子倒也罢了，养了个儿子“黑菜瓜”，竟然也有同样的喜好。此时，父子俩早在白天察看好的点上，提着马灯打冻鱼呢。

阿根伙一句“别把好工夫浪费在榻板上”，倒是香玉常对祥大少之流讲的，要做那事就爽快一些，别弄出多少虚花样，不实惠。这时说出来，香玉蛮有感觉的。

某次偶然之机，香玉被阿根伙偷袭成功，倒是没什么多余花样，却怎么也提不起香玉的兴致。无趣得很。

被阿根伙拉上牌桌的民工，大多都上了酒，云里雾里，有些恍惚。然，“芝麻粉”早已坐定，再不听阿根伙的，情面难却。只得坐下，伸出手去，颤抖着摸牌。

祥大少依旧老套路，听戏，摸牌。听戏，打开那台随身携带的半旧不新的小收音机，听的是革命现代京剧选段。摸牌，只需两个指头放在舌尖上湿一湿，朝牌上一按，那牌便乖乖上了他手。之后，出牌，碰牌，摸牌，成牌。一晚上，祥大少究竟成了多少“对对符”“一条龙”之类大牌，连阿根伙也没记清。

今年“大型”，挑车路河公路。县里命名为“一号工程”，足见其重要。其实，这“一号”，十分深入人心。在当地，“一号”指代厕所。城里邻人，晨起见于巷口，彼此招呼起来：“早，上一号？”“上一号。”

一条街巷，隔不多远便设有一座厕所，颇密。不似现在的城市，其公厕似乎羞于见人。布点少，居民上“一号”倒成老大难。可别小看了上“一号”，人生在世，吃喝拉撒，在哪个环节上掉链子皆不行。

这车路河“一号工程”，县里高度重视，无论是发动之广泛，还是组织之严密，皆无可挑剔。且工程场面浩大，民工们干得热火朝天，县领导甚是满意。然，如此重大的工程在极细小的环节上疏忽了，大意了，出了问题。问题就出在这“一号”上。

旗杆荡工地后方，工棚如雨后春笋，挤挤簇簇，蔚为壮观。白日里，民工们在荡子里大会战，难见闲人。工棚区除了做后勤的，就是各工程团的干部，及时研究工程推进过程中的问题。

日落，气温骤降。民工们收工早，吃夜饭也早，无所事事。于是，三五成群，聚到工棚内煤油灯下，南说江，北说海，打口水仗。这些身强体壮的汉子，离开家里的热被窝不是一两天了，一躺到床上，体内那部位便直往上顶。

婆娘不在，远水救不了近火。这刻儿，有人图嘴上快活，拿人家婆娘咂咂味，开涮。诸如谁家婆娘乳丰，长得有如马乳；谁家婆娘臀翘，一看便知风骚；谁家婆娘生得白净标致，能有一次鱼水之欢，也不枉做了回男人。再往下，进入“黄泛区”，言语不堪入耳。这些汉子，一晚一晚，纷纷把自己烘成干柴。只等星星之火，便可燎原。

还真的出事了！

那天，琴丫头凌晨即起，为香河营的民工们张罗早饭。琴丫头是和几个姑娘、婆娘一块儿被抽到香河营的营部做后勤的。说是做后勤，其实就是“火头军”，为一营民工烧烧煮煮，如此而已。

挑车路河这样规模庞大的工程，都是按公社建团，按大队建营，按生产队建连，整个工程成立总指挥部。香河营，也有大几十号民工呢。民工们的饭菜，出自琴丫头她们三四个妇女的手，够忙够累的。单那一大江锅稀饭，真是巨无霸的体量。要想烧透，得用挖地般大小的铁铲子，在江锅内反复铲动，将凝滞锅底的米动一动身。之后，才能给灶膛添柴。这看似寻常的动作，也要累得琴丫头她们汗津津的，气喘喘的。因此，做“火头军”，非起早带晚不可。

琴丫头胳膊上挎着大淘米箩，出了工棚，往河口去，准备淘米，烧早饭。走着走着，小腹发胀，尿意不合时宜地来了。

眼前，精光一片，无一处遮挡。工地上，女人真不方便。琴丫头忽然想起，前不久死了个女民工。那女民工原本在荡心挖土，并无异常。谁知她猛然丢开铁锹，扑通倒下之后，竟未能醒来。

事后才知道，问题出在“一号”上。女民工想要小解，施工现场，厕所影踪全无。女民工几次想跑开，挑土的担子，接小龙似的，一个紧接一个，无休无止。她手里的铁锹，根本停不下来。

忍，是女民工能采取的唯一办法。就女性而言，这方面忍耐性属强的。她也是想等挑担的人群稍稍松动一些，再找地方小便。哪承想，她忍得脸色由红变白，进而煞白。自己的两条腿拼命紧夹，不停扭动，难受呢。

这一切只有她自己在承受。其他民工正热火朝天、激情澎湃着，谁也不会在意她脸色的变化和身体的扭动。终于，出事了。女民工尿脬憋破，整个下身湿漉漉的。抬进工地医务室一折腾，之后才上船送县城人民医院，抢救无效。真是活人叫尿憋死。

这会儿，琴丫头忍得也蛮难受。想着那女民工的事情，假不了。要尿的时候，憋久了，真不行。琴丫头只好放下淘米箩，暂且弃之不顾。脚下有些慌乱，强迫自己小跑一阵之后，眼前总算出现了一处芦苇稠密之所，便一头钻了进去。

一泻千里之后，琴丫头长长地嘘出一口气，那份舒坦，真的无法言说。正准备起身，一个男人从身后将她扳倒，迅疾压在她身上。

从天而降的不速之徒，让琴丫头脑子里一片空白。她还蒙着呢，就被那男人强奸了。当那男人心满意足，从琴丫头身上起来时，琴丫头看到了一张再熟悉不过的脸。不速之徒不是别人，正是与自己同村的农技员陆根水。

说起此次上“大型”，陆根水开心又称心。柳家成了“外流户”，柳春雨没资格上工地。而自己一直喜欢的琴丫头却来了，当然开心。他在“大型”上，没有硬土方任务，只是跟在谭营长后面打杂。

谭支书是代支书不错，可这营长却不是代的，营长就是营长。陆根水没了香元这座靠山，要想保住村农技员位置，凡事均需拿出表现来。近日来，香河营工段出现渗水，影响施工进度。营长谭宽厚让他在民工们未上工前，趁早先割些芦苇，给民工们垫脚。谭营长分派的事，自然马虎不得。

跟着谭营长打杂，自由度大，这意味着他与琴丫头接触的主动性也随之加大。琴丫头在营部烧饭，早上起得早。这割芦苇的活计，陆根水当然是想拿表现的，如今却打着割芦苇的旗号早起外出，说不定就能碰到琴丫头，多个亲近的机会。此真乃称心如意。

于是，陆根水和琴丫头一样，也早早起来，在圩埂上东张西望，忙着寻找长芦苇的所在，碰巧与琴丫头找到了同一处芦苇地，只不过二人来此的目的各异。

琴丫头急匆匆地钻进芦苇丛时，陆根水看得清清爽爽。前天晚上和其他民工“呐春”，弄得他凌晨起床时，发觉被里黏滋滋的，才意识到是自己“跑马”所为。这大清早的，琴丫头真是撞到了陆根水枪口上。面对琴丫头几乎是送上门的美事，陆根水会放过么？当然不会，他并非柳下惠……

事情一下子变成眼前这般，连陆根水自己也没想到。他死命跪抱着琴丫头不松手，失声哭诉着对琴丫头的喜爱，对柳春雨的嫉妒。

不许你提我的春雨哥，不许你提。不许！琴丫头顿时疯了一般，两只手狠命地拽着陆根水的头发，往地上拽。陆根水不还手，只顾哭诉。

小琴，别人都以为我陆根水想当香元家女婿，他们不知道我喜欢的是你！你知道，香元想我当他家女婿，实质是想让我把水妹肚子里的孩子顶到自己名下来。我倒大霉呢！小琴，我求求你，我俩现在都有了这事，你就同意嫁给我吧，水妹那儿我去回掉。

没等陆根水说完，只听得啪的一掌，重重地打在陆根水嘴巴上。不许你喊我小琴，你不配！琴丫头近乎在怒吼。她瞬间把自己变成了一头愤怒的母狮，恨不得将陆根水撕成碎片。

“小琴”二字，这可是她心爱的春雨第一个喊的，也只有春雨哥一人有资格这样喊。你陆根水算什么东西，乌龟王八蛋！也敢喊我小琴？琴丫头一阵恶心，要吐。她感觉比刚才做那事时还要难以忍受。毕竟那时，她的身体处于亢奋状态。这刻儿则完全不同，从陆根水嘴里喊出“小琴”两个字，是对琴丫头与她心爱的春雨哥情感的玷污，这是琴丫头绝对不能容忍的。

去死吧，你这个人面兽心的畜生！想让我嫁你，做梦！除非我死了，你把我尸首抬家去。琴丫头把“死话”扔给了陆根水，自己踉踉跄跄地走了，离开眼前这块让她经受屈辱的芦苇丛。

琴丫头深爱着春雨哥。这种事情不能让心爱的人知道，当然也不能让其他人知道。出了这样丢人的事，琴丫头别无他法，只能打掉牙往肚里咽。

世间的墙，要想完全不透风，难。陆根水在车路河工地上把琴丫头奸污了的事，还是一阵风似的，迅疾传遍香河。香河，顿时炸开了锅。

这下子，真的是要了三奶奶的老命。前一阵儿，三奶奶还亲自到柳家门上，和柳安然商议，正月里把柳春雨和琴丫头的婚事给办掉。两个年轻人，整天如胶似漆，棒子都打不散，惹出闲话来，两家面子上都不好看。

哪知道，这三奶奶的余音还在柳家屋梁上缠绕着，尚未散去，琴丫头在工地上却出了大事。这个挨千刀的陆根水，你把我家琴丫头害死啦。一个姑娘家，怎么能出这种事情呢？一辈子的话柄，叫我家琴丫头往后日子怎么过啊？来娣子，来娣子，你怎么就养出这么没得人性的畜生小伙呢？

三奶奶气得恨恨的，对二侉子道：把店门关了，跟我走。二侉子从老母亲口声里听得出，这是在命令他，不容他再多言语。

鸭子呢，根伙呢？老母亲把不在跟前的两个也查点到了。二侉子顺从地给大门挂上铁锁，对老母亲道：鸭子到谭驼子家忙去了，说是领“黑菜瓜”去杨家庄通话。谭驼子到今儿还不曾放出来，香玉一个婆娘家不容易呢。

摸鱼鬼子谭驼子，外出张网捕鱼，张到杨家庄公家鱼塘里去，作为阶级斗争新动向，被逮到公社关了起来。事后传出，谭驼子偷鱼，是得到杨家庄大队干部默许的。他们约定在先，在公家鱼塘里捕鱼，所得利润，双方五五分成。

不容易，不容易，你说哪家容易？你亲妹子出了这种事情，你们做哥哥嫂子的，就一点儿也不闻不问，良心上过得去吗？阿根伙呢，死到哪块儿去了？

你消消气！死鬼陆根水，我肯定轻饶不了他。老娘你放心！你气坏身子，于事无补。阿根伙已经追到“大型”上去了。你看你，可不是气糊涂了。

他也难得有个做哥哥的样子。走，你跟我到来娣子家，我倒要看她有脸跟我说什么！三奶奶劲儿抖抖的，走在二侉子前面，直奔来娣子家。

来娣子正在家里抽泣呢，根水伙，你个畜生小伙，我家寡妇伢儿们，把你养这么大，做出这种畜生事来，你让老娘的脸往哪块儿搁啊？还亏得香元大伯器重你，培养你，你咋就这么不争气呢？

堂屋里，香元也在，气得呼呼的，两只手背在身后，不停地打转。尽管香元不当支书，在停职检查，仍然不失支书的样范。这个不争气的东西，真是癞蛤蟆上不了戥盘。我的良苦用心，全被他当成了驴肝肺。你家丢得起这个脸，我还丢不起这个人呢！来娣子你说，你让我怎么跟水妹交代？

真是人不偏心，狗不吃屎。香元说来说去，说到最后，还是为他宝贝女儿着想。原本水妹答应正月里跟陆根水结婚，就很勉强。现在陆根水弄出这种事，水妹多半不会答应这门婚事。香元心头刚放下的石头，还得悬起。他要为水妹腹中的孩子找个父亲。他就没有替琴丫头想一想，一个姑娘家往后怎么办？柳春雨还会娶她进门吗？

来娣子，来娣子，你出来，你今天要有个交代给我！要不然，我这把老命就留在你家门上！一到来娣子家门口，三奶奶话音高起来。

来娣子连忙从堂屋出来，一把眼泪，一把鼻涕的，老嫂子，我家对不起琴丫头，对不起你家一家子。说着哭着，给三奶奶下了一跪。接着又骂起自家小伙来，根水伙，你个活畜生，比拿刀杀了老娘还要狠啊，老娘脸面都被你丢尽啦！

走，你同我一起去工地，找不到你家根水伙，我决不答应。我恨不得咬他一块肉下来。

老嫂子，人心都是肉长的。我也舍不得琴丫头。望见根水伙这个没毛的畜生，我也恨不得咬他一块肉下来呢。

真正恨不得咬陆根水一块肉下来的，不止她们两个。最想咬的，其实是柳春雨。

柳春雨可谓是悔恨交加。他恨陆根水，只一招，不仅坏了琴丫头的名声，且把自己与琴丫头拆散无疑。

香河一带，青年男女发生这种事，几乎无一例外，男方将女方娶回家。这样处理，女方彻底避免日后被人戳到疼处。要想跳出惯常处理模式，那意味着女方将承担巨大风险。男女双方感情好的时候，不计较，不在乎。一旦情感发生危机，那女方的不贞洁，极易成为导火索。柳春雨知道，陆根水这一招够狠，让自己再难将心爱姑娘揽入怀中。

柳春雨悔的是，自己不应一味在琴丫头和杨雪花之间痛苦徘徊，犹豫不决。杨雪花再是个美人坯子，再怎么铁下心追自己，自己也不该吃着碗里的，盯着锅里的。事到如今，面对爱自己完全没留退路的琴丫头，柳春雨深感自己再多的悔恨，都已经没有任何意义。

陆根水强奸之事既出，水妹毫不犹豫地放弃了与他的婚姻。水妹明明白白地告诉香元和巧罐子，自己宁可单过，也不愿嫁给这样一个男人。

在水妹看来，她和陆根水虽然同在男女关系上出了问题，但水妹是满怀着爱意去做的，她腹中的小生命是爱的结晶。世人不能接受，她并不感到羞耻。而陆根水则不同，他完全出于一种欲望的满足。即便要说感情，他也比不上自己的万分之一。

如若说水妹对陆根水有了一种从未有过的鄙视，那么杨雪花对陆根水却从内心滋生出一丝丝感激。尽管这念头，对杨雪花来说近乎恶毒，对琴丫头如此不公。但青年男女间的情感，原本就自私而排他，甚至无理性可言。

杨雪花当初对琴丫头和柳春雨的羡慕嫉妒恨，指向分明。羡慕嫉妒的是琴丫头，恨的是柳春雨。你柳春雨平白无故地到杨家庄，让我杨雪花“望”过之后，把人家的心偷走了，竟不认账。我在自己庄上，也没去招你惹你，你到杨家庄显什么魂呢？

“望人”望过了，“望亲”也望过了。整个杨家庄都知道，我杨雪花相中了你柳春雨！你家这才告诉我，“望人”“望亲”，都是为柳春耕张罗的，跟你柳春雨半毛钱关系都没有。这岂不是天大的笑话？

你是真的看不上我？我杨雪花不也是要模样有模样，要身材有身材，要人品有人品？干起农活，没有拿不出手的。哪样也不差似琴丫头！你俩再相爱，不是还没拜过天地么？凭什么你就剥夺我爱的权利？我铁了心，此生只爱你柳春雨！这何罪之有？

如今，杨雪花无端地觉得，是自己的痴情打动了上苍，于是才生出如此的变故。她甚至感到，柳春雨在一步一步朝自己走来。柳春雨的脚步声，敲打在她的心口上。

车路河工地上，陆根水强奸事件虽然以琴丫头的委曲求全而私了，然，香河营在县里“一号工程”上出了如此严重的事件，负面影响不言而喻。作为营长的谭宽厚显然需要承担领导责任。此事，直接导致了香元支书的复出。

车路河后期工程中，香河营的民工们，又看到了身着半旧不新卡其布中山装的老支书——香元那熟悉的身影。

村 小

爸，我回来了。柳春雨忐忑不安地刚跨进院门，就朝屋内喊了一声。他是被妹妹翠云从劳作的田头叫回家的。翠云叫得急，他农具都没来得及拿，就急匆匆赶紧回，翠云被远远甩在后面。

见了香元支书，还不赶快问好！柳安然对进入堂屋的柳春雨说，口声颇为严肃。

香元支书好！柳春雨这才发现，自家堂屋大桌子上首，坐着香元。香元依旧披着那件标志性的半旧不新的蓝卡其布中山装，手捧青花瓷茶杯在喝茶。

柳春雨鼻腔里，顿时充盈着一股龙井的清香。他知道，这是父亲待客时才用的。平时，只喝普通的绿杨春。这礼遇，也就在柳安然老先生这里才有。就连香元自己家里，也不准备茶叶。公社、县上来人，要用茶叶，便是从代销点二侉子那里现取，记账。

香元支书，突然造访，蓬荜生辉。不知有何指教？柳安然私塾坐馆出身，一开口便文乎文乎，略显酸腐。他边给香元杯中斟茶，边询问。难怪柳春雨在田头问翠云，父亲着急召回有何事，翠云回说不知道。原来，父亲自己也不知香元的来意。

对于像柳安然家这种成分“高”的，香元支书亲临，多半不会是什么小事情，也不会是什么好事情。柳安然小心谨慎地照应着，心里做好了

“接受教育”的准备。

不瞒你柳老先生，我也是无事不登三宝殿。看来，香元今天心情不错。刚才，柳安然给他斟茶时，只见他手指轻叩桌面，以示礼节。同时，示意柳安然在大桌子另一侧落座。言语间，应了老先生一句文词。

香元支书跟父亲拽文时，柳春雨只有立在一旁聆听的份儿。这时，只听得香元正式对柳春雨道：从明天起，你不用再干农活了，到村小给小孩子们上课。经大队革委会研究，并报公社同意，让你担任香河村小代课教师。

天上掉下的馅儿饼，竟然掉在了柳春雨的头上。柳春雨做梦都不曾想到，激动得不知说什么好。让老二去村小担任代课教师，连柳安然都颇感意外，这怎么可能呢？

村小，是农村不完全小学的简称，属泛指。

香河村小，位于龙巷西部，与大队部毗邻。主校舍四大间瓦房内，设有两个复式班。瓦房外连着走廊，这是乡间不常见的。走廊外面是一块大大的操场，空无一物，连个篮球架子都没有。想有篮球架子，也太奢侈了一些。那时的农村小学，能有几张砖砌的乒乓球台子，就不错了。篮球架子，只能到公社中心小学才会有。

香河村小再简陋，一面国旗还是有的。国旗没有专门的旗杆，绑在操场顶头一座房屋的茅蒿上。这座房屋，便是村小孙老师的办公室、宿舍和厨房间。柳春雨去了之后，就跟孙老师在一间办公室办公。

孙老师瘦高的身材，鼻梁上架副近视镜，看得见旋纹，度数不低。他是城里来的插队知青，被公社选中了担任村小教师，在香河村小，属于那种“校长兼校工，上课带打钟”的角色。两个复式班，一三复式，二四复式，虽说每班只有二十来个学生，但全压到他一个人头上，还是蛮够呛的。这些小学生，皮得很，村民们都呼之为“细猴子”，足见其顽皮。

孙老师一直在公社教办室主任跟前叫苦，不见效果。又不停在香元支书跟前叫苦，两个复式班靠他一个人，实在应付不了。教学质量肯定得不到保证，这不是误人子弟么！就这么混下去，也对不起每天轮流管饭的学生家长啊！

香元支书觉得孙老师说得在理，亲自跑了趟公社教办室。结果，争取到了一个代课教师名额。只不过，代课教师工资由大队自行解决。毕竟是造福子孙后代的大事，多支付一个人的工分，算不得什么。香元一口应承下来。代课教师的报酬，在公社层面上解决是工资，在大队层面上解决，就是工分。两者没本质区别，殊途同归。

其实，香元是物色好了代课教师人选，才跑公社教办室的。这也叫有的放矢，不打无准备之仗。他头脑中，摆布着一着棋。

我，爱，北，京，天，安，门，天，安，门，上，太，阳，升，……

村小一三复式班教室里，柳春雨站在黑板前，正指着自己的板书，让一年级的小学生跟着念。他在给一年级学生教《我爱北京天安门》这篇课文。

我，爱，北，京，天，安，门，天，安，门，上，太，阳，升，……

几只雏燕，跟在柳老师后面咿呀学语。一时间，稚气的童音在课堂上回响，让当老师不久的柳春雨心生感动。

多年之前，自己也是从这所村小走出去的。那时，就是两个复式班。现在，自己竟成了这里的教师。

复式班教学，讲究的是“搭配”二字。首先是科目搭配，主要是将几门主课搭配好。就村小而言，主要是每个年级的“语”“算”两门。一三复式班，通常一年级语文，三年级算术；抑或一年级算术，三年级语文。二四复式班，与一三复式班科目搭配上相仿。其次是课堂教学“动”“静”搭配。这里有两个层次：第一层次，两个年级之间的“动”与“静”要搭配好，不然相互干扰，老师的课堂教学无法展开。第二层次，每个年级自身的“动”与“静”同样要搭配好。一味地“动”，抑或一味地“静”，均不是理想的课堂模式。“动”，势必需要老师介入，只在一个年级“动”，显然会顾此失彼。“静”，需要学生有很好的自控力。“静”的时间过长，那些小学生就会不耐烦，甚至扰乱课堂秩序。这中间，教师必须要调节好。

柳春雨在村小教一三复式班，包班。包班，是当时农村小学常见的教学管理模式。开头几天，孙老师没让柳春雨上讲台，而是让他先听课，熟悉复式教学程序，了解一三班课堂情况。孙老师夹着书本，拿着摇铃，站在走廊上一摇：叮当，叮当——

柳春雨便和学生们一块儿，坐进他即将任课的一三班。他坐教室最后头，望着孙老师在讲台上手舞足蹈，嘴里还时不时训斥班上不守纪律的学生。

一三班的细猴子发现他们班上来了个大个子，觉得蛮好玩的。这大个子怎么跟一帮细猴子一块儿念书呢？几个好奇心重的，转身想和柳春雨交头接耳，被孙老师点名站到墙角，“鼻子靠墙”去了。

这让柳春雨脸上有些挂不住。又不是我想跟细猴子们交头接耳，犯不着严到这种地步吧？其实，柳春雨心里嘀咕的是，孙老师应当跟学生讲一讲，他柳春雨是香河村小新来的代课老师。让他身份不明，和村上的一帮细猴子坐在一起听课，蛮难为情的。

好在几天之后，孙老师让柳春雨走上了讲台。柳春雨给一三班上的第一节课是语算课。顾名思义，给一年级上语文课，给三年级上算术课。

坐在教室后面，几天课听下来，柳春雨大致了解到了复式班教学的基本套路。这不，考虑到三年级学生自觉性要稍好些，柳春雨先出几道算术题，让三年级学生做题。再给一年级学生上语文课，讲《我爱北京天安门》。

开讲之前，柳春雨先轻轻地哼唱了一遍。这不是他小的时候唱过的歌么？三年级细猴子听柳老师唱《我爱北京天安门》，难听得很，想笑。

三年级同学，安静地写作业。柳春雨指了指在偷笑的学生。这句话他本来不会说，跟在孙老师后头学的。孙老师后来跟他解释，为什么一开始没有介绍他的身份，就是想让他了解一下，一三班真实的课堂纪律，哪几个是调皮捣蛋的，便于以后多加关注。再者，让与他讲话的学生罚站，也是便于他接手后好严格管理。照此处罚时，学生不会再有怨言。孙老师的一番良苦用心，说得柳春雨怪不好意思。

这会儿，一年级这边二十个小学生，歪着头认真听柳老师唱，这让柳春雨很满意。于是，柳春雨用提问开始了《我爱北京天安门》的讲授：同学们知不知道天安门在哪里呀？

知道。在北京。有几个小学生抢着回答。

我这不是问的废话么，《我爱北京天安门》，这天安门当然在北京。柳春雨这样一想，又来了第二个问题，北京又在哪里呢？

不知道。有几个小学生把头摇成了拨浪鼓。在很远很远的地方。也有聪明的，说出了“很远很远”。

说实在的，柳春雨自己没去过北京，当然也不知道北京的确切方位。

既然，连你柳春雨都不清楚北京在哪儿，就不能再在这个问题上绕圈子。给一年级小朋友们介绍介绍天安门吧！

介绍天安门不难。课本上有天安门的图画。柳春雨依然沿着自己的思路，给小学生们讲着。其时，没有启发式教育一说，柳春雨这样做，纯粹是他自己的创造。他直观地想，让小学生在认字之前，先了解一点儿课文的意思。之后，再讲生字，一笔一画，容易记。对于他来说，上课，越省事越好。

若干年后，启发式教育风行，这是一个乡村代课教师所不曾想到的。

柳春雨被香元支书选中，担任村小代课教师，着实让柳安然颇感意外。他家成分“高”，且与香元家一不沾亲，二不搭故。照理，这馅儿饼，掉不到自家老二头上。他刚开始，还真没想到那一层。

柳老先生书愚了不是？成分“高”，要分怎么看。不就是在私塾坐馆么？那跟地主剥削阶级还是有着本质不同的。你老先生，这是肚子里“墨水”多，有知识。虽然有人说“知识越多越反动”，我们贫下中农对革命知识，还是需要的。在香河回乡知青当中，称得上一表人才的，也就是你们家柳春雨。他可是接受的革命知识，跟私塾坐馆那一套无关。

至于说，“一不沾亲，二不搭故”，这是现在。现在“一不沾亲，二不搭故”，不代表将来“一不沾亲，二不搭故”。有句话怎么说的？事在人为。一切都在香元支书摆布的棋局之中。

受香元委派，李鸭子再次登上柳门，为支书家千金水妹说亲。

这一阵子，柳家倒是好事连连。李鸭子刚跑了趟杨家庄，在一家之主柳安然要求下，为柳家老大柳春耕说媒。杨家庄的杨家已经给出话来，要“望人”。这就好，没有一开始就碰上个“铁将军把门”。要是此门不开，那就没文章可做。杨家既提出来“望人”，做亲的意愿还是有的。

老二柳春雨，才当上村小的代课教师，李鸭子就又登门，说是香元支书看中他做自己的乘龙快婿。

在“黑菜瓜”、陆根水他们一帮小伙子看来，柳春雨也是走了“狗屎运”，好工作刚落到他手上，现在天仙似的水妹子，又送到他家门上。气人不？可气有什么用？搬砖头砸天。

“黑菜瓜”他们几个也是只顾着羡慕嫉妒恨，没想到“水妹”这天仙，在柳春雨手上，弄不好就成了“烫手的山芋”。

别忘了，琴丫头跟柳春雨可算是“青梅竹马”，他俩相好已经不是一两天。村上风言风语，也是有的。年轻人处对象，王八看绿豆对上了眼，“处”得过了一些，其他人也不好多言多语。有句俗话怎么说的，好肉早晚烂在自家的锅里。

现在有些麻烦。这李鸭子登门，嘴上说是替水妹说亲事，实质上就是来传达香元支书的旨意。至此，柳老先生才恍然大悟：香元支书原来下的是这着棋！

问题出在柳家父子身上。老二柳春雨，与琴丫头热火干柴似的，恨不能天天在一起。水妹再天仙，柳春雨也没眼睛瞧。他心里满满地装着琴丫头。眼睛一睁，最想见的是琴丫头；眼睛一闭，躺在床上，身体的每个角落都在想琴丫头。琴丫头，已渗透进了柳春雨的骨髓。

年轻重情的柳春雨，对李鸭子的说亲，几乎没有半点儿迟疑，便一口回绝。与他的干脆利索正相反，老父亲一如面对支书香元，对李鸭子礼遇有加，一个劲儿打招呼，容老朽再思忖思忖。

过两天，我来听老先生的准信。李鸭子连蒙带猜，认定柳安然口中的“思忖”二字，怕是再想想的意思。

柳安然反复权衡的结果是，与香元支书家这门亲不能结。水妹姑娘，无论人品、相貌，都是香河一带上数的，无可挑剔。又是支书家千金，照理更是锦上添花。然，水妹这支书女儿的身份，在其他人看起来，是锦上添花，在柳安然那里却成了悬崖峭壁，高不可攀。他一个旧时文人，成分本来就“高”，怎么能跟堂堂的支书家结亲，变得桌子板凳一样高呢？这攀龙附凤的事情，如若他柳安然做了，一世于心难安。况且，他家老二跟三奶奶家琴丫头一路来一路去，已经好成了一个人。香元支书也该有所耳闻才对。如此，只能拂香元支书的一番美意。

在李鸭子听起来，这个柳老夫子，真是读书读成了书呆子。如此好事，李鸭子本指望办成之后，让香元在功劳簿上，为自己记上一功，日后遇到难事，也好向香元开口。现在倒好，大功没记上，香元一发火，倒变成了大过一桩。李鸭子想象着，香元听她说完柳家父子的回复之后，一定铁青着脸，要么一言不发，要么火烧屋梁。蛮怕人的。

香元这一关，究竟怎么过？别看李鸭子做起媒婆来，能说会道，满嘴跑火车也从不脸红，可眼下，如何给香元回话，确实让她发愁。

春雨哥！

小琴！

春雨哥！你可不能丢下我不管！

小琴！这辈子我只爱你。

那你不许做支书家女婿，要做小琴的丈夫。

傻丫头，我决不做什么支书家女婿，只做你的丈夫。小琴，现在就做！

月上柳梢。喧闹了一天的龙巷，愈益沉寂。村小一三班教室里，柳春雨应琴丫头之约而来。他知道，琴丫头肯定听到李鸭子为水妹说亲的事，心里有些不踏实，要跟自己当面交谈。真是个傻丫头，难道我的心，你还不清楚？

自打那次菜花地里，柳春雨第一次叫出琴丫头“小琴”之后，琴丫头便认定，自己这辈子就是春雨哥的人。她愿意被春雨哥有力地呵护着，火热地亲吻着。她当然也感觉到，春雨哥这匹未上缰绳的牡马，再狂野，也愿意停歇在她茂密的草原。

柳春雨知道，自己从琴丫头那里，不仅获得了纵情驰骋的疆场，还体会到了一个战士的荣光；琴丫头，不仅激发起了他海底探寻之好奇心，还在他经历了波涛汹涌之后，将他引泊到那片温馨迷人的港湾。他俩的水乳交融，让琴丫头身内的那朵莲，醉人怒放；让柳春雨体内的那条龙，蓬勃升腾。两个年轻的生命，超越了彼此，融入了彼此，散发出青春的华光。

这会儿，柳春雨与琴丫头的幽会，渐入佳境。

在那个以“贫瘠”著称的年代，能获得一份宝贵的爱情，实在是幸运。然而，柳春雨和琴丫头，并没能将这份幸运进行到底，令人扼腕。两个有情人，只能抱憾终身。此为后话。

在村民们眼里，柳春雨“郎才”，琴丫头“女貌”，这“郎才”本就该配“女貌”。柳春雨与琴丫头，他俩再般配不过。一村人都盼望着他们这对有情人，能终成眷属。

非也。这“一村人”中，并不包括一个重量级人物：香元！柳春雨与琴丫头在香河上演的爱情故事，被香元冷冷地看在眼里。

在香元看来，他家姑娘水妹，嫩葱似的水灵秀气，长得并不比琴丫头差。水妹还是村赤脚医生，不管怎么说，要比琴丫头打缝纫机强得多。再要论起家庭条件来，那有如秃子顶上的虱子——明摆着。她家“烈属家庭”的荣光，已经被琴丫头的二哥享用。要不然，二侉子当兵回乡也不会被安排开代销店。现在，她家也就是每年建军节，县人武部会发张“烈属家庭”的红纸飘儿，如此而已。

水妹家可就“大不同”也。作为香河大队最高领导者，香元直接决定着整个香河上千口人的命运。就柳春雨而言，再一表人才，香元支书不用你，你只能老老实实在生产队务农，接受贫下中农再教育。关于这一点，毛主席他老人家都说了，“很有必要”。

给你个“代课教师”做，就是看看你是否识相。识相，什么都好办。不识相，香元自有对付“不识相”之人的办法。有些话，香元现在不愿讲在明处。

迂腐，真是迂腐！不仅迂腐，还不识抬举！香元在自家堂屋里，听了李鸭子登门柳家的前后经过，重重地敲着大桌子，脾气发得有点儿大。李鸭子站在一旁，脸上红一阵，白一阵，抖抖索索的，有些个下不来台。

柳春雨没爽快答应李鸭子的说亲，香元倒是有所预料。年轻人，无非是尝到了某些甜头，一时半会儿松不开口，倒不算什么难事。只要没去公社登记，事情就可更改。说句不好听的，只要我香元看中了，即便结为夫妻，也有的是办法拆散。

倒是柳安然，这个老愚夫！叽叽歪歪了半天，竟然说出“不愿攀龙附凤”这样的混账话。我香元都没嫌弃你家成分“高”，你倒跟我玩起清高来了。看中你家老二，也就是村民们常说的，买猪不买圈的意思。其他还图你家什么？

常言说，女配高亲。现在我都放下架子，让李鸭子主动跑到你柳家门上说亲，不就是怕你们觉得“高攀”不上，不好意思先开口么？说起来，你柳安然也是见过世面的。稍微动一下脑子，也能想到这“代课教师”一职，不给张三，不给李四，为什么偏偏给了你家老二？

我的前任王支书，凭什么能当上公社革委会副主任？工作是一方面，我香元干起工作来，自认不会比他差。但有一点，我比不了。人家王主任肚子里墨水比我多，我只是个大老粗。我当然不想我的子孙也跟我一样，这才看中了你家老二。想想看，我们家水妹，哪是个嫁不出去的姑娘？

果真不识抬举，那就别怪我香元！

香元支书亲自到村小检查工作，让孙校长和代课教师柳春雨很是忙碌了一阵。顺便说一句，村小多了柳春雨做代课教师之后，孙老师就名正言顺地当起了“孙校长”。

前一天，孙校长就从公勤员蔡和尚那里得到消息。孙校长便和柳春雨分了工，他们分别带领各自班级的学生，主要是三四年级学生，先打扫各自教室内的卫生，之后再共同清洁那块长方形的操场。这操场上空无一物，也不全是坏事。至少现在清扫起来，没什么障碍，方便得很。

柳春雨本不想这么快就和香元面对面。毕竟李鸭子登门说亲时，他没答应。见了香元也不知说什么好，想想蛮尴尬的。

孙校长对此事也有耳闻。香河巴掌大的弹丸之地，消息传得快。孙校长知道柳春雨的态度后，劝他不要回避。这种事情，回避是回避不了的。迟面对，不如早面对。有话，当面说开，也就过去了。自己不去面对，就始终有把剑，悬着。显然，现在在剑下候着的，不是香元，是他柳春雨。

孙校长的友情提醒，让柳春雨态度改变，从老父亲那里拿来了上次款待香元的龙井茶。孙校长对此很高兴，村小本身没有多少办公经费。有些开销，只能孙校长自掏腰包。现在，柳春雨如此知趣，孺子可教也。

既然是检查村小工作，孙校长的工作汇报要听一听，两个复式班也要看一看。不过，香元支书“听”和“看”的过程很快，似乎有些潦草，让孙校长觉得，香元支书此行，意不在此。

果然，香元直接对孙校长讲，请孙校长照应一下两个班级的学习秩序，他要和柳老师谈一次话，时间有可能短，也有可能长。

孙校长领命而去之后，柳春雨便在他和孙校长的办公室内，与香元支书面对面了。尽管他大概知道香元会跟自己谈什么，但心里还是有点儿紧张。他知道，自己现在在香元眼里，已是个不识抬举之人。

说实话，他对水妹倒不反感，望上去蛮顺眼的。要是没有琴丫头存在，或许他真的会考虑应承下这门亲事。谁也不是生活在真空中，在香河能成为香元支书的女婿，是不少人想都不敢想的。现在，他确实割舍不下小琴，另攀高枝。那样的话，把小琴伤得就重了，她肯定不能承受。把自己变成陈世美，柳春雨自己也会鄙视自己。

想到此，柳春雨心里似乎有了些底气，主动给香元斟上了茶。

知道我专门跑一趟村小，想跟你说什么吗？香元吹了吹茶缸里浮着的茶叶，喝了一口。是柳家的龙井。这也是个信号。看来，柳家也不是完全不在乎。

不知道。

那好，我来告诉你。李鸭子把你和你父亲的态度，一五一十说给我听过了。你可以回家告诉你父亲，我很不高兴！不只是很不高兴，而且很生气！很生气，你知不知道？一想到迂腐的柳安然，妄想在他香元面前摆清高，香元就气不打一处来。他站起身，手指柳春雨，口齿颇严厉。我不管你跟琴丫头是怎么回事，你应该清楚，水妹哪一点也不差似琴丫头，只有比琴丫头强。你的代课教师，今天可以当，明天或许就可能不当，全在你一念之间。

柳春雨顿时感到，不值得跟如此霸道的香元谈自己跟琴丫头的感情，那样对琴丫头，对他俩的感情，都是一种玷污。

香元见柳春雨似乎想开口，一时又开不了口，紧接着道：回去，回去想好了再告诉我。说着便往室外走，出门时丢下句狠话：你应该清楚，在香河，还没有哪个能跳得出我的巴掌心！之后，跨门而去。

一直注视着办公室动静的孙校长，没想到香元支书与柳春雨的谈话结束得如此之快。他不知道，香元到村小来，只是想给柳春雨一个最后通牒。

人算不如天算。这一回，香元真的信了。

眼看着柳春雨与琴丫头打得热火朝天，自己的最后通牒收效甚微。香元咬牙切齿了：你柳春雨看起来是不撞南山不回头了？那么我们就只有骑驴看唱本——走着瞧！

就在一方依然故我，一方暗地里发誓的情况下，冒出了个第三方来。这第三方一出现，便掀起了轩然大波，令风云大变，让香元看到了事情的转机。尽管这转机来得有些残忍。

这第三方究竟是何方大神？乃农技员陆根水是也。平时循规蹈矩的陆根水，在没有任何征兆的情况下，把琴丫头给奸污了。

据后来陆根水跪在三奶奶家门口，向琴丫头求婚时所言，他喜欢琴丫头有几年了。只是琴丫头眼睛里只有柳春雨一个人，从没给过他机会。他实在无路可走，只好选择“霸王硬上弓”。不论琴丫头怎么恨他，他都不在乎。他在乎的是，自己能够跟琴丫头生活在一起，让自己好好地爱她。

陆根水的横空插入，让柳春雨与琴丫头这对情侣劳燕分飞，爱情故事终结。兴许有人猜测，这不是给水妹带来机会了吗？香元心里也是这么想的。

然而，事情的发展，并没有如香元所想。何故？前些时候，也是李鸭子出面做的媒，杨家庄的杨雪花放出话来，她看中的是柳家老二——柳春雨。

这无疑给原本浑身火烧火燎的柳春耕，从头到脚泼了盆冷水，凤凰顿时成了落汤鸡。柳春耕自觉颜面扫地，再难在香河立足，羞愤之下离家出走。

柳春耕这一离开，让香元的棋盘中，又多出了几手棋可下。香元心想，识时务者为俊杰。这个道理，你柳安然、柳春雨父子，应该比我这个大老粗懂才对。现在，柳春耕离家出走，不亚于临阵倒戈。天平已向我倾斜，你们应该识相才对。

多事之秋，诸事不顺。几个月当中，因柳家兄弟亲事而引发的变故，一桩接一桩。

半路杀出的陆根水，替香元搬掉了琴丫头这个拦路虎。谁承想，又节外生枝，冒出一个杨雪花来。令香元很是不爽。

为宝贝女儿的幸福未来，更是为自己子孙的幸福未来，他香元脑汁绞尽，也在所不惜。必要时，丧失一点天良，那又何妨？自己年过半百，这辈子，也只能如此。水妹可不一样，一朵花才开。身为父亲，他有责任，有义务，让女儿这朵花开好，开艳，香飘万里。

遗憾的是，香元的这番苦心，做女儿的未必领情。一直以来，香元在香河一带以“花和尚”著称，水妹耳朵里闲言闲语也听得不少。至于他和来娣子相好，那几乎是公开的秘密。水妹日益增长的逆反心理，确实拜她父亲所赐。这也是她一心想走出香河的潜因。

就在这个节骨眼儿上，在县人民医院进修的水妹，来了个未婚先孕，挺着大肚子，回到了香河。

这个丫头，让香元脸都丢进了太平洋，丢脸丢大了。堂堂的大队支书，平时都是指手画脚说人的，却没能把自己姑娘管教好，落给人家一世的话柄。这让他在村上还怎么抬头？

说实话，就是自己和来娣子在大队部偷情，被自己老婆巧罐子逮到，香元也没觉得多丢人。哪个男人不是偷腥的猫？他香元搞个把女人，也不是什么多见不得人的事。旁人知道，无非说自己“小老二”泛嫌，管得不严。村民们茶余饭后，多了些谈资而已。

水妹作为一个姑娘家，出了这样的事情，人家会笑这家的“门风不正”。水妹这一辈子，就有个“疼指头”夹在人家“门缝”里，被人家指指点点。往后的日子，能好过么？

这刻儿，水妹和母亲关在房间里哭成一条声。巧罐子边哭边骂，报应！真是遭报应！上梁不正下梁歪，都是香元你带的好头。

事到如今，你个瘟婆娘，少说这些没用的。水妹啊，你这是比要老子的命还狠！你索性死在外头算了，何必回来现世报呢？

堂屋里，香元成了一头暴怒的狮子，不停地转圈，不停地狂吼。满堂屋，他找不到一件让自己出气的物件。

也不是一件没有，堂屋大桌子上就有一对喜鹊登梅的铁壳子热水瓶，崭新的。掼下来嘭——嘭——两声响，肯定够劲，也能杀气。可这么掼两下子，好几块钱就扔下了水，响声再大，有何用？香元舍不得。

出再大的事，日子总得过。香元心里懊悔，自己蛮中意的柳春雨，再无可能做自己的女婿。在香河回乡知青这个鸡群里，香元认定柳春雨是只鹤。现在，眼睁睁看着这只鹤飞离自家门庭，香元咽不下这口气。

巧罐子和水妹再哭闹，家里再乱成一锅粥，只不过是一时的。这些，不在香元考虑的范围内。发过一通火之后，他强迫自己冷静下来。此时，几口“大前门”猛吸下去，香元吐出一股长长的烟柱，来了个深呼吸。

一个重大决定，在香元头脑中酝酿成熟。

不出柳安然所料，香元支书还是借柳春耕的离家出走，来了个一石三鸟：柳春耕成了不光彩的外流人员，柳家成了不光彩的外流户，柳春雨不光彩地离开村小，返回生产队务农。

正所谓，几家欢乐几家愁。原本对柳春雨羡慕嫉妒恨的“黑菜瓜”，终于时来运转，接替柳春雨，美滋滋地当上了村小代课教师。

这人也怪呢，“黑菜瓜”当上代课教师没几天，村上再也没人喊他“黑菜瓜”，而是开口闭口地叫他“谭老师”。

村小，从此再没有了柳春雨的身影。

文娱宣传队

文娱宣传队，曾经遍布乡村，属于那个特定年代、特定政治生态下的产物。其全称应为，毛泽东思想文娱宣传队。成立这样一支宣传队，是项严肃的政治任务。曾几何时，那种整齐划一，表意明确的舞蹈，在广阔天地间风行，这当中，文娱宣传队的辅导与推广，至关重要，功不可没。

在香河，文娱宣传队自然也不例外，理应重视。然，这项工作真正得到重视，还是在谭宽厚手上，是他从谭会计，变身谭代支书之后的事。

新春佳节即将来临，谭支书上任之后第一桩事，便是大张旗鼓地组建香河大队毛泽东思想文娱宣传队。虽说谭宽厚只是代行支书职权，但村民们还是没有“谭支书”不开口。清早在龙巷上碰见，张口便是，谭支书早！谭支书早饭吃了么？客气，关切。没人喊“谭代支书”的。这一点，地方上不及部队严格。

抓文娱宣传队，倒是件上下皆大欢喜之事。有了专门的文娱宣传队，上级重要政治任务可以通过文娱节目广泛宣传，深入人心。对村民来说，村上有一帮姑娘小伙儿唱唱跳跳，逢年过节也好热热闹闹，开开心心。何乐而不为？要听老辈人说起来，搭戏台，唱大戏，那是早年间村上每年春节必定要做的一件大事。隆重得很呢！“轰轰烈烈”一来，那些唱戏的角儿被贴上“四旧”标签，只能作鸟兽散，再不能盛装登台矣。然，热热闹闹过大年，是村民们内在的喜好与愿望，没个文娱宣传队哪成？

家家户户忙着为过年做准备的当口，谭支书也开始忙起来。

让柳安然老先生颇感意外的是，谭支书竟进了他这个“外流户”的“柴门”。柳老先生可在家？谭支书问声洪亮。柳安然正在后进豆腐坊内拾掇着，一个熟悉的声音飘进来，细听，是谭支书。他便赶忙丢下手里活计，穿过堂屋至前院迎接。不知谭支书驾临寒舍，老朽有失远迎！有失远迎！柳安然拱手行礼，向谭支书致歉。

要知道，自打老大柳春耕离家出走，香元支书给柳家定名“外流户”之后，再没什么村干部登门。村民们倒是不在意什么“外流户”不“外流户”的，照样到豆腐坊来拾豆腐，有事照样请柳老先生帮着参详参详。柳安然一如往常，兢兢业业做豆腐，诚心诚意帮助人。只是有一条，较先前更为谦卑，更为谨慎。明眼人看得出，柳老先生这是怕再授人把柄，惹麻烦，在夹着尾巴做人。

谭支书大忙人，无事不会到老朽寒舍来。有何指示，请下达。老朽一定听命于上级。柳安然将谭支书迎进正屋的堂屋，在家神柜前大桌旁落座，看茶。之后才恭敬询问。柳家的家神柜上方，和多数村民家中一样，贴着幅毛主席正面像。毛主席面色红润，双目炯炯放光，神采奕奕。此乃民众之福也。不想，他老人家几年之后，竟丢下如此热爱他的人民，逝世了。整个龙巷上，哭成一条声，毛主席咯，你不能走啊——毛主席咯，你走了我们贫下中农怎么办噢！此为后话，容另篇再叙。

不瞒柳老先生讲，谭某此番登门，想请柳春雨出任香河大队毛泽东思想文娱宣传队队长。

谭支书是否已经决定？能否重新考虑更合适的人选？犬子春雨已从村小退回生产队务农，怕是不再适合担任如此重要之职。我们家的情况，无需多言，谭支书明了得很。

知道老先生顾忌“外流户”的身份。这个不用怕！那些地富分子，我们还要进行教育改造，给他们机会重新做人呢。何况，柳春雨这样的知识青年，更应该给出路，加强教育，争取早日成为革命的进步力量。

谭支书喝着柳安然新泡的茶，一边做着老先生的政治思想工作。茶是龙井，这让谭支书心里蛮舒坦。龙井在二侉子代销店是没有卖的，要买只有进城，到县百货公司。谭支书在意的，不是龙井茶的品质。说实在的，他很少喝茶，也不像柳安然这样懂茶。谭支书在意的是，自己在对方心目中的分量。柳家龙井茶，他不是不曾喝过。那是跟在香元支书后面，到老先生门上时沾香元支书的光，喝过。此番，作为代支书登门，老先生亦以礼相待，并没因一“代”字而降格。足见其是明白人，没有老糊涂，更不是他自称的“老朽”。

既然谭支书态度明朗，柳安然也不便再推却。他想着，让老二到大队领头做这事也好。虽不能完全改变他们家的颜色，但把这“灰色”擦淡些，也算是有益无害。再则，谭支书的面子，柳安然还是要给。如若还是张香元在职，你想给人家面子，恐怕机会都不会有。香元支书没一棒子把柳家一干人等全打死，就已经阿弥陀佛，谢天谢地矣。

组建一支文娱宣传队，选好队长，至关重要。柳春雨出任香河大队毛泽东思想文娱宣传队队长一职，无疑帮助谭支书解决了组建香河大队毛泽东思想文娱宣传队之关键问题。为谭支书达成目标，推进了一大步。

队长在文娱宣传队中，得是个通才。吹拉弹唱虽不能说要样样精，但至少要拿得起，得懂行。这跟后来各层各级都提倡“专家型领导”，一个意思。与此同时，作为一队之长，还要会管人，管得住人，有点儿领导才干。常言说，火车跑得快，全靠车头带。说的就是队长领导能力之重要。不止于此，谭支书后来跟柳春雨当面谈话时，还明确要求他，要为文娱宣传队实时表演进行节目脚本创作。这要求更高，有点儿类似现今各大卫视选拔的“唱作人”。实在说不清楚，若干年前，一个农村大队代支书，怎么会有如此超前之眼光？

就香河回乡知青而言，柳春雨几乎是符合谭支书要求的唯一人选。这大概才让谭支书登上柳家大门，成为可能。当然，还有条摆不上桌面的原因，柳春雨长得帅，称得上一表人才。搞文娱宣传活动，队长作为具体的组织策划者，时常需要登台展示，一帅镇全场。长相一般，出场效果无疑就差矣。这里的“回乡知青”，是指当地从中学毕业返乡的青年学生。“回乡知青”的概念与“插队知青”相伴相生。

柳春雨甫一上任，首先根据谭支书要求，拿出了农业学大寨和计划生育方面的两段说唱的词儿。农业学大寨是快板书的形式，开头几句是这样写的：

农业学大寨就是好，
男女老少斗志高；
一年普及大寨县，
誓为革命立功劳。

计划生育的唱词，是一种表演唱形式，有说有唱，说唱结合。摘录一段如下：

甲：（唱）各位大嫂听我表，
计划生育实在好，
实在好。
乙：（白）咦，你倒说说，
这计划生育好在哪里呢？
丙：（唱）不会多生小孩把资超，
不会老大哭来，老二闹，

老三还在把奶要。

丁:(白)养得多,

分红拿不到钱,

一年忙到头,

落得两个大拳头,

超资的日子不好过噢。

齐唱:计划生育实在好,

男女老少要记牢。

哎呀哎子哟,

计划生育实在好,

男女老少要记牢。

……

柳队长的作品,很快得到了队员们的欢迎。十几个姑娘小伙子,虽说工余才能集中到大队部排练,有时也会到村小,但整个队伍士气高昂,激情似火。大伙儿都想为新组建的文娱宣传队作出一份贡献。这样一来,柳春雨的创作任务颇为繁重。

谭支书对新组建的文娱宣传队可谓是高度重视。刚开始的节目排练,他几乎每场必到。柳春雨他们的排练多半是晚上,利用大队部的院子、会议室进行。谭支书特许,文娱宣传队排练时,可以使用大队部里的汽油灯。这给排练提供了很大方便。要不然,黑灯瞎火的,点个罩子灯,不管用。队员们的积极性调动不起来,排练效果也就出不来。有了谭支书的高度重视,文娱宣传队在排练方面的难题,皆迎刃而解。

谭支书对柳队长提出了新要求,希望文娱宣传队在推陈出新上,多下功夫。要恢复群众喜闻乐见的传统表演形式,譬如崴花船、滚莲湘、舞龙等等。要好好挖掘，在文娱宣传队节目表演的基础之上，进行拓展。这样一来，新的紧跟革命形势的节目，与传统的表演形式巧妙结合，在新春佳节期间，就能给香河村民们推出一台丰富多彩的文娱演出，让今年的春节变得更有意义。当然也让村民们更开心，谭支书这个支书跟别人不一样呢！

谭支书特别交代柳队长，要精选一支舞龙的人马，加大训练量，确保过年时拉得出，打得响。他需要这支舞龙队，在拜年时能够大显身手。把舞龙队伍练出来，他会给柳队长记上一功。到时候，谭支书会亲自率领这支舞龙队，完成一项重要的政治任务。总之，柳队长要把舞龙队作为文娱宣传队工作的重中之重，抓紧组建，抓紧训练。

谭大龙出任舞龙队的教练员，是谭支书的直接安排。别看此人长相一般，身材不高，但年轻的时候，在香河一带是赫赫有名的舞龙高手。有人说，谭大龙名字中就带“龙”字，天生就是舞龙的；也有人说，那是谭大龙形体上占优势，身材不高，且四肢有力，适合舞龙。人高马大的，反而不行。谭大龙在排练现场，就直截了当地对柳队长说了，你这样高大帅气的只能表演其他节目，尤其是当报幕员，舞龙不行。

柳春雨只能听从行家的话，放弃舞龙的想法，一心一意为舞龙队做好服务。譬如向谭支书争取经费支持。装扮一条龙要花不少钱，舞龙队队员的头饰、服装之类，也要花钱。所幸的是，谭支书很给柳队长面子，几乎是一路绿灯。柳队长代表文娱宣传队给大队的报告，谭支书通常就两个字：同意。

这样一来，大大鼓舞了柳队长和文娱宣传队队员们的士气。一帮年轻人，大冬天的，晚上排练仍然热情高涨，劲头足得很。

十几个年轻人，男男女女的，正青春似火，在一起机会多了之后，有的难免擦出火花，情愫暗生。有的甚至擦枪走火，有越轨之举。于是乎，锣鼓家伙一敲，二胡子一拖，小淮调配新词，正经的在台面上唱，不正经的在姑娘小伙儿的耳边上唱：

九月天上云重云，
水中莲花衬佳人，
有心想把佳人娶，
可惜不是心上人。

又唱：

哥你约妹地里头，
未曾开口先动手，
不是为妹不依你，
可肯跟妹到白头。

唱得小伙儿在家中大吵大闹，要退“娃娃亲”的有，唱得姑娘成了妇人的也有。村里人过耳传言地说，文娱宣传队乱得很。真乱假乱，说不清。

大年初一的文娱演出，受到了香河村民的热捧。柳队长不仅亲自参加节目表演，还主动承担了报幕的任务。一表人才的柳春雨，出现在村小操场外的走廊上时，人群中喝彩声一浪高过一浪，为帅气的柳队长呐喊，鼓劲。

柳春雨出场，尽管手上连个麦克风都没有，但还是很有派。有点儿专业主持人的范儿，让谭支书深感欣慰。这个队长人选，没选错。实事求是地讲，虽说柳春雨自身条件在香河一帮年轻人当中，属于鹤站在鸡群中，然，毕竟他家有一顶“外流户”的帽子。让他担任香河大队毛泽东思想文娱宣传队队长，也不是没有人反对。单纯从政治面貌上看，柳春雨并不是最合适的人选。万一在政治上出个什么问题，谭支书是要负领导责任的。在那个特定的年代，政治上可靠是第一位的。

还好，柳春雨裹嘴（当地人说法，不惹闲话，争气的意思），把香河大队毛泽东思想文娱宣传队，带领得富有成效。从他们表演的节目受欢迎的程度，便足以证明。

柳春雨亲自参与表演的《计划生育实在好》，与阿香、小琴，还有旺财，配合默契，诙谐生动，引得观众中一阵又一阵开怀大笑。这主要来自柳春雨模仿妇女的动作和腔调，太搞笑。谁也不知道，他怎么忽发奇想，来了个反串，这也太让村民们意外了。大伙儿从未见过有人像柳春雨这般表演，新，奇，特。

跟形势的节目，让谭支书满意。落实谭支书推陈出新指示，组建的舞龙队、荿花船之类传统节目，同样赢得了村民们热烈的掌声。尤其是舞龙表演，游走，穿行，翻滚，尾盘，可谓是十八般武艺，样样到位。在热烈的掌声中，主持人柳春雨隆重地向乡亲们介绍了舞龙教练员谭大龙。谭大龙和十多个舞龙队队员的装扮一样，扎贴金头饰，穿金黄表演服，灯笼裤打着绑腿，显得干练而喜气。

谭支书认真观看了舞龙表演之后，提前离开了现场。大年初一，身为大队主要负责人，要在大队部值班。公社领导如若体恤下属，打电话过来拜年，听不到谭支书的声音就不太好了。大过年的，头一天电话就打不通，不顺遂。当然，谭支书看了舞龙表演之后，心里一块石头落地矣。正月初三，到公社拜年，舞龙队肯定拿得出手。王主任见了香河舞龙队的表演，也肯定会开心，满意。谭支书信心满满。

其实，谭宽厚够得上“名如其人”四个字，是个实在本分之人。担任大队会计时，一把算盘精得很，在香河一带有“铁算盘”之美誉。每年大队年终分红的账，他带领着一帮生产队会计，做得严丝合缝，没有半点儿差错。在大队会计岗位上也干了好多年，他觉得蛮好，并不曾有什么其他想法。这么多年下来，跟香元支书配合得蛮不错的。他不曾想过，有朝一日香元支书不当了，自己会接替香元支书的位置。他没有这样想过。实在说来，他不是个有政治野心之人。

然，有一天香元支书还真就不当支书了。香元支书不当支书倒也作罢，那是上面的决定，跟自己没半毛钱关系。可公社王主任竟然点了自己的将，让担任代支书。这倒诱发了谭宽厚的一些新想法。原来香元这个支书的位置，自己也是能干的。但要干，多个“代”字，总有点儿别扭。解铃还须系铃人，谭宽厚想到了王主任。

吃水不忘挖井人，既然是王主任将自己送到代支书的位置上，那么通过一定形式向王主任表示尊敬与感激，也就天经地义。谭宽厚觉得送点儿土特产，不足以表达这种尊敬与感激。于是，这才想到春节期间，用一支舞龙队，到王主任门前展示一番，送祥瑞，添彩头，意义更是不一样。听老辈人说起来，龙登门庭献祥瑞，那可是大户人家才能享有的吉兆。

王主任住公社大院有年头了。谭宽厚清楚得很，到公社表演一番，实则就是到王主任家门口表演。大年初一，日子当然最好。但谭宽厚一查点，大年初一，公社一把手李主任值班。他果真带领舞龙队去，弄不好反让王主任误会。认为他谭宽厚改换门庭，心目中只有一把手。他谭宽厚根本不是有如此心机、投机钻营之人。王主任在他心目中的位置，无人能够替代。李主任虽是一把手，但来的时间不长，脾气秉性尚不清楚。能拍得上马屁倒也罢，万一拍在马腿上，那不是找榔头打头，自讨苦吃？

谭宽厚思前想后，觉得在王主任值班的初三当天，到公社拜年较为稳妥。他特别关照柳春雨，舞龙队要全员参加。文娱宣传队节目，在初一表演的基础上精选几个即可，无需全套照搬。

大年初三，天气真好。风和日丽，春和景明。谭支书身着新藏蓝卡其布中山装，在柳春雨、谭大龙相陪下，带领着香河大队毛泽东思想文娱宣传队一干人马，敲锣打鼓，喜气洋洋，同坐一条敞口大船，从香河向公社进发。这些队员，全都盛装出行，脸上挂满欢笑，兴奋得很。船头上，印有“香河大队毛泽东思想文娱宣传队”字样的红旗，在微风中飘扬着。

整个队伍靠近公社水泥码头时，柳春雨一个手势，咚咚哐，咚咚哐，船上顿时锣鼓声大作，似乎向公社驻地民众宣告，谭支书带领香河大队文娱宣传队来贵地献演啰！

就在他们一干人马敲锣打鼓向公社大院靠近时，谭支书耳朵里传来了另外一支锣鼓队的声响，咚咚哐，咚咚哐，大院里已有了文娱表演。自有一番锣鼓喧天的热闹景象。

看来，像谭宽厚这样知恩图报之人不止一个。同样，想向王主任表达尊敬与感激之情的，亦不止谭宽厚一人。自己起了个大早，还是被别人抢占了先机。谭宽厚心里稍有不快，不知何人，竟比自己还急切，如此之早就到了公社大院。

谭宽厚疑惑着，进大院一看，是孙王的孙支书！他们的献演已经开始。无独有偶，孙支书也带来了一支舞龙队。这二龙相遇，必有好戏上演。

王主任见又来了一支文娱宣传队，笑着给大伙儿分烟分糖，今儿到底是个好日子，你们两家文娱宣传队都来拜年，很好很好！这说明孙支书、谭支书对毛泽东思想的宣传抓得紧，抓得好，政治觉悟高。向你们学习，向你们致敬！

既来之，则演之。两支队伍相互交流交流，取长补短，共同进步，共同提高嘛！王主任发话了。孙支书、谭支书当然只有服从的份儿。两支文娱宣传队，队长们稍作商议，联合演出开始了。附近群众听到锣鼓家伙声，一阵一阵起劲得很，纷纷簇拥进了公社大院。王主任一律笑脸相迎，只不过没有烟和糖果。显然，这些群众不在王主任的计划内。

常言说，好戏在后头。这回不是。在柳春雨来了个男声独唱《北京的金山上》之后，两支舞龙队便开始二龙献瑞。但见两条身长十多米的黄龙，在各自龙珠擎引下游走开来。舞龙者的脚步随着锣鼓敲打的节奏，愈益迅疾，形成各自的两个圆，龙头停于圆心，向王主任及其家人颔首行礼。但见二龙相继口吐吉联，一幅为："鸿运当头"，再一幅为："吉星高照"。

"好！""好！"人群中叫好声响成一片，好不热闹。序曲过后，二龙时而穿插而行，时而翻滚交缠，可谓是精彩纷呈，让人眼花缭乱，目不暇接。观众们大呼过瘾。在欢腾喜庆的氛围中，王主任再次给两位支书敬烟。看得出来，王主任对两位支书安排的拜年表演，颇为满意。

就在这时，谭支书跟谭大龙轻声耳语了一番。只见谭大龙健步跃至自己训练的黄龙跟前，抬手接过龙珠，加入表演行列。姜还是老的辣。龙珠换到谭大龙手上之后，他身后的黄龙面貌大变。但见谭大龙脚下虎虎生风，黄龙游走节奏明显加快。随着龙珠咯啷啷急促摇响之后的骤立，谭大龙快速变换了动作，龙珠在他手中左右摆动，整条龙瞬时停在原地做翻转表演，时而剧烈，有如巨浪翻滚，波涛汹涌；时而舒缓，有如行云流水，畅快自如。

观众的叫好声此起彼伏，明显是被谭大龙吸引了过来。别看谭大龙已年过半百，剪个平顶头，看不出有什么特别之处，可毕竟年轻时的功底还在，正所谓人不可貌相。他在场上的步伐，矫健灵活，龙珠在他手中张弛有度，变化莫测。

孙王大队的舞龙队，既然敢到公社大院来向王主任拜年，自有其看家本领。在王主任面前，孙支书当然不会让谭宽厚轻易就抢了自己的风头。于是，朝自己队伍一使眼色。果然，孙王的黄龙来了精神，向观众展示了"白鹤展翅"的经典招式，引来喝彩声一片。香河的黄龙自然也不甘示弱，紧跟着来了个"双跳龙门"的经典招式，同样引来一片喝彩声。正月里过年，观众们看的就是个热闹。两支舞龙队，哪家表演精彩，就为哪家喝彩喊好。真正是二龙相对，难分高下。

只见孙王的黄龙平地而起，来了个“龙盘玉柱”。好！好！孙王黄龙帅气的造型，赢得了观众们一声声叫好，他们的锣鼓更加喧腾起来。

面对孙王黄龙的精彩表演，香河黄龙并没有退缩。柳春雨稍事张罗，从院内移来了一张方桌、几条长凳。这一简单的摆设，引来了观众更为关注的目光，他们不知道香河黄龙会有怎样的表演。

只见谭大龙龙珠高擎，引领着舞者一个接一个跃起，踏上临时拼接起来的长凳，有龙行桥上之意，舞者们如履平地。长凳与方桌的间隙，有如山涧突现。这也难不倒舞者，但见舞者们纷纷一跃而上。明眼人一望便知，这间隙是他们为增加表演难度，有意留下的。登上方桌，有如龙盘高山。

要知道，十几个舞者立于一张方桌，难矣。只见他们踏肩而上，借助珠杆的支撑，龙头昂起，越升越高，呈飞翔之势。最后，凌空一跃而下，惊险，刺激。但整个表演一气呵成，连贯得很。这一招“飞龙在天”，完胜孙王黄龙的“龙盘玉柱”，让孙王的队员们不得不服。

香河黄龙的这一经典招式，看得王主任和观众一起自发叫好，鼓掌。谭支书紧张得面孔有些涨红。孙支书带来的那条龙，与自己带来的龙，同为黑须黄龙，正值壮年，实力够强的，让谭支书为自己的队伍捏了把汗。眼看拔得头彩，又让谭支书顿感兴奋。

原以为十分圆满的表演，在最后的细节上却出了差错。谭大龙手持龙珠由方桌空翻而下，原本想来个精彩干净的收场。谁承想，谭大龙空翻而下落地时，竟然没能立住，背部着地被手中的珠杆搁倒了，躺在地上起不来矣。

噢哟——不好！人群中有人惊呼起来。

谭大龙被送往公社卫生院救治。事情不是什么大事情，也没伤得多严重。只是事情发生的时间、地点，都不合适，让公社王主任脸上有些难堪。原本欢天喜地的大好事，谭支书最后只能尴尬地草草收场。倒是孙王文娱宣传队，锣鼓喧天，似乎激情澎湃起来。王主任摆摆手，让他们停了。说表演差不多了，意思也到了。毕竟公社大院不是演出场所，不能总这么锣鼓喧天的。言罢，王主任进了自己的办公室，再也没有出来。

孙支书、谭支书带领着各自的人马，敲打着锣鼓离开公社大院。围观的群众明显感到，这离场锣鼓声稀松了许多，潦草得很。

香河舞龙队在公社大院因与邻村舞龙队比武，教练员谭大龙马失前蹄，一时成为公社上下的笑谈。谭大龙这一摔不要紧，歇十天半月也就无什大碍。但他这一摔，摔得谭支书灰头土脸，满心懊恼，想吃后悔药都无处买。他怎么也没有想到，谭大龙自己最后会弄巧成拙。不仅谭大龙下不来台，连谭宽厚自己都下不来台。

此台下不来，彼台下得倒轻而易举。当年冬季车路河工地上，香河营出了陆根水强奸事件。虽因王小琴妥协而私了了，但负面影响已经形成。公社决定谭宽厚作深刻检查，并将他从代支书的位置上撤了下来。

随后，新来的李主任亲自宣布，恢复张香元香河大队党支部书记职务。在公社革委会领导班子成员会上，李主任带头表明了恢复香元支书之职的态度。李主任说，香元是个敢于坚持原则的好同志。同志们，建房可是村民们一辈子的大事情！大家想想看，谁愿意往虚而不实的宅基地上建房呢？我们都是从农村干上来的，新宅基地，没有一两年时间沉淀，地基不会定性稳固。新建房屋，发生房基下陷，墙壁裂缝，那是轻的；万一深更半夜发生房基走动，房屋坍塌，那问题就严重了。弄不好，是会出人命的，同志们！

李主任说得很动情，爱民之心日月可鉴。李主任的讲话有了新的高度，他严肃提醒与会领导干部，毛主席他老人家怎么教导我们的？要实事求是！同志们，实事求是啊，做到这一点太重要了。公社当时的领导实事求是了么？我看就没有嘛，倒是香元同志实事求是地坚持了自己的原则，却遭受了不公正待遇，这是很不正常的，必须尽快纠正。我们党是不怕犯错误的。中国革命进程中，我们党也犯过不少错误嘛！犯错误不可怕，可怕的是没勇气和能力改正错误。像我们党这样就很好，广大人民群众还是很拥护的嘛。同志们，我们党都能改正所犯的错误，我们在座的为什么就不能呢？香元同志明明是正确的，为什么就不能纠正对他的不公正待遇呢？请同志们好好考虑一下，发表意见。

在这次公社革委会领导班子会上，李主任关于恢复张香元同志香河大队党支部书记职务的动议，获得了一致同意。与此同时，李主任宣布了王主任工作调动的消息。据说，王主任一直查而不实的生活作风问题，因为几封女知青的人民来信，县里已经安排专人调查。李主任这才被组织上从邻近的向阳公社调了过来。

说来也是李主任跟水妹有缘。到香河检查过几次工作，在大队卫生室与水妹简单交谈过几回之后，李主任下定决心，着手了自己新生活的谋划。

不要以为张香元恢复支部书记一职，跟李主任看上水妹有什么联系。非也，李主任是个原则性很强的领导干部。这从张香元后来因“难过三分钟”政治事件，而从支部书记位置上被免职，便可看出，李主任并没有徇一点私情。

张香元结束了在香河的支部书记政治生涯之后，被安排进了公社运输站当站长。有人传言，说是跟水妹到李家做了填房有关。谁知道呢。

大队部

香河的政治中心便是大队部。

之所以在村民中形成政治中心的印象，主要基于两点：一是大队部屋顶高杆上的大喇叭；二是大队部里经常出现香河著名政治人物——香元。

就像村小屋顶高杆上绑着面国旗而成为村小的显著标志，大队部屋顶上方的大喇叭，亦成了大队部的显著标志。村民们所能得到的重要信息，几乎都是从这只大喇叭里获得的。香元支书，坐在大队部的广播室里，打开放大器和麦克风，便可开始他重要指示的播送：全体社员同志们注意啦！全体社员同志们注意啦！现在播送一个通知。香元当支书已经有几年了，对着大队部广播室的麦克风讲话，颇有经验。每次播送重要信息之前，他都要作友情提醒，不怕重复，以保证播送之效果。

香元在大喇叭里播送过的最最重要的消息，便是1976年毛主席逝世。刚开始，他也不知道上级将要播送的内容。从要求组织收听的口气上看，香元感到非同寻常。于是，他对着麦克风的开场白，也与往常不一样：全体社员同志们请注意啦，现在播送一个紧急通知，现在播送一个紧急通知，接上级通知，过一会儿，中央人民广播电台将有重要消息播送，过一会儿，中央人民广播电台将有重要消息播送。请各生产队统一组织，集中收听。现在把通知再播送一遍……

村民们从大队部的大喇叭里听到了香元支书异常严肃的口气，奔走相告，不得了啦，不得了啦，恐怕要出大事情！哪里出事，出什么事？有村民颇为疑惑。

不一会儿，大队部的大喇叭里传来哀婉低回而又深沉的哀乐，一个充满磁性、语调悲伤的男性声音在香河上空响起——

现在播送《告全党全军全国各族人民书》。……

毛主席逝世了。龙巷上哭成一条声，不少村民听着大喇叭里中央人民广播电台的播放，还是不能相信，不能接受。在村民们心里，天都塌下来矣！

香元在后来大队组织的追悼大会上，带领村民和村小学生向毛主席遗像默哀时，悲痛加紧张，结果将“默哀三分钟”说成了“难过三分钟”，被人抓住把柄大做文章，最后落得个“停职检查”。此为后话。

因为是政治中心，大队部建得比一般村民的房子要好。其时，村民所建民房，墙壁多为半截头。上半截用土坯堆砌，下半截稍有讲究，为空垒砖墙，村民们习惯叫“鸽子窠”。屋顶多为瓦插檐，大面积盖稻草，抑或麦草，只在屋檐口盖两三行大瓦，收檐。

这大瓦，也叫洋瓦，较小瓦便宜。洋瓦盖成的屋面，自然比草顶耐久，亦好看。然，终显单薄，比不上小瓦盖成的屋面，厚实，气派。

在香河，也就两三处房屋用小瓦盖顶。大瓦屋，全部用小瓦盖顶，那气派自不用说。民宅当中，也就是香元家用了小瓦插屋脊，大部分屋面，盖的还是大洋瓦。连家底颇为殷实的柳安然家，屋顶盖的也是大洋瓦，没用小瓦。足见当时小瓦之金贵。

大队部在村小的东侧，与村小只隔一条土巷。整个建筑共前后两进。大队部的主体部分在后一进，坐北朝南，为红砖实心墙，红洋瓦屋顶。在村民们看起来，蛮讲究的。

这后一进，中间是两大间通透的会议室，宽宽大大的，是香元支书召集各生产队队长、会计开会的主要场所；会议室西侧，相连的便是会计室、广播室。会计室内放着几张办公桌子，几个档案柜，均上了锁。主要是大队谭会计——谭宽厚办公的地方。一般到年底结算分红时，谭会计便会带领各生产队会计开上几个夜工，算盘珠儿拨得噼里啪啦的，拿出各队的核算情况，一派繁忙与紧张。

这样的时候，忙的是谭会计他们。香元支书不忙，披着那件标志性的半旧不新的蓝卡其布中山装，嘴上含支“大前门”，从这张办公桌，转到那张办公桌，一张一张转着看，随时查点七个生产队最后的核算结果。主要是掌握各队的工分单价：一个工，值多少钱。

广播室的功效，稍前已有叙述。大队部标志性的大喇叭，就挂在广播室外，靠墙而立的高杆之上。这广播室也上锁，钥匙在香元手上。

大喇叭里，除了播送上级重要精神，大队的重要决定，有时农业生产方面的突击性要求，香元也会播送。只是播送农业生产方面的要求，不一定都是香元亲自对着麦克风讲。原本是一队农技员的陆根水，就曾在大喇叭里做过农作物病虫害防治的广播。那次广播做过之后没多久，陆根水就被香元支书提拔当上了大队农技员，叫一村人羡慕。

陆根水母亲来娣子，对香元支书如此器重自己儿子，满心感激。来娣子和陆根水，在村民们眼里属寡妇伢儿们，母子相依为命。来娣子的感激之情，实在无法表达。于是有一天晚上，她自己洗洗干净，心甘情愿地睡到了香元支书的床上。

此处的床，不在香元的家中，而是在大队部会议室东侧，香元支书的办公室内。香元支书为香河的事业，日理万机还不够，还经常夜以继日地工作。因此，在大队部他的办公室里放了张床。办公区与休息区，用两个档案柜隔开，蛮清爽的。至于说，来娣子之类的妇女睡到这张床上，那纯属香元支书私生活。不好说，也说不好。

香元支书真是忙。人家忙得火烧眉毛，他忙得“裤裆里失火”。眼前的这张架子床，不简单，经的事多，见的人（尤其是女人）也多。难怪有嘴闲的村民，给此床赠送了“龙床”之雅号。

这方面，倒也有几则编派他的顺口溜——

香元是个花和尚，
裤裆里头夹根枪，
见到女的都想上。
人家问他为什么，
誓把反动派一扫光。

这里的“花和尚”与《水浒传》里的鲁智深，没有半毛钱关系。乡里男人喜欢“偷嘴尝腥”搞女人的，都会被称作“花和尚”，此乃花心男人的别称。至于“誓把反动派一扫光”，是革命现代京剧样板戏《智取威虎山》里头，杨子荣的一句唱词。有人开玩笑说，难怪支书见了女人就想“斗”，在他眼里女人就是反动派，不“斗”还真不行，必须一扫光。只是辛苦了他那杆“枪”啰。

还有人这样形容香元的“性福”生活——

香元支书好风光，
天天当新郎，
夜夜进洞房，
处处都有丈母娘，
数不清有多少小儿郎。

这些，只在背地里，人们过耳传言的，说说而已。谁也不敢当着香元支书的面，说上一言半语。谁也不曾亲见香元和哪家女人睡，更不曾有谁逮住过。常言说，捉贼见赃，捉奸拿双。口头上形容的，不作数。

香元依旧披着那件标志性的半旧不新的蓝卡其布中山装，在龙巷上踱步，碰到人有时也会客气地点头，打招呼：曾吃过呢？吃过了。

香元其实也没有顺口溜编派的那么神气。有一回在大队部那张“龙床”上，就曾栽了跟头。这跟头栽的，虽说让香元在老婆巧罐子面前颜面扫地，但也很是万幸，没有留下什么后遗症。但凡有过这种经历的男人，大概都有切身体会，一旦留下后遗症，那就被人抓住了尾巴，想什么时候拽你一下，就会让你疼得嗷嗷叫，奈何不得。香元碰上这种事，竟没留下后遗症，还不“万幸”？

当然，香元的“万幸”，恰恰是巧罐子给的。原来，他那次的跟头，恰巧栽在自己老婆手里。

巧罐子怀疑香元跟来娣子有一腿，不是一两天矣。苦于无人证、物证。就算她是支书娘子，也不会有人愿意帮她捉支书的奸。你们两口子，床头打架床尾和，旁人掺和到这种事情里，能有什么好果子吃？何况，香元是个让你多管闲事的人么？

这样一来，除非捉在现场。否则，想弄人证、物证，也难。巧罐子只有一个字，忍！忍着性子，让香元与来娣子继续快活。她也隐约知道，跟香元有一腿的，不止来娣子一个。她能怎么样呢？无理取闹，香元根本不会理睬。打草惊蛇，拿不到真凭实据，只会竹篮打水。

巧罐子只有忍，别无他法。忍，终于忍来了机会。那天，巧罐子就发觉香元给来娣子有过暗示。晚饭，香元在家里吃得不如往常逸当。巧罐子也不吱声，香元出门她也不问。水妹在县城进修，家里就他们两口子。香元本来待在家里就少，总有忙不完的工作。往常这样的时候，巧罐子正好做些缝缝补补的针线活。但这会子，巧罐子没这个心思。

很快，目标出现在龙巷上，望得出刻意打扮了的。这让巧罐子气不打一处来。“今儿我倒要来个捉奸在床，人赃俱获。看你们这对不要脸的怎么下台！”如此一想，巧罐子竟有些小得意。

借着夜的黑衣遮掩，巧罐子尾在目标后面。果然，目标进了大队部的门。巧罐子不曾贸然跟进，听脚步声是往香元的“龙床”靠近。这时，巧罐子才悄悄进门。如果这刻儿香元进来，戏也就唱不下去矣。巧罐子发觉目标进去后一直没有动静，料定香元不在。

其实，这时香元也没闲着，他在二侉子家代销店，清理外围闲人。几个小年轻，在代销店里跟二侉子说闲话呢，被支书点名，让他们早点儿回家休息，把更多精神用在明天的农活上。

想着香元马上要在自己跟前和来娣子继续快活，巧罐子实在不想再忍。来娣子啊，来娣子，这个世上只要有我在，你就别再想跟我男人快活！香元啊，香元，我比来娣子差么？我要让你自己打自己的嘴巴子。主意拿定，巧罐子决定取消这次来娣子跟自己男人快活的机会，毅然决然地，从香元“龙床”上轰走了来娣子。

之后，隐身在大队部门外，望着自家男人进门。存心又过了一会子，她才悄悄摸了进去。

巧罐子刚摸进门，等得已着急的香元，便急吼吼的，上去就又抱又摸，拽了往床上拖。很快，香元那杆枪便威武起来。

别看香元也五十出头了，做起那事来，一点儿也不含糊。雄赳赳气昂昂的，浑身有使不完的劲儿。巧罐子被香元压在身下，含糊地问了句：我们两个在一块儿好不好？

好。这刻儿，香元正革命加拼命呢，哪有工夫废话。

比起跟你家婆娘，怎样？巧罐子依旧口齿不清。

讹错得大，讹错得大呢。香元正在性头子上，那杆枪火蹿蹿，进进出出忙得很。

啪！香元突然挨了一个耳光。重，且响。

香元，你个婊子养的，望望我是哪个！随后，巧罐子点亮了香元床头柜上的罩子灯。尽管灯光不如二侉子代销店里的汽油灯亮，但，香元还是看清了，一直被自己压在身下的，并不是来娣子，是自己的婆娘巧罐子。

巧罐子怎么也想不出，和她睡了二十年的男人会如此疯，如此狂。还说出“讹错得大”这样不要脸的话。此为当地方言，乃“差别很大”之意。

该是我巧罐子出气的时候啦！忍无可忍，无须再忍。香元还蒙着呢，巧罐子一肚子苦水直往外涌：香元，你个没良心的畜生，我巧罐子哪里对你差了，你为何这样对我？你手捂心口想想看，你在家里哪一顿不是吃现成的？就连早上洗脸水、晚上洗脚水，哪一天不是我把你服侍得好好的？总以为你当支书忙呢，万万想不到，你忙到人家婆娘裤裆里去了。你这个死鬼，都已经多少个周年了呀，还这么不要命……想想刚才，香元如此狼性大发，巧罐子气得扎实。连衣裳都不曾整理，一个劲儿哭哭说说，说说哭哭。

这让香元慌了神。村上再大的事，香元都有自己的主张。该拍板，该决断，毫不含糊。自己老婆天外来客一般出现在眼前，来娣子变成了巧罐子，不知是哪位魔术师，为香元来了个大变活人，还真让他慌了神。

只听扑通一声，香元跪在了巧罐子跟前，姑奶奶，姑奶奶，要打要骂，随你！千万不要在大队部哭闹，影响不好。回家去全听你的，好不好？

尽管巧罐子气得胸口发闷，手脚发凉，但一直趾高气扬、从没丢过下的香元，竟然朝自己下了一跪，她确实不曾想到。于是，转身搡了一把跪在地上的男人，死儿起来吧，你“小老二”再惹事，再犯嫌，我就把它割下来，喂狗。

好好，喂狗，喂狗。香元磕头作揖，起身。他哪天朝人下过跪？这会子腿脚有些发麻，巧罐子只好搀扶着，回家。

大队部前后两进之间，有个开阔的院子。院墙也是红砖头砌的，大半截子是实墙，一小半用仄砖拼凑成双菱形图案，一个菱形套一个菱形，样子蛮好看的。

那年，毛主席纪念堂就搭建在大队部的后一进，追悼大会就是在院场上举行的。屋内，香元支书立志“誓把反动派一扫光”，有着一次又一次领略“无限风光在险峰”的自豪。屋外，一次宣布不执行公社为香河制定的新宅基地方案，一次在毛主席逝世追悼大会上发生了“难过三分钟”严重政治事故，均成了他停职检查的“滑铁卢”。

大队部前一进，紧挨着龙巷，中间开个穿堂门，直通后一进正屋，且将前屋一分为二。西边一间值班室，搁张竹床子，有几样简单的桌凳之类，为公勤员蔡和尚一个人住。

蔡和尚单身汉，主要工作是为香元支书外出——到公社或县上开会、办事，划差船子。差船子，是香河一带大队支书特有的交通工具。

此地为里下河水乡，出门见水，无船不行。河道野藤般乱缠。在山区，有看山跑死马之说。在水乡，近在咫尺急煞人。何故？为河汊阻隔也。其时，水网地区河汊上，没那么多桥。建桥花费算不得少，村级经济实力不强的，只能望河兴叹。倒是外流户柳春耕，离家出走多年之后，回村时奇迹般地成了运输专业户，公开宣布要在香河上建座水泥大桥，那可谓是一石激起千层浪，成了香河一带轰动一时的大事件！

蔡和尚，也算是身兼数职。白天是公勤员，晚上则成了安保员。多数时候，晚上他都会睡在大队部值班室，兼顾着照看大队部的安全。当然，香元支书住大队部时，他会识相地离开。找到痢扣伙的牛舍去，挤一晚。其实，痢扣伙也是个“光棍堂儿油炒饭，饭一吃，门一关”的主儿，每日里主要是跟牛打交道。晚上蔡和尚来和他搭伙儿，一起“南说江，北说海”，也热闹一些。正求之不得。

与值班室相对的一边，是大队卫生室。简单几张木头柜子，柜子里放着常规药物和常规医疗器械。几张大凳，一张桌子，一张床，均供看病之用。

村上大瓦屋设有公社医疗点，那里有正规的医务人员。村民们真正看病治疗，都是去大瓦屋。到大队卫生室，只看些小毛病。

负责这卫生室的，不是别人，正是香元家千金——水妹。水妹是香河的赤脚医生。这“赤脚医生”，并不是说不穿鞋子。一个姑娘家整天光着脚丫子，那算怎么回事呢！当初上面定了这样的名称，意思是要求从事这项工作的人，要时常深入田间地头，与村民们打成一片，多为村民们服务，不能像城里大医院里的医生那样，整天坐等病患上门。

水妹待人接物蛮懂事。她并不曾因为自己是支书千金，就扛父亲的牌子，更没有眼睛长在头顶上，目中无人。

说句实话，多数村民都蛮吃惧香元的。香元支书的脸上，通常晴少阴多，不好看。而对水妹的感觉，则不一样。到卫生室拿个伤风感冒的药片，抑或下田不小心，手脚划破了，给小伤口涂涂“红药水”“紫药水”，再简单包扎一下，诸如此类，赤脚医生水妹均热情热心，照应周到。村民们，蛮欢喜这个丫头。

水妹是在县城人民医院进修之后，获得公社批准当上赤脚医生的。尽管村上大瓦屋里的王先生他们，也带学员，公社卫生院，也办班培训，可香元不让水妹去。

人命关天呢，要想学，老子就送你上大医院，把本领学扎实了。水妹初中刚毕业的那会子，看着邻近村上几个女同学都学了赤脚医生，心头痒痒的，也跟香元提出来，想要学。香元没有一下子就答应。在他心里头，这赤脚医生，给人看病，不也就是服侍人么？弄不好，出了医疗事故，承担起责任来，可不轻。学这个行当，不慎重不行。

水妹王八吃秤砣，铁了心要学，香元只好让步。托关系，把她送到县城人民医院的培训班。在全县境内，就数县人民医院最大，医疗水平最高，各科专家最多。香元指望着，水妹学成回村之后，能做一个响当当的赤脚医生，为他长长脸。

经过一年的培训，水妹的医疗技术学得不错，像香河上游着的趟鸭，呱呱叫，接着呱呱叫。可让他打破脑袋使劲想，也不会想到，自己家原先的黄花大闺女，培训班结业时，却挺了个大肚子回来。

这让香元如何能接受得了呢？

听说，水妹和那人是在医疗培训班好上的。授课医师有一次放了个幻灯片，又讲了那方面的事。羞得培训班上的女生不敢抬头，双手捂了脸，又忍不住叉开手指，偷看。那些男生，则骚公鸡似的，放肆地笑，还四下里盯着女生看。

班上，安安稳稳听完这节课的，唯有水妹和那人。水妹没捂脸，也没低头，看得颇入神，模样挺安然。那人也没像其他同伴那般张狂，平静地看幻灯，听讲授，认真笔记。

培训班，半天一堂大课。下课时，那人主动提出，请水妹出去走走。水妹没吱声，便跟着出来。两人默默地出了城，到东郊一处树林时，便有了事。

一切水到渠成。那人认真地对水妹说，一年的培训，很快会结束的。他会往香河去花轿，堂堂正正娶水妹过门。偎依在爱人怀里，水妹点点头，使劲儿点点头。

这之后，水妹在大瓦屋王先生那里实习了几个月。再之后，便承担起了大队赤脚医生的职责。在卫生室给人看病、开药、涂药、包扎、打针。

夜晚，水妹平静地躺在床上，轻轻摸着愈见隆起的肚子，盼望那人来。终于，那人来了信。信上说，培训结束后不久，医院的领导找他谈了，县里有位局长想要他做驸马。虽说那局长的千金有条腿不大方便，但模样还不错。正巧有个去省城深造三年的机会。他说，为了省城，他答应了。他是乡里孩子，不愿像父辈那样“面朝黄土背朝天”一辈子。他要走出去，下定决心，说什么也要走出去。

那人在信上还说，他心里容不下两个女子的。以后，也许会和别个女人结婚，但不会再爱了。又说，只是苦了水妹。他只能请求水妹，把自己这个负心汉从心底彻底抹去。要不然，水妹心会很苦。

水妹颤颤地，抹去滴落在信笺上的泪水，回了封信。并没有怎么责怪他，也不曾告诉他，自己已经有了身孕。只是说，水妹她也是乡里的孩子，她懂得他的。既然是自己选定的路，就大胆往前闯吧！但愿他能够为乡里孩子闯出一片天地来。

水妹这丑，出得有点儿大。香元在家里，气得牙齿咬得咯吱咯吱的，胆大包天，没得王法。胆大包天，没得王法。

水妹心里清楚，出了这种事，日后难见人矣。还会有些难听的话，什么裤带子松啦，什么作风不好啦，会像标签一样贴在自己身上。名声也不会好，甚至会嫁不出去。她把自己反锁在房里，刚开始哭得撕心裂肺。哭过几回，真正静下来，发觉自己并不怎么太伤心。不管怎么说，她真心实意地爱过了一回，他也是爱她的。她水妹不是个坏丫头，不是作风不正。她决定把肚子里的肉疙瘩生下来，这可是她和他爱情的结晶。

水妹把自己反锁在房里有几天了。巧罐子生怕自己丫头想不开，做糊涂事。你这个丫头哎，什么事不好做，偏偏做了这种糊涂透顶事！身为母亲，她又气又恨又担心。不管怎么说，你家老子还是支书呢，叫他怎么出去见人？

想到香元，巧罐子又是气不打一处来。真是报应！上梁不正下梁歪！

你香元当风流花和尚当得快活呢，现在报应到了自己丫头的身上。

说到底，巧罐子最恨的，还是那个把水妹肚子搞大的男人。这个挨千刀的，把水妹肚子搞大了，还要当缩头乌龟，真不是个东西！

出了这种事，村上风言风语哪少得了？水妹一个姑娘家，哪里顶得住噢！弄不好走到绝路上，怎么办？巧罐子也没好主意，只一味朝香元哭天抹泪。

你养的好丫头，把老子的脸都丢尽了。香元没办法从丫头身上出气，他也怕丫头被逼急了想不开。于是，气就出在婆娘身上。哭个魂，她死了一家省心。香元嘴里发着野狠，拳头捏得紧紧的，想掼个东西出出气。

堂屋大桌子上，现成的摆着两个铁壳子热水瓶，崭新的。如顺手掼下来，嘭——嘭——两响，肯定够劲。那值好几块钱呢，香元舍不得。

看起来，香元气归气，还没气糊涂。

多事之秋，让香元感到不太顺遂。家里头，丫头水妹把他折腾得焦头烂额；大队上，公社决定让村民上新宅基地的事，也让他烂额焦头。

建房，那可是村民们一辈子的大事。公社决定对香河宅基地进行重新规划，让想建房的村民，上新挑成的宅基地建房。这引起了不少村民的不满。

新规划的宅基地，改变了香河狭长条的村庄形态，变成方整化建制，整体感强，也气派得多。然，新挑的宅基地，土虚，再怎么夯，短期内也不可能夯实。在这样的宅基地上建房，房子的墙基十有八九要陷落，下沉。弄不好，墙壁也会走形，开裂。更为严重的，会造成房屋倒塌，甚至会伤人性命。发生这样的事情，他香元身为大队支书，就要遭村民唾骂，甚至被人记恨一辈子。

对上级要求，一贯都是紧跟派的香元，在上新宅基地这个问题上，当了一回群众的尾巴，被公社严厉批评为“群众尾巴主义”。他在大队部全体生产队队长会议上，郑重承诺，所有想新建房的村民，均可在原宅基地上自行翻建，并不非要上新规划的宅基地。新规划的宅基地方案，待基土夯实之后，再分步实施。千万不能一口咬个饼！一口咬个饼，弄不好会噎死人的。

香元这一举动，让村民们从心底为他竖起了大拇指。香元支书算是个有良心的，没有只顾自己往上爬，不顾村民的死活。他是个肩膀上能担分量的男人！

俗话说，胳膊扭不过大腿。香元知道，自己的肩膀再能担分量，也扛不住公社革委会的决定。

公社王副主任来香河村宣布了，张香元同志身为香河大队党支部书记，严重抵触公社革委会的决定，不执行村庄调整规划，在社员群众中产生很坏的影响。为此，公社革委会作出决定：张香元同志不再担任香河大队党支部书记，暂作停职检查处理。香河大队党支部书记一职，由大队会计谭宽厚同志代理。

根据公社革委会的要求，香元必须去公社作深刻检查。往常从香河去公社开会、办事，香元都是坐蔡和尚的差船子。现在，他已不是支书，自然没资格坐蔡和尚的差船子矣。

与其他想建房的村民一样，想在原宅基地上建房的三狗子，看不下去，主动跑到香元门上，要撑船送香元去公社。香元再三打招呼，用不着这样麻烦，自己走陆路去。虽然路途远一些，但能在革委会规定时间内赶到公社的。

平日里，因为香元管不住自己的“小老二”，巧罐子没少记恨他。现在，香元要去公社作检查，巧罐子不管怎么说，总得为丈夫收拾几样随身衣物，送他上路。

为赶路，香元起了个大早。闹腾了几天的水妹，尚在睡梦中。身为父亲，香元对女儿的气还没消，也就没跟水妹多费口舌。

在巧罐子看来，丈夫的支书不当，倒未必是坏事。一直由他这样放浪下去，万一碰上高压线，那是要送命的。现在让巧罐子担心的是，丈夫到了公社之后，会不会再生出什么岔头官司？毕竟得罪了公社领导，定什么罪名，香元哪有什么主动权？

不管怎么说，香元还是自己的丈夫、水妹的父亲，再记恨，也不希望他出事。因此，巧罐子特地关照香元，到公社之后，好好作检查，争取早点回家！

巧罐子和三狗子他们几个社员一直将香元送出村口，上了羊肠小道。毕竟是秋季，早晨的霜气还是重了一些。香元经过之处，留下了一串一串的脚印，很是清晰。看起来，香元成了第一个上路之人。

巧罐子目送着自己丈夫渐渐远去，远成了一个黑点。她被三狗子他们几个社员往回拽的时候，鼻子一酸，眼泪止不住地流了出来。

这是香元第一次被公社宣布停职检查，但并不是最后一次停职检查。

大瓦屋

香河的龙巷，有如一条游龙，由西而东，长长的，穿村而过，平坦，蜿蜒。可这条游龙，并没有这样一直平坦蜿蜒下去，到村子最东端，陡然出现了一处高墩子。村上老辈人都叫它：龙窝。

龙窝上倒也没什么特别之处，零散地生长着些榆、杨、柳之类的村树，颇繁盛的样子。绿树掩映之中，几进瓦房，高高爽爽的，被同样高大的院墙围着，只留一个朝东的大门，显得气度不凡。

这便是村民们常说的“大瓦屋”，原为某地主的私宅，土改之后划归公有。公社在香河选设医疗卫生点时，看中了大瓦屋。虽说大瓦屋现在成了公社的医疗卫生点，但村民们开口闭口，还是习惯叫“大瓦屋”。

与大瓦屋同样显得气度不凡的，要数大瓦屋门前的一株苦楝树。冠如华盖，铺展得颇为开阔，有太阳时为大瓦屋门前留下一大片阴凉。可奇的是，苦楝树的主干，并不如常见的楝树那般挺拔，而是弯曲着倾斜向上生长，叫人领略其顽强的生命力。看得出，这株苦楝树，有些年头矣。

苦楝树再向外一船篙远，便到了河岸边。香河水，缓缓的，悠悠的，从大瓦屋的大门口流过。由水边拾级而上，走的是一条整体用青砖铺砌的阶梯码头，宽阔，平整，较一般村庄码头要考究得多。明眼人一望便知，这是座医用码头，主要是方便外地前来就医者的上下。当然也会有邻近的村民，来码头上汰洗衣物，淘米取水。但有一点，但凡碰到急难病患需快速登岸，抑或有治愈出院者，前呼后拥着需要离岸而去，村民们均极自觉，主动避让。

夏秋时节，三奶奶会经常在苦楝树下吃麻纱。三奶奶坐在一张小板凳上，胸前围着围腰布。左手边一只小水盆，水盆里是浸好的皮麻，养水而存。右手边一只小篾扁子，用来放吃好的麻纱。麻纱堆放在小篾扁子内，一圈一圈，可谓是一丝不苟。

但见三奶奶从左手边小水盆里捏起一根皮麻，放在胸前围腰布上，用手指甲将皮麻劈成一缕一缕的丝，之后再用两个手指将麻丝捻一捻，放到唇边湿一湿，麻丝与麻丝之间便连成一线。三奶奶将麻丝放到嘴唇湿一湿，似有“吃”的意思。吃麻纱的叫法，由此而来。吃麻纱，讲究的是劈丝要细，要匀，捻丝接头要小，要紧，这样才能保证无论多长的麻纱，皆一根到底，绕制成团，供织布之用。吃麻纱，在里下河乡间极常见。

三奶奶吃麻纱，多半是在为大瓦屋的王先生他们做好中午饭之后，等他们吃了饭，还要帮着收拾收拾。这样的间隙，浪费了蛮可惜的。三奶奶是个闲不住的人，就利用起来。有个词儿叫“日积月累”，用在三奶奶吃麻纱上，贴切得很。别小看了三奶奶每天中午饭前后的这点儿时间，一夏下来，抑或一秋下来，三奶奶吃的麻纱蛮可观的。可以拿到别家去织布，做夏布帐子，做夏布褂子，挺括，透气。

三奶奶给大瓦屋的王先生他们做饭有好几年了。

大瓦屋作为香河医疗卫生点，总共也就三五个医务人员，少时三个，多时也不超过五个。这几个医务人员中，除了王先生，其他人几乎都走马灯似的，来的来，走的走，在大瓦屋待不长。

王先生好像在大瓦屋设点之初就来了。正正规规地叫，应当叫王先生一声“王院长”。关于整个香河医疗点的医疗组织工作，公社卫生院曾来香河作过专门宣布，由王院长负责。香河医疗点，在公社卫生院序列里，实行下属医院管理模式。

村民们不仅没有叫“王院长”的，连叫“王医生”的都没有，而是叫“王先生”。王先生满头银发，富富态态的脸上架了副半框金丝眼镜，生出一份儒雅来。在村民们眼睛里，称得上“德高望重”四个字的，除了柳安然老先生，值得人敬重地叫一声“先生”的，再一个就是王医生了。村民们都愿意叫他“王先生”。说到底，表达的还是一种敬重。

听说，王先生是从苏北人民医院下放到香河来的。在苏北人民医院，王先生可是响当当的内科专家。什么样的疑难杂症，经王先生诊断之后，多半能对症医治，病人得以康复。因此，王先生医务室内，挂了不少“妙手回春”“华佗再世”“救死扶伤”之类的锦旗。

王先生医术好，医德也好。他从不因为顾及自己脸面，而延误病患的治疗。诊断后能采取药物治疗的，绝不住院治疗。大瓦屋可供病人使用的病房，也不过十来间，确实也不能什么病患来了都住院治疗。还有一点，村民们蛮佩服王先生的，因大瓦屋条件限制不能收留的病患，他一定会动员他们去公社卫生院，抑或县人民医院，甚至苏北人民医院，进行治疗。他会亲笔写张便笺，给病患介绍他所信得过的医生。不少病患因王先生的介绍治愈之后，还要再到大瓦屋来感谢一下。无论是鸡蛋鸭蛋，还有鸡鸭鹅之类，王先生如若实在推不掉，总会掏钱掏得超过市价，让原本来感谢者红着脸，不好意思地离开。

留下的答谢之物，到了三奶奶手上，自然会烹制成一道一道美餐，为几个医务人员一起共享。三奶奶为王先生他们做饭，逸逸当当。每天想吃什么，三奶奶都事先请教王先生，再去置办。无非是到柳安然老先生豆腐坊上拾几方豆腐、买斤把百页，抑或到谭驼子家拎几条鱼，有时是鲫鱼，有时是昂嗤、虎头鲨，隔三差五到王老五肉案子上割斤把肉，也有时会从自家代销店里挑几斤鸡蛋，诸如此类。剩下所需蔬菜，多半从自家小菜地上选取，因时令和蔬菜长势而定。通常也就是青菜、韭菜、菠菜，茄子、架豇、扁豆，丝瓜、刀豆、大蒜，凡此种种。三奶奶总是自己动手，到小菜地上挑选。琴丫头和李鸭子姑嫂俩三番两次劝她，需要哪几样蔬菜，直接交给她们姑嫂，难道还不能采摘回来？多大的事情噢！三奶奶就是不放心，每天都亲自往小菜地跑，也不嫌烦。

烦与不烦，不是三奶奶考虑的问题。三奶奶想的，是要对得起自己所拿的这份报酬。怎样把王先生他们的饭菜做得新鲜可口，而且花钱要省，这才是她三奶奶考虑的。说起来，三奶奶每天做的都是家常菜，那些洋款菜她也不会。但她每天都会用心让每一餐荤素搭配好，所选食材均新鲜卫生，让王先生他们吃得开心。只有王先生他们吃开心了，她三奶奶才会跟着开心，满意而归。翌日，又精神抖擞地投入到本职工作之中。

王先生对三奶奶倒也是敬重有加，没有“嫂子”不开口。据说，三奶奶丈夫也姓王。这样一来，王先生叫三奶奶一声“嫂子”似无不妥。

只是三奶奶家丈夫，村子上见过的人不多。早年间就在部队上干，是个响当当的硬汉子，打起仗来不要命地向前冲。几次战役冲下来，当上了排长。当上排长之后，部队首长更器重了，“王排长，好样的！好好干，前途无量。”

王排长倒是想好好干的，可老蒋的枪子儿不让王排长好好干，才三十出头就光荣了。死信儿传到香河，传到三奶奶耳头里，三奶奶一下子就晕死过去，醒过来也不相信是真的。哭得死去活来，整个一个泪人儿。村上上了年岁的都晓得，“三丫头，苦呢”。

当年的“三丫头”，就是如今的三奶奶。三奶奶来到王家是在十四岁上，她已经出落得荷花似的，清清秀秀的，脸盘子好，身架子也好，叫一村小伙子眼馋。其时，她丈夫七岁。那时，自然没人叫她三奶奶。一村人都晓得，她老子是把她卖到王家当童养媳的。

王家人，多半叫她“三丫头”。“三丫头，领细狗伙到村头去玩。”婆婆这般吩咐。细狗伙，便是三奶奶的男人。细狗伙一天到晚鼻涕拉呼的，跟在自己媳妇屁股后头跑，让村子上一帮细猴子笑话：

细狗伙，
鼻涕虎，
门口两条大黄狗；

细狗伙，
鼻涕虫，
面前两条大黄龙。

“大黄狗”也好，“大黄龙”也罢，均是笑细狗伙鼻子里的鼻涕黄黄的，长长的，丑煞人。这刻儿，细狗伙鼻子一呼气，鼻孔里冒出两个大气泡泡，手电筒珠子似的，嘴里瓮声瓮气地喊着：“三丫头，三丫头，你给我擤鼻子，下会子，给你一碗油炒饭！”

那年月，村民们家中大人、小孩难得有个饱肚子，哪里有什么油炒饭？三丫头的父亲，如若不是贪图王家几担米，也不会让她到王家来当童养媳。

也就是王家住着大瓦屋，雇人种着几十亩地，不过年，不过节，照样是想吃鱼吃鱼，想吃肉吃肉，日子过得滋润。细狗伙，再怎么鼻涕虫似的，那也是王家的宝贝疙瘩，别说要碗油炒饭，要上天也会给他拿梯子。

三丫头毕竟大了，晓得怕丑呢。跨进王家门之后，一碗油炒饭自然不再在她眼里。为此，还要被男人在旁人面前显摆，小瞧自己，心中当然不高兴。于是，脸沉沉的，伸手给细狗伙擤鼻涕时，下手有意重了些，收手时两个指头又一拧，疼得细狗伙哇哇直叫，真成了个细狗子。

这种时候，三丫头又会反过来哄细狗伙。要不然，细狗伙在婆婆面前一告状，三丫头轻者会挨顿骂，碰上婆婆烦心时，弄不好还得挨婆婆几个巴掌。婆婆对三丫头不好，说不上来什么原因。大户人家的婆婆，有多少把童养媳当人看的？

三丫头哄自己男人最管用的一招，便是答应细狗伙，晚上到王瞎子家听说书、听戏文。实在说来，跟一般的童养媳相比，三丫头在王家的活并不算重。主要是帮着看管细狗伙，照应其日常起居。有时细狗伙尿了、拉了，将脏衣服换下来洗洗，如此而已。

到王瞎子家听说书、听戏文，几乎是村上青年男女的重要文化生活。那王瞎子，拖着一把旧二胡，有说有唱，惹得大姑娘小伙子心里头痒痒的。

廿岁大姐十岁郎，
夜夜睡觉抱上床；
说他是郎实太小，
说他是儿不太像。

风吹荷叶沾半边，
姐大郎小不对命；
等郎几年花要谢，
活人睡在死人边。

王瞎子每晚都这么唱，唱得十四岁的黄花闺女开了心窍窍，通了灵性，不曾等到王家圆房，便成了一个妇人。

这种事，有了一回，顺理成章就会有两回、三回……事情败了出来，三丫头挨婆婆好一顿毒打，想让她招出主儿来。三丫头抹抹嘴边的血，就是不开口。婆婆气不过，剥光了她的衣裳，赤条条地拴在石磙子上，让三丫头丢人现眼。

婆婆在剥三丫头衣服时，并没有什么异常发现。只有两块铜板，从三丫头衣袋里抖落出来，随着当啷当啷两声，蹦在石磙子上，响声极刺耳，如钢针穿心。三丫头，心在滴血。

尘世间，生命力的伟大，着实让人赞叹。在屈辱里活着的三丫头，肚子里的小生命，在经历了年轻母亲十月怀胎之痛，世事炎凉之寒之后，第二年秋天，顽强降生在了王家的柴房里。婆婆一望，见是个儿子，便丢掉了将三丫头扫地出门的想法。当年春节，王家便给十六岁的童养媳和九岁的细狗伙圆了房。

王家一下子走了两个人，这在香河是谁也没想到的。

别看细狗伙八九岁上还是个鼻涕虫，在村子上，总是拽了三丫头的衣角，从不敢独自往东往西，胆小得很。一家子都没想到，细狗伙长到十七八岁，竟敢瞒着一家大小，一声不吭，投奔去了部队。

王家火烧房梁。一家人再急成热锅上的蚂蚁有何用？兵荒马乱的，在家里头，安安稳稳的，多好！你细狗伙胎毛还不曾干呢，闹什么革命？真是不知天多高、地多厚。三丫头的婆婆哭天喊地，细狗伙哪里听得到一句噢！

三丫头知道，公公在外做生意失事之后，连个尸首都没有弄得回家，婆婆和细狗伙，孤儿寡母的，支撑着大瓦屋一大摊子家业，也不容易。盼星星，盼月亮，总算盼到细狗伙长大成人，王家又有了顶梁柱。可这根顶梁柱，竟然自行从家里抽走了，抛家弃子，闯自己的天下去了。这叫他母亲怎么能接受呢？

其后几年，细狗伙和三丫头的日子过得还算平静，一如幽幽的香河水，并不见什么波澜。三丫头自己也没想到，她丈夫这些年的安生，其实是酝酿着改变自己命运的大举动。

他倒不是个小肚鸡肠的人，从未开口问过儿子父亲是谁。虽说他和三丫头母子聚少离多，整日里在外忙生意，但只要在家，也会查点查点儿子在柳安然私塾馆里的表现。偶尔也会从外面给小家伙带点儿“想头”，多半是包有糖纸的硬糖、软糖。小家伙见着“想头”，会喜欢得雀儿似的，雀跃好几天。

那时村上的孩子，能吃到换糖担子上土制的“泥膏糖”，就快活得上天。想要吃到带糖纸的糖果，那是想也甭想，城里正规百货店里才有卖的。很多面朝黄土背朝天的父母亲，一辈子都没进过城，其他根本就无从谈起。

丈夫对自己儿子的好，三丫头心里有数得很。那是有限度的。她清楚地记得，丈夫不曾懂事的时候，有时夜里面还拱到她怀里，跟怀里的婴儿抢怀呢！长大成人后，却再也没跟自己真正亲近过。为此，三丫头没少挨婆婆唠叨，说不出嘴的意思是，当年开怀那么早，这些年怎么就没一点儿动静？

三丫头当然不能告以实情。丈夫接上公公的生意之后，在外的日子总比在家多。即便在家，也还总是忙。毕竟还有几十亩地，在雇农手上种着，也需要过问。

儿子现在还小，三丫头的心事，几乎全用在了自己儿子身上。她只想把儿子抚养成人，别无他想。偶或，在夜深人静之时，望着熟睡着的儿子，她也会摩挲着两块铜板，想起那人。

还真是祸不单行。三丫头八九岁的儿子，在丈夫投奔部队后时间不长，就患上莫明其妙的怪病。高烧不止，胡话连篇。

三丫头整天抱着，像抱个火炉子，滚烫。想尽了办法，小家伙病情都不见好转，高烧不退，连米汤都喂不进半勺。

邪门的是，小家伙迷迷糊糊之中，直嚷着要去部队上找他父亲。村里上了年岁的都说，怕是中了不好的东西，要改作改作才好。

于是，三丫头的婆婆，派家中短工，从县城上方寺请来了几位僧人，为小家伙念了一堂经。破费是破费了不少，却并没能把孙子从迷魂中解救过来。

活蹦乱跳的小家伙，前后个把月时间，便夭折了。老天无眼，剜走了年轻母亲的心头肉，拔掉了三丫头的命根子。这个世上，她再无念想，不想活了。

为了这个儿子，三丫头被多少人戳脊梁骨，在王家受了多少屈辱、多少冷眼，其间的辛酸、心里的苦楚、个中的滋味，又有谁能体会？“你个讨债鬼呀，来世上就是让你妈妈现世报么？乖乖，你家来，你家来哟——”

龙巷上，三丫头披头散发，非人，非鬼。哭号着，撕心裂肺，肝肠寸断。她的心，在火炉子上煎，在滚水锅里熬，生不如死。

细狗伙主动回到大瓦屋，是在部队上干了年把之后的事。

他没想到，自己这一走，家里的变故如此之大。儿子夭折，女人半疯。听母亲讲，这一年多时间，三丫头几乎每天都在做同样的事，就是围着大瓦屋转，沿着龙巷跑，口中不停地喊叫着：乖乖，你家来，你家来哟——活脱脱的，又一个“祥林嫂”。

在细狗伙的记忆里，三丫头早就心有所属。每天夜间，以为将他哄睡着了之后，总是不由自主地摩挲着命根子似的两块铜板，心早飞出了房间。

即便自己长大成人，已经懂事，三丫头也总还是把自己看作孩子。在三丫头心里，自己根本就不是她男人。他和三丫头，说起来有一个“儿子”，可三丫头从没把自己看作孩子的父亲。因为吃惧母亲的管教，三丫头看似断绝了与那人的来往。然，她的心一直没能收回来。“儿子”，便是那人的影子。“儿子”，成了他和三丫头之间的一堵墙。这也让血气方刚的他，心里堵得慌。一次偶然的生意过程中，结识了一个称作“四爷”的人，鼓励他投奔部队，让他心头一亮，没半点儿犹豫，就跟着“四爷”走了。

现在，他和三丫头之间的“墙”已被老天爷拆除。村上老辈人告诉他，三丫头得了“失心疯”，心病还需心药医。她的病，因儿子突然夭折而起，只要能让她再抱上孩子，病十有八九能好。

村上老人的劝告，触到了细狗伙母亲的又一心病，她一直想要个真正王家的孙子！于是乎，给细狗伙丢下狠话，如若不让三丫头怀上，他甭想再离家半步，让他趁早丢掉再回部队的幻想。

细狗伙，一条崭新的人生之路刚刚在自己面前铺展开来，有着无限的美好在等着自己，他断不能轻易放弃。然，母命难违。再想想，自己毕竟是三丫头带大成人的。眼下，三丫头只剩半条命了，总不能见死不救！

命运的轮回，谁也说不清楚。一直以来，都是三丫头服侍细狗伙的。这下子，轮到细狗伙反过来照料三丫头。

悉心照料，加药物治疗，让三丫头的身体一天好似一天。果不其然，第二年春，当大瓦屋门前那株苦楝树，紫花满枝的时候，细狗伙当上了名副其实的父亲，三丫头也奇迹般地恢复了正常。

顶顶开心的，要数三丫头的婆婆。她整天抱着宝贝孙子，笑得合不拢嘴。一天当中，除了喂奶，其他时候，一应事务，均由婆婆自己亲力亲为。别人看护，婆婆哪里放心呢，王家终于有了个命根子！

三丫头，鲜鲜亮亮地出现在村民眼前，换了个人似的。村上人都在说，细狗伙，到底是部队上的人，跟以前做生意的时候不一样，不简单，真正不简单。

有一阵子，部队到了兴化城，细狗伙回来得更勤，甚至有些恋家。恋家的结果，很快就体现出来：这两三年当中，三丫头又有了一儿一女，成了三个孩子的母亲。

三丫头自然不会拖自家男人的后腿。她晓得，革命光荣！这道理，也是王排长告诉她的。当她抱着、牵着、领着三个孩子，送自家男人上路时，竟然异常平静了。这些年，就这样来来往往的，不也过来了？

三丫头好像自己男人不是去打仗，只是出趟远门，过一阵子总是会回的。这个样子过去了五六年，三丫头自己也记不清，在门口苦楝树下，那水桩码头上，送过几回，接过几回。日子伴着香河水，缓缓而逝。

终于有一天，三丫头没能从门口苦楝树下接回自家男人。送到她手上的，是她男人穿过的几件旧军衣，还有一只旧军用水壶。水壶上有了个枪眼子，已经不能再装水。公家来的人告诉三丫头，王排长在战场上很英勇，部队上为有这样的同志感到骄傲！请家属们放心，烈士的血海深仇一定要报。三丫头越听越不对劲儿，最后哇的一声，跪倒在苦楝树下的水桩码头上，不省人事。

不知什么时候，村民嘴里的"三丫头"，变成"三奶奶"矣。

三奶奶家在香河开着爿代销店，但她平时并不在代销店里。她被医疗卫生点上的王先生请到大瓦屋，为他们几个医务人员做饭。乡里农忙的时节，三奶奶还忙里偷闲，替村民家照看照看小宝宝。三奶奶常常一边吃麻纱，一边蹬摇篮，哼着小曲子——

风来啰，
雨来啰，
麻虎子要来啰，
宝宝觉觉啰……

乡里小孩子，还真怕"麻虎子"，一提及，立马规矩了许多。三奶奶哼唱到的"麻虎子"，历史上还真有其人。名叫麻叔谋，隋朝官吏，曾负责督造大运河。麻叔谋有一非常特别的喜好：好吃人，特别好吃小孩子。能不怕人么？

三奶奶哼着，摇着，小宝宝睡着之后，她反倒不再吃麻纱了。望着龙窝下面潺潺流逝的香河，直愣神儿，目光幽幽的。

香河一带，重男轻女现象还是蛮严重的。村民们信奉“不孝有三，无后为大”，很是看中传宗接代之事。三奶奶虽说身边有两个儿子，她似乎并不怎么看重。就拿老二——二侉子来说，结婚多年，也不见儿媳妇李鸭子开怀。在其他人家，做婆婆的早就摆脸色给儿子媳妇看了，三奶奶却提都没提过。这让李鸭子心里头蛮感激的，愿意在家里其他事情上，多尽点儿心，对婆婆也多孝顺一些。

再说老三阿根伙，后来当上队长，成了“芝麻粉”一样的官，在三奶奶看来，纯属意外。祥大少不死，哪轮到她家老三当队长？老三原本就不怎么争气，三奶奶也就嘴上说道说道，并不真拿他怎么样难堪。阿根伙后来在村民中间也人五人六的，神气起来，三奶奶也并不怎么为老三高兴。

相反，对最小的姑娘——琴丫头，倒是上心得很。上学读书不比两个哥哥少，这在农村就不多见。村民们多半认为，女生外相，迟早是要嫁到别人家去的。上学读书再多，也是人家的人，指望不上。那还不如让姑娘家早点儿下地，为家里多挣工分。

三奶奶不这样想。琴丫头出了学校门，三奶奶还舍不得让琴丫头变成一个“死种田”的，想法子让宝贝女儿学了门缝纫手艺。在香河一群姑娘当中，一下子就到了筛子顶上。说句实在话，将来找婆家，也比其他姑娘要好找一些。

三奶奶想方设法，为琴丫头做的一切，就是为了能让她风风光光地嫁出去，将来夫妻恩爱，生活得和和美美。

然，事与愿违。琴丫头与柳春雨那样子相爱了一场，并没能修成正果。最后，琴丫头万般无奈嫁给了强暴自己的陆根水。这，无疑是当头给了三奶奶重重一棒！这一棒太重，粉碎了三奶奶为自己宝贝女儿搭建的水晶宫。自己一直深藏心底的愿望，无法在女儿身上实现，三奶奶便彻底垮了。

琴丫头的被强奸，真的要了三奶奶的命。她住进大瓦屋没有个把月时间，便离开了人世。

享有专家美誉的王先生，恨不能使出浑身解数，也没能挽救三奶奶的生命。这一回，王先生有些反常，他没同意将三奶奶转院，而是一直坚持留在大瓦屋，自己亲自诊治。

二侉子、阿根伙和琴丫头，并没因为老母亲的去世而责怪王先生。王先生为救治老母亲所做的一切，他们几个子女都看在眼里，很是感激。他们心里明白，王先生连续几天几夜都没合过眼，已经竭尽全力。只有最后那一幕，让人见了异常心酸。

王先生在帮忙将三奶奶遗体移离病床时，从她手里掉下两块铜板来，当啷——当啷——在地面上转动着，雪亮雪亮的，极刺眼。王先生立马弯下颇沉重的身体，尽力想捡起，结果一个失重，整个人栽倒在三奶奶床下，再也没能醒来。

代销店

冬夜，让整个龙巷变得冷寂。汪——汪——偶或，传来几声犬吠，空洞得很。二侉子家代销店内，悬挂在屋梁上的汽油灯，雪亮雪亮的。一束光柱，冷峻地射出大门，探照灯一般，似乎想探究夜幕下，在香河上演的一切。

汽油灯悬在屋梁上，一块石头悬在二侉子心里。李鸭子离开家也有了几天，二侉子表面上漠不关心，在老三阿根伙面前未提只字。阿根伙也只知道，二嫂子回了娘家，因走得匆忙，并不知详情。

其实，二侉子还是想着老婆能早点儿回。他心里清楚，早点儿回，意味着早有收获，自己悬在心中的一块石头，早落地。

琴丫头出嫁之后没多久，三奶奶便去世了。家里一下子变得空荡荡，二侉子心里极不舒服。令二侉子极不舒服的还有自己婆娘，也几年下来了，一直不见开怀。这李鸭子，似乎成了只“公鸭”。

对此事，自己并不曾过多放在心上。这女人生孩子，迟早的事。自己正是如狼似虎的年纪，还怕在婆娘这块自留地上，长不出仨瓜俩枣来？

母亲突然病逝，让二侉子心头有了永远的痛，无法弥补。“不孝”这顶帽子，他不戴也得戴。老三阿根伙，本来跟着祥大少跑腿，是个做浮事、吃浮食的主儿，不靠谱。三奶奶也不曾指望过。后来接替祥大少成了“芝麻粉”，也人五人六起来，纯属走路跌在狗屎上，走了狗屎运，总算修成正果。虽说阿根伙喜欢往丫头婆娘堆里钻，捏捏摸摸的，占点儿小便宜，但不能从根本上解决问题。他老婆还在天上飞呢，当然不能给老母亲一个“后”。

这刻儿，阿根伙早沉浸于自己的梦乡。二侉子在收拾着柜台后的货架，理顺理顺，拾掇拾掇。他心里想的是，“不孝”这顶帽子，虽然不能当着母亲面摘除，但总不能就这么无限期戴着。长此以往，也对不起王家列祖列宗，对不起血洒疆场为国捐躯的父亲，更对不起去世不久的老母亲。

不管怎么说，二侉子希望能在短期内给自己摘“帽”。

代销店，与大队部、村小在一起，均在龙巷西头，龙尾上。大队部在当中，东边是代销店，西边是村小，与大队部均隔有土巷。远远望去，大队部屋顶上有只大喇叭，村小屋顶上飘着面国旗，均显而易见。相比之下，代销店无外在标志。然，只要望到这大喇叭，抑或飘扬的国旗，亦能清楚代销店的方位。

代销店原本是村上的大仓库。一进，通长六大间，用三角梁架顶，下半部原本通透着。房屋进深，较一般民房要深，带内走廊。其时，民房多为五架梁，偶有七架梁，而代销店整座建筑为九架梁，极少见。

代销店没院子，出门就是龙巷。大门居中偏东一点。进门最先呈现的，是张大柜台。长长的，阔阔的，摆在中央。将一个较大的空间，隔成内外两部分。外口，放了张小桌子，几张小凳。靠大门口还有张旧椅子，木条子钉起来的，供来人歇脚。柜台内口，正对大门的整面墙，都是货架，被划成若干方格。

货架上，陈列出来的物品并不多。城里商店常见的“琳琅满目”一词，此处用不上。火柴（当地人叫洋火）、蜡烛、肥皂（当地人叫洋碱）之类，就散放在方格子里；针、纽子之类细小百货先用盒子装了，再放在架子上；

红纸、白纸和烧给死人的纸钱，大开张、小开张都有，放在架子的底层。架子上不少格子都空着，让人感到，这是个物质较为匮乏的年代。

靠货架下方，放着几只坛子，有装酱油的，有装“大麦烧”的，也有装煤油（当地人叫洋油）的。这煤油与酱油，与“大麦烧”，均要分开放。煤油会“爬”，易于散发，串味儿。

酱油、“大麦烧”均须盖严实。夜间，老鼠便成了代销店里的常客。它们会不辞辛劳，不厌其烦，在店里每个角落，穿越，寻找。店主如若有所疏忽，便给老鼠们可乘之机。当然，老鼠们也会面临生命之危。

香河一带，村民到代销店打酱油，打到死老鼠的事不是不曾有过。一村人去造反，一坛子酱油，老鼠什么时候掉进去的，店主也说不清。请放心，二侉子家代销店，至今没发生过此类事情。每晚的拾掇，二侉子都必不可少，仔细得很。

柜台上几个玻璃罐子里，有装白糖的，有装红糖的，有装纸包糖果的，有装搽脸用的雪花膏的。柜台顶头放个大盐缸，内装沙白的盐（盐又分成粗盐和细盐，粗盐村民家里腌咸菜时用，细盐平时吃）。盐缸上方悬着一杆秤，绳子拴得牢牢的。秤斗子、秤砣均挂在秤上。随要随称，方便顾客。

上述，便是代销店主体部分，占据大两间，仍然保留着三角梁下面完全通透的建筑模式。这样一来，柜台、货架，以及各种坛坛罐罐，摆设起来较为疏朗，顺眼。

代销店两侧，便是二侉子一家的生活区。东侧隔成了两间，最东头一小间，原本是三奶奶住的。尽管三奶奶不在了，房内的陈设也没有动。紧挨着三奶奶房的，是锅灶间，烧饭做菜的地方，亦放有餐桌。

通常，二侉子家不在锅灶间吃饭。要做生意呢，这样的时候，村民们会到代销店来打个酱油，买个盐啊之类，一家子蹲到内间吃饭，势必照应不到。二侉子家吃饭，在柜台外的小桌子上吃。

西侧被隔成三间，依次为老二两口子的房、老三阿根伙的房、姑娘琴丫头的房。这样的格局，跟香河一般人家都不一样。店铺以外的所有房间，均有房门通内走廊，由内走廊通往店铺大堂，归总出一个大门。

这代销店，并不是二侉子家的。二侉子父亲打老蒋时血洒疆场，他家成了烈属。因为这，二侉子也才参了军，在东北当了几年兵。他退伍转业时，几经周折进了地方供销系统，具体安排在香河代销点。这代销点，设在集体所有的大仓库内。公家照顾，让他在大仓库安家。二侉子拾掇拾掇，住家，开店，一晃好几年过去矣。

南蛮北侉。二侉子是三奶奶的二儿子，自然不是北方人。

每日里，二侉子打理着代销店，村民们总能见他坐在柜台里口，俨然旧时店掌柜的模样。若是忙不过来，他首先指挥的对象，便是婆娘李鸭子：帮个忙，五分钱酱油。李鸭子便会接过二侉子手上的瓶子，装上注口（一种漏斗形的器具），用长柄小端子，伸进大缸里舀酱油，再支到注口上，灌入人家的瓶子里去。这里买酱油不叫买，叫打。“打”字体现在整个过程之中。打用的是小端子，五分钱两端子，正好。

若是再忙，二侉子就会叫妹妹琴丫头一块儿上。给称半斤红糖。看着二哥真是忙不过来呢，琴丫头便会主动从自己房间的缝纫机（当地人叫洋机）上起身，来帮二哥的忙。

前面已经交代，村民来代销店，多半是中晚饭前后的间隙，李鸭子、琴丫头姑嫂俩干农活亦已回家。老三阿根伙，跟在祥大少后面跑腿，属村民们常说的“家作懒，外作勤”角色，店里见不到，正常。三奶奶在大瓦屋给王先生他们做饭，这样的时间点，当然也不在店里。

这些，都是以前的情形。现在，三奶奶去世了，不要说家里，就是大瓦屋，也再见不到她干净利索的身影；琴丫头已出嫁，再回来时，二侉子也不会指挥她，更何况琴丫头难得回家；阿根伙，也是今非昔比，当上了生产队长，有了“芝麻粉”之称谓，倒真正忙起来，家里自然也顾不上多少。

逢年过节，代销店才会真正忙起来。平时，二侉子一人打理，应付自如。二侉子为人和气，做事有条不紊，开代销店没出过差错，没发生过争执。他信奉的是老理儿：和气生财。

当地人，称火柴为洋火，称煤油为洋油。家中有小学生的，听见家里人喊“洋火”“洋油”，总要认真纠正：这叫火柴，不叫洋火。这叫煤油，不叫洋油。说过多少遍了，总是记不住。当娘老子的淡淡一笑，是啊，说过多少回了，可那会子都这么叫的，惯啦。

二侉子毕竟是当兵回来的，挺跟形势。碰到小学生来店里：侉二叔，买两包火柴。好，两包火柴。那“火柴”两个字咬得挺重。要是上了年岁的，扯着老公调喊：二侉子，拿两包洋火。好，两包洋火。二侉子笑嘻嘻地把火柴递过去。

二侉子在北方当过几年兵，回乡之后，“晓得”，到他嘴里变成了“知道”。一村人觉得稀奇。可二侉子，每件事情说完了，又总爱问一句：知道不知道？

有一年，二侉子和几个男社员一起踏水车，脚下走神，从水车上掉下了河，咕噜咕噜直往上翻水泡。蹿出水面，喊一声：救命！

岸上几个男社员见了只是笑：装得像！在香河一带，不论男女，亦不论老少，会水者属正常，不会水者难得一见。

过了一会儿，几个男社员见情况不妙，赶紧跳下河把二侉子捞上岸。二侉子已灌得像个蛤蟆，两眼直愣愣地盯着，冒出一句：我不会水，你们知道不知道？不知道。不知道。几个男社员直摇头。差点儿出人命，他们也吓垮了。

“知道不知道”挂在二侉子嘴上，成了他的口头禅。他也因此成了二侉子。

二侉子不当兵了，并没有直接回香河。

他不当兵转业到东北一家电厂当工人。那个年头，转业军人可吃香呢。厂里一个姑娘，很快就跟二侉子好上了。一好上，就分不开。

年轻人，难免头脑发热。二侉子忘了，家里在他当兵那年，就给他说了一门亲，找了一个叫李鸭子的对象。

有一年，家里来信，让二侉子回家一趟。老子死得早，妈妈年纪一天大似一天，想早点儿把他的婚事办了。到了春节，他都没有回家。

三奶奶领着二侉子的对象李鸭子，一路长途颠簸，来到厂里。常言说，纸包不住火。在三奶奶的严厉要求下，三奶奶和李鸭子，与厂里那个姑娘见了面。知道李鸭子是二侉子的未婚妻之后，厂里那个姑娘，并没有责备二侉子，而是扑进三奶奶怀里，抱头痛哭，娘——你就收下我这个闺女吧！三奶奶含着眼泪，答应了下来。

二侉子最终还是跟三奶奶回去了。厂里那姑娘含泪送二侉子和干娘三奶奶他们上了轮船。其时，那姑娘已经有了两个月的身孕。

之后，二侉子就再也没能到厂子里上班。在香河成了家，有了婆娘李鸭子。他毕竟是转业军人，又是烈属家庭，被照顾进了公社供销系统，安排负责香河代销点，经营着一爿小店，日子平静如水。东北，在他印象里日益模糊。再也没听他提起过。

夜阑人静。劳作了一天，香河村的男人们，会逸逸当当，坐在自家大桌子前，来几口“大麦烧”。大冬天的，喝两口酒，暖和暖和身子，也解解馋。平淡的日子，这些男人，嘴里都淡出鸟来矣。

所幸的是，这些男人喝酒，并不讲究“六大碗”“八大碗”。佐酒之物，多半为花生米之类。偶或，也会有韭菜炒鸡蛋之类的家常小菜。这些男人，下酒菜并不讲究，讲究的是酒后的那份惬意。几两“猫尿”下肚，这些男人便带了几分酒意，弓进婆娘暖和和的热被头，粗手笨脚的，想有所动作。那热被头里睡着的，果真都是自己婆娘么？未必。

一连吃了几根猪鞭，二侉子的感觉，还真的不同以往。一到晚上，二侉子便将代销店说闲的常客劝走，催李鸭子早早上床。

“吃啥补啥”的秘诀，让二侉子似乎有些“疯”。杀猪的王老五告诉他，是鞭就行，牛鞭更牛。二侉子当然想“牛”起来，但没有那么多牛鞭给他“牛”。其时，牛作为用于农业生产的大型牲口，金贵得很。除非老死病死，抑或意外死亡，方能宰杀耕牛。因此，二侉子只得退而求其次，用猪鞭。

猪鞭功效，似乎并不理想。在床上，二侉子把个李鸭子烤鸭似的，翻过来，覆过去，忙个不停。自己也浑身汗渍渍的，比真正的烤鸭师傅都费劲。

这一切，带给李鸭子的却是“索然寡味”。终于有一晚，李鸭子来了个“翻身农奴把歌唱”，将二侉子掀到了踏板上。天天这样，你不嫌烦，我嫌烦。

这可惹火了二侉子。李鸭子，你这个瘟婆娘！竟然敢把我掀下床，不好好治一治，那还不翻天？

二侉子就地取材，从踏板上顺手拿起只布鞋，举起来就抽。李鸭子全身没一丝布纱，哪经得起一个大男人下狠劲儿抽？伤痕累累之词意，瞬时呈现。

这个日子没法过了！你这个兵痞子，打起婆娘来杀心这么重，我不如死了算了。李鸭子披头散发的，没得个人样。

你个瘟婆娘，这么些年，也不曾给我们王家生出一子半崽，你难道还有理？不好好收拾收拾你，想翻天？二侉子也是气不打一处来。

李鸭子哪里肯吃二侉子的“下”（甘拜下风的意思）呢，挣脱之后，自己穿穿衣裳，跨出门去。

这么晚了，死到哪儿去？二侉子嘴上问，却并不阻拦。

你管我？我去死给你看，叫你们王家断子绝孙。真是打起来没好拳，吵起来没好言。李鸭子一夜之间，把二侉子变成了生死活对头。

有人跳河啦——有人跳河啦——

看场的三狗子、王老五他俩，才和看牛舍的瘌扣伙日过一阵“白茄”（当地人说故事，便叫“日白茄”），从牛舍出来，冷得抖抖索索的，小跑几步，想早点儿进看场的棚内睡觉。只听得香河里扑通一声，响声异常。

他俩觉得不对劲儿。王老五脑子转得快，虽说他是个杀猪的，但多多少少也沾上点儿买卖人的小聪明。杀猪卖肉，一靠手艺，二靠脑子，脑子转得慢不行。王老五急忙道，有人跳河了。快去找，这大冬天的，跳河真想寻死呢。

他俩叫来了瘌扣伙，三个人跑到场头河岸边望了望，黑灯瞎火的，河里已没有动静。一下子发现不了跳河的人，事情麻烦了，得沿河岸依次找。这种天气，滴水成冰，人在河里不被淹死，冻也会冻个半死。只有三个人，很难快速发现目标。他们这才放开嗓子朝村庄上喊起来——

有人跳河啦——有人跳河啦——

场头距村庄几块大田的距离，白天喊叫未必能听清。这深更冬夜，寂静得很，喊叫传送效果便极佳。三狗子他们几声喊叫之后，眼见着村庄上，一家一户原本黑乎乎的窗户，一户一户有了亮光。人命相关的事情，不少人家的男人，迅疾起来，奔向场头。

二侉子这才意识到出了大事。悔不该在李鸭子出门时，没把她拦下来。他哪想到，这个瘟婆娘，还真的去跳河。赶紧叫醒阿根伙，快，赶快，给我组织人，你家嫂子跳河了。兄弟二人分头行动，二侉子先往香河场边奔，阿根伙到龙巷上喊人。

不一会儿，香河南岸，一盏盏马灯，照着沉寂的香河，一下子亮堂了许多。岸边，人声鼎沸，嘈杂得很。是哪家呀？说是二侉子家鸭子。有什么大不了的事，要跳河寻死？说的是呢，两口子斗嘴，也不至于弄得要死要活的吧？

二侉子这刻儿火上了堂屋，没有工夫理会村民们的闲言。自己从河边划了条小船，在河心往两边找寻。人在岸上举着马灯，距离光源近，朝河里看不远，也看不清。到了河心视野则不同，容易发现远处的目标。这不，借着岸上不停移动马灯的光照，二侉子发现了浮在柳树根下的李鸭子。

这时，岸上也有人尖叫起来：快，快，在那棵大柳树下面，大柳树下面。又有几条小船划了过来，发现前面不远处，李鸭子抱着大柳树的根，蹲在水里，冻得浑身在筛糠呢，抖个不停。

快划，快划。有人喊道。死不掉的。望见人了，二侉子又嘴硬起来。

李鸭子见来人是二侉子，转身还想离开，却被后面赶上的小船围了起来。人们七手八脚，将她拖上了二侉子的船。马灯光映照下，都能看到她乌紫的嘴唇。二哥，你真想冻死嫂子啊？还不赶快把棉袄脱给嫂子裹起来，回家。阿根伙有些着急。

他情愿我死呢。我死了，他好到东北找个好的。见三兄弟这么一说，李鸭子呜呜地哭起来，哭得蛮伤心的。

岸上的人也纷纷朝这边拥，找到了，找到了。还好，不曾出人命。人群里叽叽喳喳，说什么的都有。

二侉子并没有因为婆娘跳河寻死，就放弃他的努力。

李鸭子实在没办法，只好红着脸去问水妹。水妹不仅是个赤脚医生，而且是个“过来”人，懂这方面的事。水妹告诉李鸭子，能不能怀上，不单单是女方的事，男方的精子要有用才行。夫妻双方最好到医院做个检查，才好下结论。生儿育女是门科学，瞎来不行，蛮干更不行。

二侉子极少有地将代销店关门落锁，听从水妹的劝，和李鸭子乘班船去了趟县城。县人民医院的诊断，让二侉子跳楼的心都有了。

问题出在二侉子身上，他生殖器射出的精液没用，那里面的精子，不能在李鸭子卵巢里存活，当然不能与李鸭子的卵子结合，故不能让李鸭子怀孕。

县人民医院的专家还说了，早几年来治疗，效果可能要好一些。现在再治疗，治好的可能性不大，基本没有什么指望。况且，这种毛病治疗起来，过程漫长，花费算不得少。何必把钱往水里扔呢？种田得来的两个钱，不容易。看起来，负责给二侉子、李鸭子夫妻俩检查的专家，没有看不起乡下人，讲的话非常实在。

这样的结论，无疑是给二侉子当头一棒。这一棒，可不轻，把二侉子打得晕头转向，分不清南北西东矣。

二侉子傻了，成了个彻彻底底的傻瓜蛋。他根本不知道，自己如何去完成摘“帽”这一艰巨使命。

从县城回到代销店，二侉子换了个人似的，整天心不在焉，眼中无光。前来买火柴的小学生，再也听不到“侉二叔”嘴里颇俏皮的“火柴”二字矣。

不止于此，王老五好心好意将他订的“秘方”送上门，结果挨了二侉子一个狗血喷头，骂得让人没法还口。东西被甩得八丈远，还对王老五狂吼，拿着死儿滚！你这没用的东西！

本以为，“秘方”送上门，抽上根“飞马”（当时的一种纸烟，叫“飞马”牌），不在话下。这东西，金贵得很，上百斤的肥猪，就那么细细的一根。要的人还不少呢。不管怎么说，自己跟二侉子同宗，虽不是紧门，但总比外姓强。因此，对“侉二哥”的订货，王老五是确保的。

之前，二侉子总是等不及，每天亲自到门上来取。刚开始还不好意思，说是做“药引子”。后来，见想要的人多，也就跟王老五直说了，他的需要更迫切，求本家兄弟帮忙。怎么转眼几天的工夫，变化这么大呢？王老五小脑瓜子再灵，也想不出，二侉子对自己火发得如此之大，不留后路，原因何在？

好在，王老五也还没有完全下不来台。李鸭子一脸的过意不去，给王老五赔不是。毕竟王老五有些小聪明，他一“卦”还是打到，“侉二哥”发火的根子通在“侉二哥”的命根子上。要不然，李鸭子用不着一脸愧意。

二侉子再也不爬上爬下，李鸭子睡在身边，他碰都不碰。他这个“烤鸭师傅”罢工不干矣。

王家香火，不能断在我手上！管不了这么多了，你外去给我讨个种回来。原本热火朝天的床上，冷静了几晚之后，二侉子发话了。

李鸭子头脑子嗡的一声，大了。她倒是听说过，乡里有的男人没生育能力，让婆娘出去随便找个男的，跟人家睡上一觉，让自己有了，这叫借种。可李鸭子万万没想到，这种事情会落到她头上。

想想自己，除了好吃做媒之外，哪里也没闲话给别人说，更不是那种腰间系不住裤带子的主儿。尽管香河一带，这样的女人有的是，可她李鸭子不是。她瞧不起那种随随便便的女人。

现在，她必须要去做自己都瞧不起的女人。李鸭子心里真是五味杂陈，说不出是什么滋味。尽管她有一千个不愿意，一万个不愿意，但面对失去理智的丈夫，一个沾染着点儿痞性的男人，她别无选择。只得拿了二侉子给她预备好的盘缠，扎了个布兜儿，里面放了几件换洗衣裳，迎着一股寒气，出门。

李鸭子外出并没几天，便回来了。

眼看快到年脚下，她一个女人能往哪里跑？娘家不能去。常言说得好，有钱没钱，洗洗过年。年关岁底，她该在家里收拾收拾才对。又没有急事，往娘家跑干什么呢？至于自己的心事，就是见了娘家人，也说不出口。前思后想，李鸭子自有打算，于是打道回府。

二侉子见面就问，怎么这样快，关照你的事情，办成没办成？

把我当什么人啦，事情不办成，怎么可能回来？断王家香火的事，再借个胆给我，我李鸭子也不敢。那样一来，我在王家列祖列宗面前，哪有抬头之日？李鸭子口气蛮硬的，二侉子这才放心。

吃晚饭时，二侉子不声不响，亲自到锅灶间，给自己婆娘做了碗蛋炒饭。

李鸭子哪吃得下这碗蛋炒饭噢，转身推给了阿根伙，理由冠冕堂皇：三叔子每天喊工，辛苦得很，把它吃了。嫂子我最近犯胃，吃不得油。

二侉子心里有数，果真怀上了，还真的吃不得油腻。于是做了个顺水人情，既然你嫂子让你吃，你个大队长就不要谦让，吃了它。此处“大队长”之“大”，乃恭维之词。香河大队的大队长，另有其人。

那我就恭敬不如从命。阿根伙毕竟担任生产队长有了几年，在世面上走，也学了点儿“文词”。那年月，吃蛋炒饭已够得上“奢侈”二字。有时，若能吃上碗油炒饭，就算有口福矣。

让阿根伙没想到的是，嫂子这碗蛋炒饭，给他带来了完全不一样的滋味。

某夜，趁二侉子喝了点“大麦烧”，睡得鼾声如雷，李鸭子摸到阿根伙床上去了。阿根伙睡得迷迷糊糊的，一翻身，身边多了个人，吓了一跳：哪个？嘘，别喊，我。李鸭子赶紧用手捂住阿根伙的嘴。

阿根伙仔细一望，傻了眼。借着窗外凉月子的清辉，阿根伙望见了嫂子的脸。不是嫂子叫你学坏，也不是做嫂子的不正经，都是你家畜生哥哥逼的。李鸭子这才将二侉子之前的所作所为，一五一十地告诉阿根伙，说着说着细声哭起来，她委屈呢。

别看阿根伙平时总喜欢往女人堆里钻，这个胸前摸，那个脸上捏，滑泥鳅似的神气活现，谁也抓不住他。这刻儿，在自家嫂子面前，他竟没这个胆。

家丑不可外扬。我想来想去，到外头去，还不如“肥水不落外人田”。听嫂子这么一说，阿根伙胆子有如充了气的皮球，一下子大起来。胆肥矣！

李鸭子强烈地感到，今夜之后，她要当妈妈了。

沉沉睡去的李鸭子，自然不会理会邻近的大队部里巧罐子与香元两口子所上演的精彩一幕。

香河的夜，更深矣。

豆腐坊

厄运降临。柳春耕离家出走之后，柳家便成了在香河低人一等的“外流户”。柳家成了“外流户”之后，柳春雨不仅丢掉了村小代课教师这份美差，而且和妹妹翠云一起成了被监管对象，必须听从队长安排，在生产队劳作。若因事因病不能下地，必须向队长报告，得到许可方能自行其事。若是外出，则必须报告队长，由队长请示香元支书，批准后才可以外出。这种情况下，兄妹二人除了下地劳动，别无他途。

好在香元支书尚未将门关死。看在柳安然年事已高，在村民心目中德高望重的分儿上，手下留情，没完全限制其行动自由。

当然，柳安然如若外出，必须由“芝麻粉”阿根伙向香元报告。在尺度把握上，较柳春雨、柳翠云兄妹要宽松。阿根伙明显感到，香元支书要的，似乎是这个形式和这个过程。

香元想的是，凡事不宜做绝。谅他一个垂老之人，也走不到天边，更翻不起什么大浪花。然，香元亦非心慈手软之人。让柳家成为“外流户”之后，随之又有了新标签：“超支户”。生产队的经济分配政策、物资分配政策，对于柳家都发生了重大变化，各种待遇锐减。套用现在一句时髦说法，柳家纯属“政策性亏损”。

顶着“外流户”“超支户”双重压力，柳安然破天荒地独自划着小船，外出卖豆腐、百页矣。

时近冬季，香河岸边的红皮水柳，早就删繁就简，剩下一根根裸露的枝条，在冷风里哆嗦着，不见了春时的仪态万方，亦不见了夏日的意气风发。此时，香河上开始结起了冰碴儿。正可谓风刀霜剑严相逼。柳安然早早地拾掇好一切，天刚麻花亮，就划着小船，沿河吆喝起来——

拾豆腐，卖百页咯——拾豆腐，卖百页咯——

柳安然的叫卖声，苍老而凄凉。

香河龙巷龙首上，便是柳安然家的豆腐坊。

柳安然，原本是位私塾坐馆先生，整日与蒙童相伴，念些诗云子曰之类，日子过得颇闲适。有一年，在他手上烧了副楹联，自觉有辱斯文，恨气之下半途改道，开起了豆腐坊。

那副“蓬莱文章建安骨”的楹联，为柳氏祖上一位大文豪之亲笔。大文豪持此楹联，亲往香河认宗。原本该成为香河一段佳话，传之后世亦能平添荣耀与自豪。然，大文豪身份特别，乃一代帝师。通常而言，这是件锦上添花的美事。可香河老辈人不这么看，伴君如伴虎。哪一天龙颜大怒，后果无法预测。历史上株连九族的事，并非没发生过。

大文豪虽认宗无果，却留下了那副楹联。此楹联之重要，不言而喻。于是族人商定，楹联由柳氏辈分最高者保管，代代相传，待时机成熟，将此联请入宗祠，让大文豪认祖归宗。

几代下来，那副楹联就这么循序相传。传到柳安然手上没几年，碰到了“轰轰烈烈”的年代，被视为“四旧”，让革命小将们毫不留情地投进了火海。

这可是柳安然视若性命之物，眼看着被投进火海，别无他法。只能恨得跺脚：“有辱斯文！有辱斯文哉！”

自此，柳安然改弦更张，开起了豆腐坊。

柳安然家豆腐坊，用的是自家后院的草房。草房通长三间。东间，属锅灶间。砌有大锅灶，开三个灶膛口。最里边支有一口大江锅，为烧煮豆浆之用。中间和口边两个灶膛均小，口边的最小，灶上安的是家用锅。这两口锅，以日常家用为主。凌晨烧煮豆浆时，也会用来过浆。把大江锅里的豆浆往另外两个锅里舀，以便完成豆腐制作过程中极重要的一道工序：点卤。

中间，属石磨间。支着副石磨，磨豆浆之用。磨盘以木桌为支撑。紧靠桌边有只中等容量的粗瓷缸，承接磨浆时从磨盘上流淌而出的豆浆。磨盘上支有三角形磨架。磨架横档处有麻绳拴于房梁之上，成水平。将磨架三角尖端套进石磨边缘处磨眼，推磨者手握横档，顺时针方向用力，石磨便开始工作矣。

西间，属压榨间。摆着张长长的木桌，还有几只大水缸。长长的木桌之上，放着压榨豆腐、百页用的几厢木框。每厢木框规制相同，呈正方形，四周有面，上下无底无盖。其底板、盖板均需外上。

豆腐要压，百页要榨。压，说来简单，点好卤的豆浆，倒进装好底板的木框内，盖上盖板，加上几块重物件儿，废弃的磨盘之类最好，干净，压重。

榨，工序就复杂一些。同样得将木框装好底板，在框底先垫上白粗布。这白粗布，称作浆布，长得很，长度可达数十米。制作百页时，舀一勺浆，放一层布。完成这道工序，讲究的是，舀浆匀，放布平，松紧适宜。

如此，一层一层，一来一回，装满一框，上盖板，用根长木棍撬住，下压。这木棍下压，靠机械原理进行力量传递。木棍一头别在铁环内，铁环位于木棍下方，自然形成一股向下的牵引力。

榨，时间之长短亦有讲究。如何掌控，纯粹靠经验。做豆腐、百页的师傅多半不会说，这与点卤类似，堪称此行核心技术。

几只大水缸，存养豆腐之用。新近制作好的豆腐，不能干放，得在水里养着。粗瓷水缸透气，养豆腐好，不易变味。

百页的存放，只需湿布包裹即可。制作技艺精的师傅，做出来的百页，一斤几张都有定数。不用秤称，张数一数，便知斤两。一个字：准。柳安然出手便如此。

豆腐坊后身便是一条小河，与香河相通。这新鲜的豆腐、百页，出得柳家作坊，便可装上小船，划到外乡去卖。

大哥没离家之前，划船外出卖豆腐、百页的，多半是妹妹翠云。

柳翠云划着小木桨，边划边吆喝，她的叫卖声在香河上响起：

拾豆腐、百页咯——拾豆腐、百页咯——

就这么边划边卖，不一会儿，柳翠云卖豆腐的小船，就到了邻村的水面上。沿岸水桩码头上，听得有村民叫喊，卖豆腐的，把船拢下子，给我拾两方豆腐。

在豆腐、百页这一组合中，百页天然处于从属位置。一般人们提及，总是豆腐优先，百页次之。有时，仅言及豆腐，完全忽视了百页之存在。

好，好。柳翠云嘴里应承着，将小船靠近码头，给招呼的村民拾豆腐。这豆腐嫩得很，拾时需借水之浮力顺势而起。这样，豆腐才不易散。要不然，人家拿到家就成了豆腐花矣。

这一带，村民所言“两方”，并不确指，是个概数。柳翠云外出叫卖时日已久，自然知道村民们的意思。船到跟前总会再询问：豆腐拾几方？当事人自会报上数目，若是自作主张，只拾上两方，多半会弄错。只得多烦一道手脚。

曾经有一段时间，柳家这卖豆腐的小船上，由柳翠云一人独行，变成了柳春雨、琴丫头两人结伴而出。那也算是柳春雨和琴丫头相爱之后，度过的美好时光。

拾豆腐，卖百页咯——

柳春雨划着木桨，边划边叫喊。细心的一听，便知他与妹妹翠云的叫卖稍异。柳春雨将“拾豆腐”与“卖百页”区分开来，显然更准确。其实，这“拾”与“卖”二字之区分，也是当地做这一行的习惯用语。

柳春雨叫卖声刚出口，没等有人招呼，坐在船头的琴丫头便来个鹦鹉学舌：

拾豆腐，卖百页咯——

看得出，跟春雨哥外出，琴丫头有些兴奋，开心得很。琴丫头一开心，就要跟她的春雨哥一起划桨。这卖豆腐的小船，空间容量并不大，舱中已摆着几筐百页、几缸豆腐，承载的分量不轻。再加上他俩，小船吃水已经很深，稍一大意便有翻船之虞。

每当这时，柳春雨总是正色命令琴丫头，规矩点儿，坐着别乱动。要不然，船一晃荡，掉下水，不拉你上船。

用落水自然吓唬不了琴丫头。从小泡在水里长大的，哪能不会水？像她二哥在东北当兵多年，弄得自己一点儿水性都没有，在香河极少。

琴丫头根本不在乎春雨哥的脸色，更不理会他的“命令”。依然故我，摇摇晃晃地移到春雨哥跟前，想抢木桨，“人家要跟你一起划，就要跟你一起划！”

漂亮姑娘一撒娇，难见小伙子不中招的。更何况，现在柳春雨跟前撒娇的，可是给自己雨露滋润的小琴呢！柳春雨很快将自己主权的一半，拱手相让，别无怨言。

卖豆腐的小两口，把船靠过来！岸边有新媳妇模样的，在向小船上的柳春雨、琴丫头招手。

被人家误以为小两口，柳春雨倒有些不好意思。都是你不安分，不好好坐着。我不安分怎么啦？人家喊小两口你不愿意？你说，你说！琴丫头索性停桨不划，故意刁难她的春雨哥。

生意在眼前呢，柳春雨暂不理会琴丫头的话题，而是询问岸上的新媳妇：请问需要拾几方豆腐，称几斤百页？

新媳妇见状，掩口微笑着，说出所需豆腐、百页的数量。心里想的是，真是情投意合的小两口！其实，她是推己及人，自己新婚不久，正是如胶似漆的阶段。眼前的一对青年男女，让她见着都开心。正是“老托”先生讲的，“幸福的家庭都是相似的”。

幸福的短暂和易逝，很快为柳春雨、琴丫头这对情侣所感受，同样很快为柳翠云这样的青春女子所感受。

厄运，梦魇一般，让柳家摆脱不得。陆根水丧心病狂地奸污了琴丫头，直接导致柳春雨、琴丫头这对情侣劳燕分飞；李鸭子的说媒“乌龙”，直接导致柳春耕离家出走，给香元施行权谋提供了可能。

柳安然老伴去世早，自己既当爹又当娘，含辛茹苦将两男一女拉扯成人。原以为，他们仨长大懂事之后，自己能省省心。

非也！两个儿子，没有一个让他省心的。也只有退而求其次，指望女儿翠云能顺顺妥妥，有个好的归宿。好在翠云谈的部队上的那个小伙子，一表人才，自己甚是满意。他这个做父亲的，指望着为老二成了家之后，再将翠云风风光光地嫁出去，也就了却心愿，别无他求。亦可告慰那黄泉之下的老伴矣。

然而，原本十分安稳的柳翠云，竟有如邪魔附体，做出件荒唐之事，成了压垮柳安然的最后那根稻草。

柳翠云不声不响，将自己悬在了平顶房内。

柳家正屋三间，朝南，红砖砌成的空心墙，俗称“鸽子窠”。屋顶，用的是洋瓦。正屋前面，土坯墙围成了院子。西边建有平顶房，虽说墙壁也是“鸽子窠”，但顶是水泥浇的，这在当时较少见。正屋西厢房与平顶房之间，砌有楼梯，拾级而上，便可上平顶。这平顶的好处，一到夏季便凸显矣。

前院的大门，与堂屋正对。院门用柳条和芦苇混编而成，有了“柴门”之意味。说来，就柳家的条件而言，不至于置不起一副木门。看来是老先生有意为之。

大门直接出龙巷。院内靠南边，三棵苦楝树，一字排开。树有些年头了，枝枝杈杈都伸到了院墙外龙巷上。

正屋后身并排着，还有一进，通长三间草房，为豆腐坊。前后两进之间，两端用杂树围成后院。正屋的堂屋不仅有前门，好通前院，亦有后门，通后院。后院的草房与正屋一般格局，也开着前后门，前门通正屋，后门通水桩码头。

一家之主柳安然，住正屋东房间。当地风俗，东房间是上手，上手为大。正屋当中一间是堂屋，香河一带的人家都是这样的格局。正屋的西房间原本住着柳春耕、柳春雨两兄弟。有一段时间，也曾出现过琴丫头的身影。后来老大离家，琴丫头出嫁，这西房间只有柳春雨一人住。直到老父亲松口，同意将杨雪花迎娶进门，柳春雨才不再形单影只。

前院西边平顶房住的便是柳翠云。一家人，怎么也不会想到，翠云会选择在自己房里结束年轻的生命。

她这样弃父而去，难道不怕承担不孝之名？就算舍得自己的两个哥哥，那刚相处一年的对象王志军，自己蛮满意的，怎么舍得离开呢？再说，不就打了赌，有什么大不了的？远的不说，近在眼前的水妹，未婚先孕，丑丢得不比你大？如今人家整日挺了个大肚子，不也活得好好的？自己这一朵花，才刚开呢！

挖草塘，是冬季劳作的主要农活之一。干此等农活，多半在大田靠圩埂下。选好地点，便可动锹开挖，其深度至成人身高即可。草塘，通常呈正方形，偶有圆形。

因其主要用来贮藏发酵草泥，而被称为草塘。每年冬季，香河一带都会开展积造自然肥运动，组织发动社员下河汊湖荡，罱泥罱渣，绞水草，装运进这草塘之中。经一冬发酵之后，成为有机肥，开春便可发往大田，增添土壤肥力，供庄稼吸收。其时，毛主席他老人家倡导的“八字宪法”，管用得很。“肥”属八字之一，各地都极重视。

一日，一帮大姑娘小伙子在一起挖草塘，挖的挖，抬的抬。从塘中挖出的泥土，除去用于加固草塘四周，多余的必须运走。其运输工具，通常是木杠加箩筐。这不，抬箩筐的姑娘为了步调一致，率先打起劳动号子：

歪尼个好子——歪尼个好子——

这边姑娘们号子刚出口，那边小伙子们立马接上了茬儿：

歪——歪子哟——嗬——

想占姑娘便宜的，眼珠一转，号子从嘴中喊出，变了味：

歪（玩）尼（你）歪（玩）子哟（要）——

号子，通常为枯燥农活之调节。调节干活者的步调，是其一。农活当中，个体单干的多，相互合作的也不少。这里面就讲究，步调一致。此外，更为重要的，号子，还能调节干活者的情绪，减轻劳动强度。然，在特定情境下，也会成为某种诱因。

时序虽已入冬，但只要天气好，无风，那太阳晒起来，实在是暖和。眼下，一群青年男女，都是青春焕发、朝气蓬勃的年华，在号子鼓动下，没用多长时间，发焐了。身上的衣服成了累赘。一个脱，个个脱。这一脱，衣服自然单薄了许多，大姑娘们身体特定部位的弧线就凸显了出来。惹得小伙子们眼馋，手痒。有小伙子带玩带笑地动起手脚，你捏他摸的，笑闹起来。这些姑娘也不都是省油的灯，哪能眼看自己的姐妹吃亏？于是，在塘口边追逐着想还手的有，在塘内举起手中器械反击的也有。

空气里，散发出阵阵撩人的汗腥味，叫这帮青年人兴奋，不安。有小伙子唱起了民间小调——

豌豆花儿白，
大麦穗儿黄，
麦田（那个）里呀，
大姑娘会情郎，
哪知来了一阵风啊，
哎哟哟——哎哟哟——
刮走了姑娘的花衣裳

民间小调唱得小伙子们心口上蹲了只猫。猫爪子挠心，心有些野。更有甚者，有了急切的愿望和目标。果不其然，有人盯着翠云丰满的胸脯，直叫唤：翠云，如若你脱了上衣，在草塘里转一圈，我们几个给你买件崭新的的确良褂子。

在他们眼中，柳翠云这么个美人坯子，竟然叫一个当兵的弄到手，心中真是不甘。再者，他们谁也没见过那个当兵的，权当他根本不存在，柳翠云也就算不上名花有主。如此一想，小伙子们兴高采烈，继续他们自己的游戏，倒也释然。

一件新的确良褂子！没听错吧？那可是要花十来块钱呢。要知道，这帮大姑娘小伙子做上一整天，才角把钱，还只能记工分。想要拿钱，那必须等到年底队上分红才行。要想余下十来块钱，那差不多要干大半年农活的。十来块钱，在当时也算是一笔小小的财富哟。

况且，的确良才刚刚时兴起来，几乎是每个姑娘的梦想之物，求之不得啊。虽说眼下穿不上，但冬天到了，春天还会远吗！那蝴蝶纷飞的季节，在向姑娘们招手呢。身为姑娘，一旦穿上花的确良，那不就成了花蝴蝶？还不叫其他姑娘羡慕死！当然也会把那些小伙子，眼睛看得直直的。

赌！

赌！小伙们敲着扁担、木杠，跟着撮哄。箩筐上了天，草塘内乐开了花。这些骚公鸡，撩着，哄着，想看好戏呢。

一件的确良？吹牛吧。也有姑娘不太相信。

乌龟王八蛋骗人。领头的小伙子急得发誓。信誓旦旦。

赌！赌！有姑娘也跟着吼嚷起来，在一旁怂恿着。

不就在巴掌大的草塘里跑一圈么？赌就赌！柳翠云如魔附体，只觉胸前两只玉兔，胀胀的，蹦跶着，直想往外蹿。

好戏终于如小伙子们所愿，上演矣。

待柳翠云一圈奔跑下来，浑身燥热，直想喊出声来。抬头看时，竟空无一人。

柳翠云脑门上像被木杠猛击了一下，嗡嗡的，脚下一软，跌坐在草塘中。愣愣的，傻傻的，好半天无什动作，死死盯着远处空白的天空。此时，天空中飘来一朵白云，亦如翠云洁白的上身。

猛的，翠云的手无意中触到自己的乳房，哇的一声，扑到那杂乱的衣物上，双手狠命地掐那致命处，泪水不断线儿地涌出来。

出了这种事情，闲话自然会多起来。村上人不怎么正眼看她矣。

其时，一到夏季，香河一带上点儿年岁的女人，多半敞胸露怀，摇着芭蕉扇，和男人们同坐一条凳上。说笑，纳凉。即便是刚开怀的年轻媳妇，给孩子喂奶，当了其他男人面，也敢撩起衬衣，捏住白皙皙的乳房，将乳头往孩子嘴里塞。毫不避讳。

然，做姑娘时，如若有这些举动，则是万万不行的。稍有放肆，便遭众人指责。本地乡俗，历来如此。

翠云这丫头，平常蛮稳重的。怎么就做出这种事情？胆子真大。听说是为件的确良褂子，丢人现眼啊。哎哟喂，将来出了门，那还有个好？巷口上，几个老太婆、大妇女，七嘴八舌，正谈论柳翠云的事情。

柳家无疑雪上加霜。柳安然实在撑不住，已卧病在床好几日矣。柳春雨和杨雪花干着急，没有用。多亏琴丫头几乎每天来陪着翠云。毕竟是从小到大的姐妹，这种时候都不来，琴丫头内心难安。虽然跟杨雪花面对面，琴丫头也不愿意，但她知道，翠云出了这样的事，她这个曾经的“准嫂子”，要比杨雪花这个现任作用更大。她跟翠云的心是相通的，而杨雪花则不可能。琴丫头到柳家门上，陆根水当然也不愿意。但此事，琴丫头自有主张。

琴丫头能重新登门，柳春雨内心感激。倒不是他大男子主义，不顾及杨雪花感受。眼下最要紧的，是劝导翠云，千万不能想到愚处去。世上比她丢丑丢得大的，大有人在。世上比她犯错犯得大的，亦大有人在。过去的事情，就让它成为过眼烟云。只不过，从头再来！

实在说来，大家担心的只有一条：怕翠云走绝路。

家中一而再，再而三出丑，柳老先生再也没有什么好曰矣。自己甚是喜欢的琴丫头，没能娶进门。老大独自往外一跑，让他家变成了“外流户”，在村上顿时低人一等。眼下，翠云丫头又出了这等事情，气得老先生直呼：家门不幸，家门不幸。我柳某枉为读书之人，教子无方，教女无方，此命可休矣。柳安然对着家神柜上方的毛主席画像，深深作揖，把头弯得很低很低。

柳安然这次病倒，再也没能享受香元支书之前对他的特殊礼遇。倒是香元女儿水妹，挺着个大肚子，上门给柳老先生挂了盐水。望着吊在床架上的盐水瓶，咕咕咕直往上冒气泡，柳春雨有些不放心，问是不是滴得快了，水妹解释说，柳老先生上了年岁，又长得清瘦，血管显大，盐水滴起来快，不要紧。水妹特地关照杨雪花，自己月份大了，在外面待的时间长了不方便。不能长时间看护柳老先生。但只要有情况，她会随喊随到。

柳春雨好言相谢，把对香元的记恨暂放一边。

尽管琴丫头和柳春雨两口子在事发的初期，都用心地看护着柳翠云，但在柳翠云主动提出来照顾父亲时，他们放松了警觉。一天早晨，柳春雨敲妹妹的屋门，无人应答。知道情况不妙，赶紧叫来杨雪花，夫妻俩一齐用力，撞开屋门。见到吊着的妹妹，急忙将其解救下来。来不及跟老父亲细说，便抱着妹妹直往大瓦屋奔。杨雪花奔得更快，她要抢前通报，让医疗点的医生做好抢救准备。

万幸的是，因为发现还算及时，柳翠云经医疗点医生抢救，很快便苏醒了。昏迷时间并不长。

令柳春雨两口子想不到的是，在抢救柳翠云的节骨眼儿上，老父亲竟离开了人世。这真让柳翠云生不如死。父亲的灵堂上，她哭得死去活来，完全是一副不要命的架势。

爸爸——是我害死你的呀！你一句都不跟我们说，就走了，叫我还怎么活呀！爸爸——我的亲老子嗳！

未婚夫王志军在一旁极力劝慰着，为翠云擦眼泪。这柳翠云，泪如泉涌，根本止不住。王志军接到翠云父亲病逝的电报，立马从部队上赶到香河。他隐约听到未婚妻前一阵子出过什么事。身为一名革命军人，具有一定的革命觉悟，那是当然。他不会在乎未婚妻跟人打赌之类的事。经过大熔炉锤炼过，自己的思想是不会跟村民一般狭隘的。

柳春雨更是欲哭无泪。长这么大，他从没觉得像现在这样难。尽管身边站着妻子，站着未来的妹夫王志军，但他仍然感到孤立无助。父亲这一走，意味着从此以后，柳家的担子必须自己独自承担起来。

杨雪花和琴丫头连夜为柳安然赶寿衣。有缝纫手艺的琴丫头，此时帮上了大忙。

原先，家里面倒是想给柳安然准备寿衣的。老人家一再阻拦，说无需花这些冤枉钱，百年归天有什么穿什么。幸好柳春雨再三坚持，给老父亲事先做了一副寿材。

香河一带，到了一定年岁的老人，在世时就先做好棺材，叫寿材，也叫喜材。本地乡俗如此，柳安然也就顺从了。要不然，还真没手抓。

面对白布覆面的老父亲，柳春雨似乎听到了他时常唠叨的一句话，香河这块真龙地，是个出能人的所在啊！

柳春雨忍不住掀开白布，但见老父亲双目似合非合，双唇似闭非闭。然，他老人家想再看一眼，想再吐一言，均已无可能矣。柳春雨彻底意识到，父亲走了，真的走了。这才颤抖着双手，缓缓地，缓缓地，将老父亲双目合上，双唇合上。瞬间，满心酸楚，泪水止不住夺眶而出。

老父亲去世，柳春雨无以为报。他心里清楚，父亲一直很看重自己，希望自己能走出去，承延下柳氏家族祖上的文脉。父亲这样的期盼，在柳春雨身上无疑已难以实现。多年之后，柳家出了个大学生，经过几年摔打，成长为了楚县县委书记，年轻有为，口碑不错。也算是没有让柳老先生彻底失望。此为后话。

柳安然的后事，在香河一带办得可算是风风光光。尽管柳家还顶着“外流户”的帽子，新上任不久的谭支书还是亲自登门，向柳老先生行了三鞠躬礼，并代表大队送来了花圈。村民们不时兴送花圈之类，但一捆纸钱总是要送上门的。因此，这三天当中，村上的民众几乎户户都有人登门，甚至也有邻村人专程前来拜祭，人们无不感怀老先生的人品。

送葬那天，可谓众人拥巷而出。香河整条龙巷，排起了长长的队伍，酷似条蠕动的长龙。村民们都希望最后再送德高望重的柳老先生一程。

装着柳安然灵柩的船队，离开村庄，驶向香河公墓垛田。柳春雨、柳翠云作为孝子孝女，均一身重孝。也就是村民常说的，披麻戴孝。披麻戴孝的，还有过门时间不长的二儿媳杨雪花，与翠云尚未成亲的王志军。此时，柳翠云、杨雪花手扶灵柩，呜呜咽咽哭声不断，一如船底激荡而起的水声，低沉，悲切。柳春雨、王志军二人立于船头，一路将纸钱撒到香河的水中。那些纸钱，随寒风漂在波浪之上，颠簸几下之后，便随波而逝。

香河南岸，亦有众多村民为柳老先生送行。村民们望着送葬船上高高的白幛，在寒风中飘拂，耳中不时传来呜咽的器乐声，哀婉，忧伤。他们一直眺望着，目送着柳老先生离开村庄，离开香河。

香河潺潺流淌，水面上不时有几只无名小鸟飞过，一支吹奏着哀乐的送葬船队，缓缓地沿香河向垛田驶去……

后 记

自上世纪八十年代《故里人物三记》在《中国青年》刊发，至今三十余年矣。这三十余年来，我的笔触似乎从未离开过一个叫“香河”的所在。有论者称之为“香河文学地理”，抑或是“香河文学世界”，也有人称之为“乡愁”之所在。实在说来，她就是我心中的“故乡”，一处安放自己灵与肉的地方。

我对“香河”的爱，点点滴滴，流淌在我的作品中，在此不再赘述。言及“香河”，我的内心仍然怀有愧疚。这是因为，我对“香河”的书写，虽从未间断，但并非没有停顿。2015 年，我的第三部长篇小说《残月》出版之后，我几乎没有进行过有关“香河”的小说创作。这三四年间，自然会有些自己的“想法”。作为一个业余写作者，也希望从已有的创作中听取一些读者、专家们的意见和建议。当然，更主要的是，我接下来的“香河”书写，应该有自己更深入的思考，应该进入到“香河”的更“深处”，应该有一种不一样的呈现。

于是，借着 2018 年《香河三部曲》第一次完整推出，借着长篇小说《香河》被搬上银幕，我用了三个多月的时间，创作出了《香河纪事》这样一部由十五个系列短篇构成的小说集。承蒙《小说选刊》《大家》《雨花》《长江丛刊》《西部》《朔方》《安徽文学》《湖南文学》《山东文学》等众多期刊之厚爱，我的这些习作单篇被介绍给了读者，得到了一些认可。有评论家认为，“《香河纪事》中的每一篇小说都是一个自足的小世界，这一个个小世界又互相关联，互相映射，当它们最终融为一体的时候，便形成了一个特殊的世界，呈现出一段特殊的历史。这个历史是人的历史，作者把它放回到自然史中去，让自然与人类历史结合在一起，产生一种奇怪而独特的结合，从而体现出人类社会的自然史特征。”

在这里，我要感谢人民文学出版社，前后十年相继推出了我的长篇小说《香河》《浮城》和《残月》,2018 年又首次出版了《香河三部曲》完整版。我还要感谢将《香河》搬上银幕的导演韩万峰先生，用三年时间的谋划，数十次来到泰州，终于让《香河》在 2018 年与观众见面。不止于此，这一年，电影《香河》走进北京电影学院，在为其举行的专家观片研讨会上，获得了来自北大、清华等影评界专家的充分肯定和赞誉；登陆国家广电总局电影数字节目管理中心，面向全国农村作公益放映；入选第 27 届中国金鸡百花电影节新片展映单元之后，多次在央视电影频道播出；应邀参加温哥华国际华语电影节、开罗国际电影节、南非国际电影节、伦敦电影人国际电影节、俄罗斯外贝加尔湖国际电影节，凡此种种，《香河》正在散发其特有的魅力。

当然，我仍然清醒地知道自己是一个在基层从事地方性写作的业余作者，其局限显而易见。尽管也在努力突破这种局限，但我知道，并非易事。但愿读者朋友能从《香河纪事》这册小书里，看到我的这种努力。有论者注意到《香河纪事》的题记:“向生我养我的故乡奉上痛彻心扉的爱。”认为:“很显然，这个题记蕴藏着作者写这部书的初衷，他试图用此作来回馈故乡对他的养育之恩，也正因此，这些系列短篇显现出一种不经意的写作状态，这种不经意又透出一种历史无意识。作者让历史自在自为地行进，最终自然而然抵达一种境地。”

细心的读者会发现，我在长篇小说《香河》的扉页上也有一句话:“谨以此书——献给生我养我的故乡，献给故乡死去的和活着的乡亲们！”而

《香河纪事》虽仍是献给故乡的一部书，是一种“爱”的表达，但这种“爱”有了一个界定：“痛切心扉”。三十多年前，我刚拿起笔从事文学创作的时候，就曾说过一句话：“用手中的笔，告诉世人家乡的一切。”其初衷，是希望通过我的习作，让人们多一个了解我家乡的通道。而在中国多一个或少一个我这样的作家，实在是无足轻重的。这是心里话！

我愿继续努力，为我的故乡，为故乡死去和活着的乡亲们，为我心底的“香河”。感谢作家出版社给予《香河纪事》这册小书面世的机会，感谢“里下河文学流派作家·星书系”评委们的肯定与认可，感谢著名书法家孙晓云女士为小书题写书名！也希望广大读者朋友能够喜欢《香河纪事》这册小书。

是为后记。

刘仁前

2019 年 4 月 28 日

图书在版编目（CIP）数据

香河纪事 / 刘仁前著. -- 北京：作家出版社，2025. 1. -- ISBN 978-7-5212-3111-3

Ⅰ. I247. 7

中国国家版本馆 CIP 数据核字第 202446R0U4 号

香河纪事

作　　者： 刘仁前
责任编辑： 向　萍
封面设计： 贾　莹
出版发行： 作家出版社有限公司
社　　址： 北京农展馆南里 10 号　　**邮　　编：** 100125
电话传真： 86-10-65067186（发行中心）
86-10-65004079（总编室）
E-mail:zuojia @ zuojia.net.cn
http://www.zuojiachubanshe.com
印　　刷： 河北星强印刷有限公司
成品尺寸： 155×220
字　　数： 192 千
印　　张： 14.25
版　　次： 2025 年 1 月第 1 版
印　　次： 2025 年 1 月第 1 次印刷
ISBN 978-7-5212-3111-3
定　　价： 85.00 元